U0919252

曼珠沙华·彼岸花

鼎剑阁系列

沧月 著

CONTENTS

目录

曼珠沙华

003 · 第一章　荒村

011 · 第二章　夜歌

020 · 第三章　试剑山庄

029 · 第四章　血婴

041 · 第五章　驯羊

050 · 第六章　兄妹

059 · 第七章　真相

068 · 第八章　地狱火

078 · 第九章　爱别离

089 · 第十章　怨憎会

098 · 第十一章　彼岸花

彼岸花

109 · 第一章　白骨之舞

118 · 第二章　骷髅花

127 · 第三章　婴

139 · 第四章　墓

147 · 第五章　扶南

158 · 第六章　寄生

169 · 第七章　归来

180 · 第八章　昼夜

189 · 第九章　魇魔

197 · 第十章　流光

206 · 第十一章　魇来

221 · 第十二章　血婴

曼珠沙华

鼎剑阁系列

沧月 著

第一章

荒村

推开第十二扇门的时候，南宫陌终于确定自己是来到了一个空无一人的寨子里。

没有上锁的门扇在暮色中吱呀地晃动，搅起带着奇怪腥甜味道的空气。南宫陌叫了几声，不见主人家答应，干脆就走了进去。不出所料，破落的房间里空无一人。他点起桌上烧了一半的蜡烛四处查看，决定就地歇息一宿，到明日再上路。

拿着烛台往后屋走去的时候，他蓦地站住了身子。烛光映出了照壁上黯淡的斑点，他皱了皱眉头，用指甲刮了一些放到鼻下嗅了嗅，脸色微微一变。

又是血迹……这些陈旧的血迹显然是喷溅上去的，和前面十一户空屋里一样比比皆是。到处是刀砍剑削的痕迹，散落着生锈的暗器——所有迹象都表明，这个罗浮山脚的小寨子曾经发生过一场杀戮，所以导致了如今的荒无人烟。

他小时候随着父亲拜访过罗浮山上的试剑山庄，记得山下这座寨子叫扶风寨，应该是试剑山庄设在山脚的前哨。除了当地的村民，一向还有两广的武林人士在此居住。

然而此刻他走遍了整个村子，已经见不到一个人。

不可能……怎么可能是这样？

记得不到一年前，鼎剑阁里还有人从两广回来，对作为阁主的父亲说试剑山庄在少庄主的治理下井井有条，庄内高手如云，南方武盟的力量，如今足可以和中原鼎剑阁抗衡——难道才几个月，试剑山庄就遭到了灭顶之灾？

不可能。连八年前拜月教大举进攻，都被试剑山庄击退，盘点如今武林，更不可能有任何一股力量能在短短几个月内灭亡试剑山庄。而且如果试剑山庄有什么不测，那是何等大事，势必震动两广黑白道，作为天下武林执牛耳的鼎剑阁更不可能一无所知——作为阁主的父亲在一个月前，还派人前去试剑山庄商量嫁娶之事。

南宫陌皱着眉，执着烛台往后屋走去。一路上到处是黯淡的血斑，密密麻麻的，发出奇怪的味道——但是，血迹都已很陈旧，为何还能散发出如此强烈的味道？

而且，就算是这里遭到过袭击，有过血腥的灭顶杀戮，可尸体呢？总有尸体留下吧？可一路上他不但没看到一具尸体，就连坟冢都没有看到一个！

种种疑问缠绕着他，但是脚步却一直往后面的卧室走去。南宫陌叹了口气，决定不去想这些古古怪怪的问题。他不过是路过这里，歇一宿，明日便要上路前往罗浮山上的试剑山庄，到时候向少庄主叶天征问个明白就是了。

他拿着蜡烛一直走往后面的卧室。这幢房子和村里其余房屋一样，显然已经多时没有人住了，到处积着厚厚的灰尘，他把手搭在卧房的门上，摸了一手的灰。

“吱呀呀”，门开了。烛光照亮方圆一丈的室内，破败的气息举目皆是。显然当日灭顶之灾来得太快，这里所有陈设都保持着井井有条的原貌，甚至床上的被子都折叠得整整齐齐。

“叨扰了。”默默对这里原先的主人说了一句，南宫陌拂开了蒙在桌子上的厚厚灰尘，将烛台和褡裢放到了桌子上，准备去后院打水洗漱。——真是的，不知道先前阁里派去试剑山庄的人为何迟迟不返回复命，害得他忍不住南下跑到这里来。

其实那一门婚事五年前就该办了，偏偏罗浮叶家一拖再拖，眼看叶二小姐都是二十出头的人了，却依旧用各种借口推托，说什么两广武盟事务繁忙，叶二小姐是盟主的大臂助，暂时无法出阁，等等。

种种借口。看来就是想赖了，而父亲南宫言其作为天下武林的盟主，居然是巴巴地把自己的热脸贴了上去，几次三番派人求娶。

其实叶二小姐那般泼辣的丫头有什么好，不娶就不娶，还正合他的心意呢……南宫陌咕哝着将包袱解开，拿出里面的铜钵来，准备去盛水。然而转身之间，忽然听到房间里某处传来轻轻“嗒”的一声，仿佛有人用指节敲击着墙壁。

“谁？”南宫陌霍然回头，手指按上了腰间，佩剑灭魂在鞘中应和出低低的长吟。

入夜的风吹进来，摇动桌上的残灯，没有一丝一毫人的气息，只有门扉和窗户在风中吱呀呀地轻响。

南宫陌的眼睛里闪过雪亮的光，然而终是缓缓放下按剑的手，继续拉开门往后院走去。

后院也是一片狼藉，野草疯长得有一人高，湮没了原本就狭窄的通往井台的小径。青碧色的野草中，隐约有一点一点的红色跳跃——是不知名的野花。没有叶子，高挑的花茎上簇生着红色的花朵，一丛一丛，甚是美丽。

木质的辘轳年久失修，坍塌了一半，横斜在青石井台上，因为南疆湿热的气候，上面长满了灰白色的菌类。南宫陌试着摇了一下辘轳，触手处密密麻麻软而湿的蘑菇让他有一种说不出的不舒服。意外的是井绳居然尚未朽烂，连着底下的铁桶，撞击着井壁发出半满的空空声。

他把铜钵放在井台上，摇动辘轳，然而将铁桶拉离水面的时候，忽然觉得入手颇为沉重，竟不似一桶水该有的重量。他心中陡然有说不出的寒意，一边慢慢摇着辘轳将那一桶水提上来，另一只手却悄悄腾了出来，握紧了灭魂剑。

“哗啦”，那一桶沉得出奇的水终于提了上来，然而南宫陌在月光下一眼瞥见井中升起的苍白诡异的脸，脸色瞬间一变。闪电般退开，右手已经迅疾无比地拔出剑来，直指井台。

然而那样的震惊只是一瞬，剑在指住的刹那已经停住。南宫陌脸色青白，却是迅速定了神——只不过是一个死人。一个泡在井中铁桶里的苍白的死人。

咽喉早已经被人割断，伤口在水里泡得溃烂，眼睛毫无生气地半睁着，身上裸露的肌肤在水里泡得浮肿，尸斑满身，散发出一阵阵腥臭气息，尸体上隐隐长出了灰白色的菌类。

——这是南宫陌在扶风寨里看到的第一个死人。

在这个显然有过激烈搏杀的地方看到尸体，原本是理所当然的事情，然而不知道为什么南宫陌心里却有反常的紧张和寒意，他忍住了恶心，凑近井台边上细细端详那个尸体，想从尸体的伤口上看出这一场灭顶之灾的端倪。

然而他的眼睛再度起了变化——被泡得浮肿的尸体上下，只有咽喉处有一个伤口，位于颈部血脉处，仿佛被什么细小的尖利之物刺入，留下了一个深深的小洞。让他感觉蹊跷的是那一处的血脉是流向心室的，并非一被刺伤就喷血至死的动脉。

外伤不会是致命伤，那么……

南宫陌屏住呼吸仔细看着那个伤口，转动手腕，用灭魂剑迅捷地在尸体的颈部划开了一个十字。苍白的肌肤翻卷开来，露出了皮下血肉——已经变成完全漆黑的腐肉！

果然有毒！那是什么样的毒，居然能让整个扶风寨在短时间内灭顶？

南宫陌忍住了恶心，将伤口更深地削开了一点，那个瞬间他眼神凝聚：那个伤口深处，有什么东西在蠕动！血肉里，有什么东西在拱着，似乎立刻就要钻出来——是虫子吗？人一死，在南疆这种天气里，不到一个月就会出虫子，那是理所当然的。但是有哪里一直不对呢……这个尸体——

然而就在这个刹那，他手中的灭魂剑发出了淡淡的冷光，一闪即逝。

想都来不及想，凭着直觉他立刻一剑平封，将面前所有空门都挡得滴水不漏，足尖一点地面向后用尽全力掠出——那样一封一掠，看似简单，却已经是他一身武学修为的极致。

“叮！”果然有什么东西被他的长剑拦截，发出尖锐刺耳的声音。一击未中，立刻如同飞梭般折回，不知道灭于何处。

南宫陌只觉手腕被震得发疼，连退三步，骇然立足，满身冷汗。

他忽然间想到是哪里不对了——尸体！

从房内血迹来看，那一场杀戮至少已经过去了大半年，在南疆这样湿热的天气里，半年后尸体怎么可能才朽烂到这种程度？应该不出两个月就变成骨架了才对！可这个死人从腐烂的程度看，分明刚刚死去不到一个月。

就在他诧然提剑立足的时候，荒院里陡然响起了一声低哑模糊的叹息。铁桶砰的一声掉回水井，沿着井壁反复磕碰了几次，发出空空的声音。等发出最后一声溅水的声音时，两只苍白的手支撑着井台，那个腐烂的“尸体”站了起来。

用手捂着刚被划开十字的颈部，那个“死人”就摇摇晃晃带着一身水珠向怔在当地的南宫陌逼了过来。喉咙里似乎有痰堵着，发出“咳咳”的声音，身上带着浓烈的腐败气息。

南宫陌几乎以为自己是在做梦，一直到那种腐败的味道包围了他——他恍然大悟，终于知道这个空寨子里无所不在的腥甜味道是哪里来的。那是腐烂的血肉的味道。

手中的灭魂剑不停地震动，发出嗡嗡低吟。千年前，越王勾践以白牛白马祀昆吾之神，以成八剑，千年后流传于世的只剩下灭魂、转魄两柄。据说佩带此剑夜行，魑魅为之辟——难道，今夜佩剑如此不安，是感觉到了邪魅逼近?

活死人的脚步是拖沓而缓慢的，凝滞地响起在荒废的空园中。

南宫陌握剑踉跄沿路后退，瞪着面前一步步走近的惨白僵尸——到底是死人还是活人?

有喘息，有心口起伏，然而眼神却是凝滞的，灰白浑浊的一团，不辨眼白瞳仁，走起路来摇摇晃晃，手脚僵直，被切开的颈部伤口里流出奇怪的紫黑色的血。

南宫陌定了定神，哧地冷笑一声：管他是鬼是人，人挡杀人，鬼挡杀鬼便是!

灭魂剑流出一道冷光，刺向那个活死人的右肋，在那一招发出的同时，左手瞬间发出了弦月叶，打向左路。那一招是在刺探虚实，然而出乎意料地，那个拖着脚步过来的家伙居然毫无避让的反应，反而迎着大步踏来。噗的一声，灭魂剑直直没入右肋——松软的肌肉如同败絮般不受力，灭魂剑一下子对穿而出。

南宫陌急速收力，但身子已经止不住去势地冲前三步。

打向左路的弦月叶落了空，在空中一个转折飞回他左手。

然而就在那个瞬间，两人之间的距离已经近到一臂。对方脸上居然毫无痛苦或恐惧的表情，更向前踏进一步。南宫陌只觉眼前一晃，心知不对，回剑急斩，闷闷一声响，一只苍白的断手飞了出去，黑血如同喷泉般射出。他来不及躲闪，一下子被溅了满面。血污了视线，他在那一刹那凭着记忆点足飞掠，倒退回房内，同时长剑倒挽，借着最后一霎视觉残留的影像，削向那个逼近的苍白的人。

“噗”，感觉长剑如削腐土，有什么东西重重砸到了地面上。同一时间，他的后背撞上了虚掩的房门，破门而入。

落地的刹那，他立刻用脚尖踢上了门，退到房子死角，慢慢用衣襟擦去脸上眼里的黑血，感觉肌肤居然有热辣辣的疼痛。南宫陌心下暗惊，连忙从怀中摸出鼎剑阁秘制的碧灵丹，含了一颗在嘴里。

门外没有任何声响。连那个活死人拖拖拉拉的脚步声和咳嗽声也听不见了。他捅开窗纸往外看了一眼，只见庭外月光如水，长草被压倒了一片，石径上匍匐着一具被截成两段的尸体，已经毫无声息。

死了吗？——这般容易。

南宫陌手指微微一动，指间的弦月叶再度飞出，薄薄的弯月形暗器在月光里微微闪了一道光，噗的一声没入死尸颈部，转了一圈。人头立刻骨碌碌地离开了身体，腔子里涌出大量黑血。弦月叶在空气中一个回旋，唰地飞回。

南宫陌舒了口气，却依然微微纳闷：真的死了？

看来果然是活人假扮的僵尸，不然如何能被杀死呢？他擦干净了弦月叶上面的血迹，重新推开门，想去拿回井台上遗落的铜钵。外面月色惨淡，风在空空的寨子里回旋，一人高的野草沙沙晃动，草间一丛丛红色的花儿开得分外茂密。那样的红色有种惨艳的味道。

南宫陌不知为何总是觉得不自在，感觉手中的灭魂剑不停发出微微的鸣动。

他的脚步一踏出后门，便陡然顿住了。

那个尸体！不知道是不是因为月光暗淡，所以有点眼花，他仿佛看到有什么细小的东西从断开的腔子里噗地挣出来，唰的一声钻入地面。

他提着一口真气，小心翼翼地提剑走过尸体边，然而什么都没有发生。

从井台上拿回了铜钵，却无论如何都不想再去汲这口井里的水，他匆匆沿着石径返回。

灭魂剑忽然剧烈震了一下。他诧然止步，眼神陡然凝聚——花！在路的正中，刚才尸体倒下的血泊中，居然开出了一朵血红色的花！

又一阵风过，满院的长草和不知名的野花簌簌作响。

尽管鼎剑阁南宫家大公子一向艺高胆大，此刻心里也是蓦地一冷，不敢再从路上走过，足尖一点，掠过那一丛莫名其妙新长出来的花，直接跳进了门后。反手关上，再也不去理会房后那个奇奇怪怪的空园。

第二章

夜歌

房间里那根蜡烛还点着，发出昏黄的光，影影绰绰。

南宫陌回到桌前坐下，把佩剑放在手边，有些忧心地分析眼前这个奇怪的情况——很显然山脚下的这个扶风寨是遭遇了可怕的杀戮，居然没有一个人幸存。那么……山上的试剑山庄呢？是不是同样也遭遇了不测？

叶天征那家伙死活拖着，不肯完成婚约，难道是因为天籁早就……

那样不祥的猜测让他出了一身冷汗。那个瞬间他有些沮丧地吐了口气，终于承认自己还是很想念那个凶巴巴的丫头天籁——这门婚事被一拖再拖，自己对外说一点都不着急，其实心里早就恨不得把叶天征揪出来暴打一顿，逼问他为什么迟迟不肯把妹妹嫁过来。

但毕竟少年成名后，心气越来越高，轻易不肯低头，他哪里能拉得下面子。

父亲也是知道儿子这样死要面子活受罪的脾气，此次才会令他一定要前去试剑山庄面对面向叶天征问个清楚吧？却不料，一来就见到了如此诡异的情形。

蜡烛快要燃尽了，烛油宛如红色的眼泪一样流了下来。南宫陌在榻上睡下，刚除下外袍，就看到手腕上那个伤疤，愣了一下。揉着经过力战而有些发疼的手腕，神思恍惚之间，眼前闪现出少年时在罗浮山上的岁月——

南宫家和罗浮叶家是世交，他自小就经常和长辈一起来罗浮山拜访老庄主，渐渐也就和叶家的两兄妹熟了。叶夫人在生下女儿不久就亡故了，而叶庄主全部精力都用在武林事务上，叶二小姐天籁生下来除了哥哥就没有人再管教她。

那丫头精力旺盛、骄横霸道，经常借着“学武功”的名义对哥哥天征和南宫陌拳打脚踢。叶天征比妹妹大了六岁，性格温良稳重，从小兄代母职，将叶天籁照顾得无微不至，在习武上当然是逆来顺受，挨了打还要夸“天籁进步好快”；而南宫陌那时候少年气盛，从来不肯让人，每次天籁打他他就非要打回去，骂她“臭叶子，烂叶子”，两个孩子厮打成一团，经常闹得不可开交。

后来父亲南宫言其入主鼎剑阁，成为中原武林的盟主，便和试剑山庄老庄主定下了亲事。也算是中原武林和两广武盟的联姻。

那一年他十六岁，叶家二小姐天籁十二岁，而叶家大公子十八岁。

婚事定下的那一日，他尚在为此郁闷不已，就见那个小丫头冲了过来，一言不发就动手打人。因为心里也窝火，他一点不客气地还手了，轻而易举地扭住了天籁的手，也是恨恨地：“你叫什么？我才要叫呢！——你以为我愿意娶个老婆回来天天打架啊？”

十二岁的女孩子愣了愣，虽然还不明白娶妻的意义，却扁了扁嘴大哭起来：“我才不要嫁给你！我要嫁给哥哥——爹坏死了，要把我从家里赶出去！我要嫁给哥哥！”

“呃？”十六岁的少年扭着她，本来也是满心怒气，听得那样的话忍不住扑哧笑了起来，抬起头就看到了追出来准备拉开暴怒妹妹的少庄主。

听得那样的话，叶天征也愣在那边苦笑。小丫头玉箫也跟着追了出来，站在少庄主身后，忍不住掩着嘴笑。叶家这个丫头只不过比天籁大一岁，但因为出身贫寒，颇经历了一番困苦，已经比天籁不知懂事多少。叶庄主怜她孤苦，又见她平日里言语伶俐，办事得体，就叫她跟着少庄主打点山庄日常事务。

然而此刻听得二小姐的话，玉箫毕竟是个十三岁的孩子，却也忍不住调皮，一边走过来，一边眨眨眼睛："小姐，别闹了，叫未来姑爷看了多不好。"

这话不说还好，一说，刚见了哥哥而稍微安静一些的叶天籁更加暴跳起来，又骂又抓，南宫陌伸长手臂将她身子拎开去，费了好大力气才不让她踢到自己。

"天籁脾气不好，你以后还是要多担待一些。"虽然是童年的好友，此刻转眼成了姻亲，叶天征还是第一次郑重地叮嘱那个飞扬不羁的同伴。南宫陌脸上一红，看着手底下如同一条泥鳅一样不停蹦跳挣扎的叶天籁，发现女孩儿挣得脸红红的，居然很是好看。

那样一分心，叶天籁就挣脱了他的手，忽然扑上去恶狠狠咬了他一口。

"啊呀！"他痛得捧着手腕叫了起来，怒极，顺手就想去揪叶天籁的头发。然而耳边风动，却是叶天征立刻出手架住了他的手，他一愣回头，看着好友。试剑山庄少庄主依然温雅，但眼神却是凝重的："天籁是个好孩子，以后你不许欺负她。"

"什么？你搞错没有，现在是谁在欺负谁啊？"那一口咬得狠，南宫陌只觉得手腕上都要断了——若是真的伤到了筋脉，以后这只手不能练剑，那岂不就是废了？越想越气恼，他冲口道，"我才不要她！"

"我才不要你呢！我要嫁给哥哥！"一口命中，孩子犹如一条鱼般溜了出去，跑到玉箫身边，回头恶狠狠做了个鬼脸，"哼！"

"好啊！臭丫头！"南宫陌气极反笑，捂着手腕横肘捣了叶天征一下，"喏，你看，你这个妹妹我消受不起，还是你自己留着吧。"

"还好，没伤到筋脉。"叶天征不似他这般说笑，拉过好友的手看了一下，淡淡道，"虽然现在时日尚早，但你也要学着怎样制住那丫头，不然以后两人天天打架也不是个事儿。"

"我才不要嫁给他！"女孩儿柳眉倒竖，蹭过来拉着兄长的袖子撒娇，"我要嫁就嫁给哥哥！哥哥最好了……这样我就能留在山庄里陪着爹了。爹爹说，如果我要嫁出去，他要花很多钱的——这样连钱都省了呢。”

孩子那样认真的打算，听得两人目瞪口呆。南宫陌捂着手腕看着这个毛丫头，终于忍不住大笑起来。

“天籁啊。”叶天征苦笑着俯下身摸着妹妹的头，“胡说什么，你终归要嫁人的。南宫哥哥其实是个好人，他一定会对你好的。”

“我才不嫁给别人！别人都没哥哥对我好！”叶天籁牛脾气又上来了。

“就算天籁不嫁，哥哥也要娶妻的啊。”叶天征的脾气一如既往地好，抱起了妹妹，微笑，“你看，再过几年你及笄了，哥哥连抱你都不方便了呢——你如果不找到一个好的夫家，哥哥怎么放心呢？”

“哥哥……要娶妻吗？”后面的话仿佛都没听见，妹妹扯着兄长的衣襟，“娶妻——就是说要和那个人待在一起，不要天籁了是不是？难道有别的女孩子，比天籁更漂亮更讨人欢喜吗？”

“更漂亮不见得，比你更省心是一定的。”没好气地，南宫陌包好了手腕回了一句，“喏，哥哥再好也是嫂子的——你以为天征可以一世陪你啊？”

然而这一次这个小霸王没有如同往常那样跳起来打他，叶天籁低着头，似乎有些发愣，安安静静。叶天征舒了口气，以为她终于乖了，正准备将她交给侍女玉箫去照管，低头之间却看见怀里娃娃般可爱的女孩眼里含着泪水，长长的睫毛扑闪扑闪，忽然间就哇的一声大哭起来：“不许不许不许！哥哥不许要嫂子！不许把我嫁出去！”

“啊啊，天籁不哭了，当然天籁最漂亮最可爱。”叶天征自小就疼爱这个妹妹，连忙哄，“哥哥不要嫂子了，一世陪你好不好？”

“嗯……不许赖！”叶天籁终于破涕为笑，伸出小手抱住了哥哥的脖子，回头胜利般地瞪了一边的南宫陌一眼，哼了一声：“我要哥哥，才不要嫁给你！”

泪珠还挂在睫毛上，女孩的脸上却绽开了灿烂的笑容。

“不嫁就不嫁，谁稀罕？”他下意识地回嘴，转身走开。然而走了几步就忍不住回身看一眼，叶天籁已经被玉箫连哄带劝地带着往回走了——他站在走廊上，看着那个十二岁女孩儿的背影，忽然就有些发呆。

他知道这一次以后，恐怕很难再看见她了……虽然是武林人，但南宫世家和罗浮叶家都是有头有脸的大家族，女孩从订了婚到出阁前，是不能再抛头露面的。后来，除了天籁十四岁那年在叶老庄主葬礼上见过一面，他们再也没碰上，直至今日。

那丫头……如果长大了，一定是个美人吧？

转身的时候，一个念头忽然在心里跳出，让他不自禁地暗自欢喜。

“那丫头……如今是不是长成了美人呢？脾气也该好点了吧？”荒村的孤灯下，南宫陌枕剑而眠，脑子里却翻涌着十年前的往事，想起明日就要上罗浮山去，翻来覆去难以入眠。蓦然，一个念头跳入他脑海，让他惊得坐了起来——

“啊，老是拖着拖着，莫非是因为那个丫头除了哥哥还是不肯嫁别人？”

他在半夜里翻身坐起，想了想，却忍不住苦笑起来：“呃……不可能。十年里那丫头总会懂事一些吧？”忽然为自己这样心神不定感到沮丧，他有些恨自己不争气地敲了敲脑袋，翻身重新躺下。

“嗒”，寂静中，房间某处陡然传来轻轻一声响，在深夜时候比白日更为清晰。这一次南宫陌准确地听出了声音传来的方位，想也不想立刻抽剑向着旁边的壁橱内刺去！

噗的一声，灭魂剑没入了朽木，壁橱里传来沉闷的一声响，有什么东西轰然失去了平衡，压得橱门整扇向外倒下。木屑纷飞中，南宫陌点足跳回到了桌边，借着残灯的光，看着壁橱里爬出来的东西——又一个惨白的僵尸。

那一剑在僵尸身上刺出一个透明的窟窿，血从破裂的皮囊里倾泻了出来，满地都是。血泊中那个僵尸倒地抽搐，挣扎着，一寸一寸地爬过来，灰白色的眼球往上翻着，紧紧盯着他，喉咙里发出咳咳的声音。

南宫陌看着那个诡异的僵尸拖着一身的血爬过来，只觉全身发冷。在那只惨白的手抓住自己足踝前，他一脚踢在僵尸太阳穴上，因为紧张，用力过猛，竟一下子将那颗头颅从腐烂的身体上踢飞出去。

“咕咚”一声，人头在墙壁上溅出一朵血红色的花，滚落在地。尸身抽搐了几下，也不再动弹。

南宫陌长长出了口气，不自禁地一阵恶心。看着地上那个没有了头的尸体，心中的疑惑却更加浓了：已经见到了两个同样的“僵尸”，但是每一个似乎都僵硬而笨拙，没有太大的伤害力。在被他惊动之前，似乎那些僵尸都是安静地待着，没有主动伤害人的打算。

但，这些僵尸到底是怎么出现的？

南疆奇奇怪怪的事情很多，蛊毒，桃花瘴，苗人的巫术，幻花宫的司花女史，拜月教的鬼降和祭司……这些东西他行走江湖之时早有耳闻。然而却从未听说过有眼前这样的行尸走肉。或者，这里是出现了一种奇怪的瘟疫？

他盯着墙上那一摊血迹出神，心里却已经闪电般转过了无数个念头。

然而等眼神凝聚的刹那，他忽然不自禁地脱口低呼——花！

墙壁上，在方才人头溅上去的那摊血里，居然又快速地开出了一朵鲜红色的花！抽芽，含苞，开花于一瞬之间，快得让人以为自己是在做梦。

南宫陌心知蹊跷，不敢去触碰那已经结出花籽的奇异植物，想了想，弦月叶无声无息地滑落到手心，微微一扬，薄薄的弯刃向着那脆弱的花茎割了过去。

“叮！”那个瞬间，花籽忽然裂开，一个细小尖利的东西弹了出来，打在弦月叶上。那样细微的东西，居然能将他发出的飞刀打得偏离了原来的方向！弦月叶呼啸着转入空气，他却在同时拔剑，立刻急封面前空门——又是一声“叮”的巨响，手腕被震得发疼，黑暗中，有什么细微的东西再度被他拦截住，转了个头，没入黑暗。

那个不是花籽……那个东西绝对不是花籽。在后院那个僵尸的颈部血肉里，蠕动着的也是同样的东西：那是有生命、会自己活动的事物，有着奇特而强大的力量。

到底是什么？……到底是什么东西藏在这个黑暗的空寨里！

南宫陌盯着墙上那朵枯萎了的花，心中陡然有一种不祥的预感——仿佛黑暗中有什么东西悄然降临了，浓重的邪异气息扑面而来。

“嗒嗒嗒”，一连串的敲击声，从各处传出，不急不缓，仿佛房子内外面有无数人用指节敲击着这座房子的墙壁。

南宫陌不敢再待在这个空房内，干脆拿起了褡裢，提着鸣动不已的灭魂剑跳了出去。

跳出去的刹那他倒抽了一口冷气：都是人！

这个白日里还是空无一人的寨子，半夜里居然满街悄无声息地游荡着面色惨白的人。这些僵尸一样的人不知是从哪个角落里冒出来，个个表情呆滞，眼球灰白，手脚僵硬地四处走动，似乎在寻找着什么。

他跳出去的时候，撞到了窗下一个正游荡到这里的人。

那个“人”面无表情地用灰白色的眼球看了他一眼，在南宫陌准备拔出灭魂剑之前，他却径自转过了头，不再理睬，自顾自从窗口探身而入，伸手去抓什么东西。

南宫陌不想惊动这些奇怪的僵尸，按剑悄然退开，沿着墙脚走着，眼角扫视着这些满街游荡的惨白怪物——这些到底是人，还是鬼？他们到底在做什么？

最后一个问题很快就有了答案。他回过头，看见方才那个探身入室的家伙已经出来了，手里扯着那株长在墙上的奇异的花，块茎已经被塞入了嘴巴，不停地嚼着，似乎极为享受。南宫陌诧异地看着这个吃花的怪物，忽然看到随着他咀嚼的动作，他脖子上一个细小的洞里面，似乎有什么东西在腾腾地翻滚着，几乎要顶破皮肤。

是那个尖利而细小的东西！就是方才在黑暗中两度袭击自己的不明生物！

南宫陌忍住了恶心和恐惧，沿着墙跟跄后退，看到满寨子面色惨白的人都四处游荡着，寻觅那种丛生的红色花朵，连着泥土挖起来，塞到嘴里津津有味地嚼。

他注意到了每个人的颈部，都有同样的伤口，里面蠕动着同样的诡异东西。

到底是什么……就是因为那个东西，才让这些人变成那样？

在他尚未想出答案的瞬间，夜风里忽然传来了凄楚的笛声，很奇怪的笛音，没有曲调，仿佛有人幽咽地在空寨的某处哭泣，小孩子般嘤嘤的腔调——南宫陌刹那间居然忘了身处何处，神思陡然涣散。

笛声传来的刹那，所有僵尸的动作都是一顿。无数双灰白的眼球滚动着，最后都投注在这个闯入空寨的年轻中原人身上，喉头发出奇怪的咳咳声，仿佛听到了某种指令——不约而同地，无数双惨白的手陡然伸出，向着那个出神的年轻人身上抓了过去！

第三章

试剑山庄

南疆秋季的风依然是炎热的，然而凭窗坐着的白衣男子眼里却是萧瑟的表情。他手里握着一包东西，眼睛定定地看着外面庭院的某处——那个角落里，悄然开出了一丛颜色妖艳的红花，如地狱的火般跳跃。

已经……长到这儿来了吗？

“那个人”，很快也要接着过来了吧？带着成千上万的僵尸，将这个试剑山庄变成人间地狱——就为了报复当年他犯下的罪。

想着想着，他薄如剑身的唇角露出一丝惨淡的笑意，暗自握紧手中的布包，该来的，终究要来……他已经等了那么久，等待着那个人回到这里，向他复仇。

试剑山庄年轻的庄主就这样沉默着出神，一直到外面沸反盈天的吵闹声将他惊醒。

“老子要冲出去！谁他妈的敢拦着就剁了谁！”嘶哑着嗓子，一个中年汉子挥舞着长剑，逼开那些上来劝阻的人，眼睛血红。“那些僵尸就要过来了，你们要留在这里等死就自己留着！不要拉老子陪葬！老子带着自己弟子们冲出去！”

“孙叔叔，孙叔叔……你冷静一点。”一个女子的声音响起来，试图让眼前这个因恐惧而崩溃的男人平静下来，“山下所有的路都被‘那个人’控制了，你怎么可能冲出去？我哥已经飞鸽向中原鼎剑阁求援了，南宫世家和我们是姻亲，必会立刻派人前来。大家只要再支持少许时间，便能……”

“他妈的就会骗人！叶天征能想出什么狗屁法子！”女子的声音半途被粗野地打断。孙冯也算是试剑山庄四大名剑之一，此刻却全然没有了平日翩翩的剑客风度，只是红着眼睛嘶声大骂，“被围在山庄已经半年了，连对手是谁都不知道！多少次飞鸽出去，什么时候见有飞回来的？说什么再等等、再等等！——再等下去，整个试剑山庄迟早都会变成僵尸！”

“孙叔叔。”女子的声音再度响起，然而语气已经凝重，“你也是天籁景仰的前辈了，如何说出这般沉不住气的话来叫人笑话？你……”

“少跟我来这一套。你算是什么东西？”天籁的话再一次被孙冯打断，他嘴角露出一个刻毒的笑意，“还摆什么小姐架子——别人不知道，我还不知道你的底细？别以为能对我吆喝来去的！”

原本尽力挽留的叶家二小姐愣了愣，脸色忽然苍白。

“如果孙前辈执意要走，天籁，你不必强留。”步出试剑山庄大堂门的白衣人开口打断了妹妹的话，眼神却是淡漠的——那一句“前辈”，已经将这个试图离开的旧属下分离出去。孙冯反而愣了一下，看着这个年轻人。

“孙前辈也是武林中赫赫有名的剑客了，什么风浪没见过？为何也被吓得沉不住气了？”叶天征轻袍缓带，从阁中步出，走入纷扰的人群中，看着孙冯，“当年苗疆拜月教来犯，是何等声势！千百教众都冲入了山庄，还在试剑阁里放起火来，那时候算是绝境了吧？可最后大家齐心协力，不是也在家父的带领下击退了邪教、保住了山庄？这次那些僵尸尚未出现在山庄，大家就心慌了吗？”

环视着众人，年轻的试剑山庄庄主缓缓道来。重提当年的战绩果然对山庄里经历过那场战役的人有着明显的鼓舞作用，大家虽然不说话，眼里却有了认同的神色。毕竟是江湖人，个个心里都有着豪气，虽被僵尸们长年累月地包围而有些恐惧，但此刻也重新稳定了下来。

连孙冯都不说话了，提着剑站在原地，明显有些动摇，却不好意思收回刚才的话。

“当年魔教破了山庄大门，两位护法带着近百名教徒，却冲不进试剑阁——是谁带领子弟们死守大门，血战了一日？”继续说着当年的往事，少庄主的目光停留在孙冯的脸上，“孙叔叔，即使你现在要离开试剑山庄，可当年你为山庄流的血，我叶天征永远都不会忘记。没有你们，山庄在多年之前早就灭亡，罔论今日。”

他的弟子围在旁边，听得当年师父的光辉战绩，眼里都流露出仰慕的光。仿佛有些不敢承受那样的目光，孙冯低下头去，嗫嚅着说了一句“不必谢”，脸色却阵红阵白起来。

“孙叔叔，如果你肯留下来再和我们一起多坚持一段日子，我会更加感谢你。”看到孙冯平静下来，试剑山庄的少庄主继续不疾不徐地说话，声音却是诚挚的，“如果信我叶天征，就请留下。我必如同父亲那样，尽力保全试剑山庄。”

对方给了这样的台阶，中年剑客低下了头，正考虑是否顺坡下来，然而想起山庄外面那些游荡着的惨白的脸，心里就是一个哆嗦。

这次不比多年前的拜月教来袭——之前那次来的好歹还是人，可这一次来的却是……

气氛忽然凝定了，等待着孙冯的回答，所有人都静默着。叶天征眼神淡定，仿佛从容不迫，暗地里却是对着妹妹摆了摆手，阻止了叶天籁开口说话。同样一袭白衣的叶家二小姐硬生生忍住了到嘴边的话，有些忧心地看着兄长，眼神复杂。

忽然间，天空中有什么扑簌簌的声音传来，所有人一起抬起头。

那一羽雪白的鸽子降落在檐下，叶天征抬手解下了鸽子腿上系着的书信，展开一看，扬眉笑了起来，将信展示给众人：“你们看！鼎剑阁已经得到了我们的消息，南宫盟主说立刻派人手支援，预计半月内便可赶到。”

那张信笺在人群中传阅着，大家发出低低惊喜的议论。

中原鼎剑阁终于接到了试剑山庄传出去的求救信了？孙冯看了那张

信笺一眼，长长吐了口气，把一直拿着的剑放了下来，转过身看着少庄主，讷讷道："恭喜少主……在下、在下的确是被那些怪物吓得有些糊涂了，少主不要见怪才好。"

"哪里，孙叔叔是看着我们两兄妹长大的，我们怎么会怪你？"叶天征也是暗自松了口气，回礼，却提高了声音，"不过再支撑半个月，大家都要通力合作了！"

"听从少主吩咐！"振奋的声音响起来，惊天动地，那尾白鸽吓得咕一声飞了。

日头终于从罗浮山顶坠落了，南疆湿热的风中，传来低低的咳嗽声。

叶天征回到试剑阁里，却忍不住捂着胸口咳嗽起来，感觉肺叶仿佛被刀子绞着，咳着咳着，便是咳出点点黑色血沫来。

"怎么了？怎么了？"白衣少女刚安抚好外面人的情绪，反身入阁便看见如此情形，惊得几步冲了过来，一迭声地问，"怎么又咳血？都已经好了很久了，怎么又……"

"轻点儿。"叶天征却是挣扎着吐出两个字，拍了拍她的手，"小心外面人……咳咳……听见。"

叶天籁到了阁上药房内翻出药，手脚麻利地倒了茶，便递过来。

"唉……"一口茶将药丸冲入咽喉，叶天征闭目养神，轻轻叹了口气。

"怎样？"叶天籁从他手里接过杯子，眉目间忧心忡忡，定定看着他。

这伤是多年前拜月教那一场仗后留下的——那一次的大难里，才二十岁的少庄主从魔教长老手中逃生，拉着妹妹从燃烧的试剑阁里冲出，却被刺伤了肺。其实养好也有五六年了，一直没有异常，最近恐怕是太劳心劳力，所以又感觉不舒服起来。

"真的快撑不下去了。"许久许久，直到外面的天都全黑了，闭着眼，人前一直从容淡定的叶天征，却颓然吐出一句话，将滚烫的额头沉入手掌。

“那个信鸽带来的消息……是你假传的吧？”沉默了一下，女子眼里有了然的光，“别人也许认不出，可山庄里的鸽子都是我喂养的——那个鸽子绝不是从鼎剑阁飞来的！”

“呵，呵……消息根本传递不出去的——天上地下，所有的路都被‘那个人’截断了。”依然是闭着眼，试剑山庄少庄主笑了笑，到最后却咳嗽了起来，用手按住胸口，“我让沈伯带着鸽子跑到外城去，寄上假书信，再放回来，以求暂时安定一下山庄里大家的情绪。”

“山庄外都是僵尸！那沈伯他……”叶天籁一惊，手里的茶盏跌到地上，粉碎。

“他是死士。”叶天征闭着眼，睫毛下却有了微微的湿润，“他出去时就没想着能回来。”

长长的沉默。许久，叶天征睁开了眼睛，两兄妹相对无言。

“又能骗多久。”叶天籁有些绝望地喃喃，握紧了哥哥的手，“半个月后，如果不见中原鼎剑阁来的人，我怕大家到时候都要支持不住了。”

“半个月内，我们再想办法。”叶天征微微一震，抽出了被紧握的手，淡淡回答。

“能有什么办法？连对手是谁都不知道！”女子显然没有他那样镇定，几乎是痉挛般抓住了他的衣襟，追问，“那些僵尸到处都是！‘那个人’现在好像还不急着杀进来，所以让那群僵尸在山庄外游荡，可对方如果玩厌了这个猫抓耗子的游戏呢？只要一声令下，整个山庄……整个山庄的人都会变成僵尸！”

“放开。”叶天征看着妹妹抓住自己衣襟的手指，忽然眼里有说不出的复杂，低低喝令。

叶天籁眼里的情绪依旧激烈，手指拉着哥哥的衣襟，白苎麻的衣衫绷得紧紧的。她忽地抬手指着窗外，声音都颤抖了：“我都不敢告诉外面的人……也不敢让人进去……你看看后面的园子！你看看那里！那种花，那种吃人的花，都从后园里长出来了！邪气已经从地里透进来了，很快……很快这里就会……”

女子眼里有恐惧的光，越说越颤抖，手指也越抓越紧，白皙的手痉挛着。

眼睛盯着那只紧抓着他衣襟的手，叶天征忽然觉得喘不过气，脸色苍白如死，似乎根本没有听妹妹在讲什么，忽然间用力一把推开了她：“放……放开！”

刺啦一声裂帛，叶天籁猝不及防地跌到地上，手里尚自怔怔抓着半截衣襟，惊骇莫名。

叶天征剧烈咳嗽着，用手支撑着额头，忽然低笑起来：“她来了……她来了。她要把这里的人全部杀光，一个不剩。你不要再抓着我了……快逃！被她抓住了，你就完了。”

“谁？谁来了？”叶天籁被哥哥脸上这样的表情吓住了，怔怔反问，问到后来，脸色一变，陡然猜到了什么可怕的事情，脱口尖呼，“是她？是她？！”

“是她。”黑色的血沫从嘴里吐出，肺部仿佛再度感受到了当时弥漫着血与火的空气，剧烈地收缩着。叶天征咳嗽着，嘴角却有了一丝复杂的微笑，缓缓从怀里拿出那个布包，展开了那块残破的布——

显然是硬生生撕下来的，那个布片残缺不全，却依然可分辨出优良的质地。一边是做工精细的金丝拷边，另一边线头脱落，似乎是被人从衣服上生生撕下。

然而，让地上女子再度惊叫出声的，却是布片上面的一个印记——血手印！

一个小小的殷红血手印留在断裂的布上，栩栩如生，仿佛要跳出来迎面打人一个耳光！

深夜的空寨子里，交织着血光和剑光。

作为鼎剑阁主的独子，南宫世家的少主，南宫陌行走江湖那么些年，也算是见识了不少奇人异士，在武林新一辈中也称得上是顶尖的人物，然而在今夜，他恍然觉得自己是在做一个醒不过来的噩梦。

眼前晃动的都是僵尸惨白的脸。不会转动的浑浊眼球，直直伸过来抓人的苍白手臂，那些“人”似乎根本不懂恐惧，争先恐后地往他的灭魂剑上扑过来，那些腐败的、伤痕累累的手臂举着，如同惨白的树林。

他将南宫家的“补天剑法”发挥到了极致，如同水银泻地，护住全身上下每一处空门。

月光惨淡，相传具有辟邪作用的灭魂剑织起了银白色的光幕，将他周身裹住。光幕边缘激起了一层淡淡的血光，不停地有僵尸的手足被绞断，带着一蓬血光哧地向外飞出。

那奇怪的笛音还在夜幕下传过来，宛如一个婴儿的哭泣。曲声中，满寨子的僵尸都向着他所在的位置集中过来，几个受伤倒下，更多的僵尸立刻围了上来。

南宫陌看着刚至中天的月色，心下却有了焦急恐惧之意——这般打法极为消耗体力，他无论如何也支撑不到日出时分。如果不赶快想办法脱身，那……

心中念头急速转动着，手中的剑却是片刻不敢停，瞬间又将一个逼过来的僵尸的左手连肩削断。那个僵尸张大了嘴嗬嗬而呼，脸色惨白，舌头却是诡异的鲜红色，居然丝毫不感觉痛苦，反而继续向着他的剑扑过来。

在灭魂剑刺穿那个僵尸心脏的刹那，南宫陌陡然认出了眼前这张扭曲的脸，脱口惊呼：“邹护法！”

只不过微微一怔，僵尸残留的右手已经直直伸了过来，在南宫陌左肩抓出了一道血痕。南宫挥剑急挡，噗的一声穿心而过。

僵尸仆倒，颈部忽然有个极其细小的东西离开尸体，激飞而出。

南宫陌下意识抬剑格挡，叮的一声，手被震得生疼。然而他实在忍不住内心的惊骇，怔怔地看着地上躺倒的尸体，那张熟悉的脸浸在血泊中，宛如一场噩梦。

那是鼎剑阁六护法之一邹世龙。邹世龙深得父亲倚重，两个月前，父亲便委托他带了礼金侍从，前往罗浮山试剑山庄，向少庄主再度提出迎娶二小姐过门，但邹护法一去再也没有消息，父亲以为叶少庄主又准备老调重弹，留住来人多盘桓几日，以便找种种借口再度延迟婚期。南疆路途遥远，消息不便，鼎剑阁虽然称霸中原，却也只能坐等消息。

不想，却在这里看到了邹护法——已经成为僵尸的邹护法。他居然亲手杀了他。

南宫陌惊在当地，直直看着地上的尸体，抬起头来，便依稀认出那些死白的脸中有几张是熟悉的——不是试剑山庄的人，便是和邹护法一起来南疆的鼎剑阁的人。

那些人拖着脚步，面无表情地向他逼来。南宫陌提着灭魂剑怔怔地看着那些失神的熟悉的脸，恍然如同梦寐。

笛声在夜色中继续传来，飘散在风中，凄惨如哀泣，调子渐渐转为急促。那些僵尸陡然一惊，仿佛受到了什么指令，立刻加快了拖拉的脚步，迅捷地从各方扑过来。

左肩上被邹护法抓伤的地方已经隐约发麻，蔓延开来，南宫陌提剑贴着墙倒退，看着四方密密麻麻拥来的僵尸，忽然足尖一点，迅疾拔地掠起，跳上了房顶，向着笛声传来的方向用尽全力急奔。

必须要在毒发前制住那个藏在暗夜里的吹笛者，那群僵尸的放牧人。

第四章

血婴

笛声是从寨子正中的木楼里传出来的。

那座破败的木楼，曾是扶风寨兴盛时期的聚义厅。然而此刻已坍塌了大半，南疆特有的浓密绿意吞噬了它，杂草丛生，藤蔓攀爬，重重叠叠围绕了木楼。

南宫陌却在楼前止步——木楼的周围，居然大片大片盛放着那种诡异的红色花朵！

月光惨淡，僵尸在远处低吼，眼前仿佛有火焰跳跃，那些花开得如此恣意疯狂。那结出的果实里，隐约有什么在扭动，仿佛想要挣脱果壳。

“哪个妖人在这里装神弄鬼？”不想轻易冒险，他停步在小径上，想用言语激里面那个吹笛者出来，“有本事出来，让南宫少爷的灭魂剑见识一下！”

话音一落，那个幽怨的笛声蓦然停止了。

“灭魂剑？……南宫？”沉默许久，楼里才有个声音轻轻重复了一句。居然是个稚嫩的孩子声音，语调却是老成得诡异，陡然低低冷笑起来，“怪不得能伤了我的黑羊们，原来用的是灭魂剑……嘿嘿，鼎剑阁南宫世家？又来迎娶新娘了？你不可能再迎娶到叶家二小姐回去——她迟早要变成我的黑羊儿。”

“黑羊？你是说那些人？”南宫陌听得那样的语声，不知为何心里蓦然一跳，寒意透到了心底去，却忍不住杀气涌起，“妖女！你用妖术把那些人怎么了？”

“怎么了？”楼里的声音低低笑了起来，“他们很好啊，成了我的黑羊儿，不会感到痛，也不会觉得伤心，更不用再拿着刀剑砍砍杀杀，每天安安静静睡觉散步——不比做个江湖人好得多吗？”

果然，她就是那群僵尸的缔造者……放牧死亡的牧羊人。

南宫陌趁着那个声音低语的刹那，再也不迟疑，提了一口气，点足飞掠，用了补天剑法中最后一招“石破天惊”，提剑直向那个木楼里传来声音之处刺去！

那一招的凌厉，足以击破任何屏障。

然而，木楼内只传出了轻轻一声笛音，仿佛看不见的力量凭空操纵着，所有红花的果实在瞬间爆裂！花籽中无数细小的东西激射而出，呼啸着打向身形在半空中的南宫陌。那样密集的死亡之雨，让他避无可避。他向后急退，翻身落回原地，拔剑护住周身。

那般厉害！——她未曾动一根手指，就让他无法逼近一步？到底是什么样的妖女？

“南宫公子，我劝你不要挣扎了，乖乖做我的黑羊好了。”暗夜里，孩子般的声音低低传来，笑着，门吱呀一声开了。里面居然有灯火，一个小小的身影坐在灯下，穿着鲜红色的衣服，脸藏在阴影里，抚弄着短笛，“你看看这些花……这些漂亮的曼珠沙华。你不喜欢吗？”

“曼珠沙华？”南宫陌眼角瞟着那些丛生的红色花朵，格挡着那些如雨般飞过来的小东西，脱口低声重复，“那些僵尸吃的花？”

“嘻嘻……这种长在阴湿墓园里的花，被称为死者之花或者彼岸花——不过天竺那边的人叫它曼珠沙华，你不觉得这个名字很美吗？”木楼里那个孩子笑着，不急不缓地解释，忽然笛声又短促地响了一声，不等南宫陌反应过来，那些叮咚不绝撞在他剑上的小东西陡然都折返了，凝聚成一道黑色的闪电，呼啸着扑入了门内。

那个小小的孩子坐在灯下，打开了手边的一只陶罐，继续吹着笛子，让那些奇怪的小东西排成一线，迅疾地飞入罐中。小小的手覆盖了上去，当啷一声将盖子合上。

“曼珠沙华？”南宫陌下意识地重复了一遍，依稀记起曾听鼎剑阁中的墨神医说起过这种天竺传来的花，不由得冷笑，“胡说八道，曼珠沙华因为性喜阴湿而长在墓园里，本身却没有毒，哪里会是这样！”

灯火摇曳，孩子的脸藏在阴影里，嘴角却有一个诡异的笑：“我种的曼珠沙华，怎么能是平常之物？那可是真正的死者之花哟！——可以让那些本该腐烂的人从地底下复活，成为供我驱使的黑羊儿。”

“靠着那些虫子吗？”南宫陌用脚尖踢了踢路边一株果实爆裂的红花，冷笑。

“唉，真是少见识。什么虫子？那可是幻蛊——多少武林人一辈子都见不到的稀奇东西呢！”毕竟是孩子，被他那样冷嘲一句就有些不服气，拿起了手边的陶罐摇了摇。虽是隔得远，南宫陌心下却是一惊，生怕那些怪物被再度释放出来，立刻提剑护住周身。

“嘻嘻……看把你吓的。”灯火下，那个小小的人儿发出银铃般的笑声，抱着那个陶罐，“我的幻蛊可是最听话的，我不让它们出来，它们便不会乱动。它们呀，只要每天放出去一次，去吃饱曼珠沙华的花籽就可以了。”

南宫陌看着沿路那一丛丛曼珠沙华，忽然明白过来了：“你是蛊婆！是不是？你养着幻蛊，让那些蛊寄生在这些花上——花开到哪里，就会把蛊毒传播到哪里！那些被你下蛊的人都被你控制，因为体内寄生着蛊，所以要吃花为生？”

那样一连串的反问让木楼内的人沉默了一会儿，忽然又咯咯笑起来了：“是呀……想不到南宫公子还挺聪明的，我以为你还是个不用脑的傻小子呢！”

“你，是什么人？”终于弄明白了这一场灭顶的灾难由何而来，南宫陌的心里的愤怒和寒意层层涌出，将手按在剑上，低声喝问。

“呵，呵……”楼里的孩子笑了笑，出乎意料地回答了一句，“想知道我是什么人？你过来看看我就知道了呀！”

“好，我就来看看你到底是人是鬼！”无法猜测在这样挑衅似的邀请里包含着怎样的心机，南宫陌干脆利落地回答了一声，一步踏上了石径——无论如何，能走到这个妖女身侧，对付她的把握应该大一些吧？

左肩上的伤早已麻木，那麻木甚至蔓延开来，已经到了腋下，直逼心脏。今夜，哪怕将这条命送在这里，也要将这个妖女格杀——否则，若是让她恣意妄为，只怕日后流祸无穷！

看到对方居然慨然赴邀，女童嘴角反而露出了一丝笑意，轻轻叹了一口气。苍白的小手微微一动，左手平举，影影绰绰的灯火中忽然有许多黑影晃动，围到了她身后。

一张张木无表情的脸浮凸出来，灯火给那些惨白的面容抹上一层淡红，然而那些投下的浓重阴影反而让那些面容显得更加诡异扭曲。木楼中居然还聚集着这样多的僵尸！那些埋伏着的僵尸仿佛听到了无声的指令，悄无声息地走过来，簇拥在那个灯下的小女孩背后，宛如一群被驯服的黑色羔羊。

南宫陌的一只脚已经踏上了木楼的台阶，腐败的木质发出断裂的刺啦声，然而他抬头看到云集在那个女童身后的那些僵尸，不由得微微一震。

认得的……其中两位，居然是以前试剑山庄里四大名剑中的罗百回和史解！

这一群僵尸与外面那些不同，虽然面色惨白木无表情，眼球却依然黑白分明，更有些太阳穴微微隆起，显然是内家功夫已经有了一定修为。而那一群昔日的武林高手此刻静静地簇拥在那个灯下的女童身后，垂手待命，面目森冷。夜风吹透，楼里四周垂挂的竹帘簌簌翻飞，月光无声地穿入木楼，洒向那一群被驯服的兽。

灯火在夜风中摇曳，女童穿着大红色的百褶裙，黑发长长地垂下来，将脸藏在深深的阴影里，苍白的小手上捧着那个装满幻蛊的陶罐。

那样诡异的情形，让南宫陌刹那间又有一种非人世的恍惚。

然而他只是微微顿了一下，继续拾级而上。

看着檐下提剑走向自己的青衣男子，或许被对方脸上赴死般的决绝镇住，女童带着杀气的眼光忽然微微黯淡了一下，苍白的小手从陶罐上微微抬起，指了一下大门。

“嚓”，在南宫陌踏进大门之前，两把剑交错，两名面无表情的僵尸拦截住了他。

“南宫陌，给我听好。”短暂的沉默，似乎对方在犹豫着什么，女童的声音再度响起，冷冷地，“看在你不怕死的份儿上，现在给我立刻转身，离开扶风寨，沿原路下山——我不但给你解药，还保证让黑羊儿都乖乖待在原地。”

这样的话，反而让南宫陌怔了怔，冷笑起来：“这么好？”

“何苦去送死？就算我放你去了试剑山庄，也是有去无回——那里迟早都要变成一个坟场，不会有一个人能活下来！”女童的手轻轻摩挲着陶罐，里面的幻蛊似乎感觉到了主人内心涌动的杀气，登时在内沸腾起来，阴影里孩子的眼睛雪亮如刀，“你若此刻转身就当没有来过，那接下来我和罗浮叶家的事情，就和你没有一丝一毫的关系。如果你再往前走一步，那么再也没有回头路可走！”

“是吗？”南宫陌感觉肩下的麻木越来越向着心脏逼近，心知若再不当机立断，便没有时间撑下去，当下收起了剑，笑道，“居然还能全身而退？那我当然不会笨到非要去送死。”

“呵。”灯火晃了一下，女童嘴角浮起一个凌厉的笑容。那样的答案显然在她心里激起了奇异的波动，然而终归平复。冷笑中，小手微抬，一枚绿色的药丸已经扔到了南宫陌手心，然后一指门外：“走！”

“多谢赐药。”药只在他掌心停留了一刹那，便立刻吞入肚腹。南宫陌抱了抱拳，也不客气，立刻拔脚便走。房内的僵尸显然是接到了主人的命令，木然站在原地，任凭他往外走去。女童看着南宫陌逃也似的急急走开，边走边咕哝：“真是晦气，遇到这种妖女……”

就在脚步踏出门槛的一瞬间，他足尖蓦然一点地面，身形闪电般折回！

半空中他铮然拔剑，一招石破天惊，宛如雷电刺向那个女童！

这一次，不过是一丈的距离。他这一剑只要一个刹那就能刺入那个妖女的眉心。就算她立刻发令调动僵尸保护自己，他也能在那个咒语没有从唇边吐出之前杀了她！

女童“啊”了一声。然而声音未吐，那些僵尸的手刚刚抬起，就在那一瞬间灭魂剑已经呼啸而来，穿破空气直刺她眉心！

那张稚气美丽的脸上终于有了一种说不出的表情，黑发被剑气猎猎吹散开来，露出她的脸。灯下，女童抬起头，迎向那柄刺破空气的利剑，唇角掠过一丝若有若无的笑意。

那一抬头、那一笑如同雷击，震得南宫陌刹那间失去了魂魄。

那不是，那不是——

眼睛定定看着灯下仰起的稚气笑脸，他的手陡然无力。

那一剑刺到面前时，剑势已竭，女童分毫不动地坐在灯下，只是微笑着抬起手，夹住了刺到眉心的利剑。幽黑的眼睛逆着雪亮的长剑看上来，对视着南宫陌震惊而不可思议的目光，女童嘴角浮现出一个诡异的笑容：“刺不下去了，是吗？你很喜欢这个小姑娘啊，是不是？所以拼死也要上罗浮山去？”

“拜月教？妖法！”南宫陌看到熟悉的脸上浮现出陌生的森冷笑意，转眼又看到女童脸上金粉勾着的一弯新月，陡然明白过来，厉喝一声，扭转手中长剑，想要再度刺出。

然而无数僵尸早已围到了他身后，伸出苍白的手将他抓住。他想挣扎，然而明明服下了解药，心脏的麻木却在陡然间剧烈起来，手指刚抓紧灭魂剑，猛然眼前一黑。当啷一声，长剑颓然落地。

又是一场长长的噩梦，混乱，阴暗而绝望。

自从进入罗浮山区后，他仿佛就一脚踏入了幻境，眼前浮现出无数不可思议的诡异和荒唐事情。四顾中他看不到一丝光，只有满山漫野的僵尸，拔剑的时候他需要不停为自己打气——如果出现一丝一毫的动摇，他的神志便会崩溃在那个红衣女童阴冷的目光里。

昏昏沉沉中，穿过血腥的铁一样的黑夜，看到的是遥远的往日。

罗浮山上凤凰花盛开，如同红云绕山，花树下落英缤纷，是被剑气搅起的残花。两位少年和一个孩子的影子在发黄的记忆中鲜亮起来。白衣和青衣的少年，都不过十来岁。

那个眼睛大得出奇的丫头坐在凤凰树上，手指绕着头发，晃着双腿笑吟吟地看着。

他慢慢记起来了……那是昔日在和天征练习剑法吧？少年时他们是那样意气相投的朋友，可以同生共死，丝毫没有江湖上的门派之见。两个少年虽然出自不同的世家，却是毫不保留地将各自的绝学与对方交流切磋，每一点进步，都共同分享。这样有益的交流，加上他们出众的天资，或许就是他们成长后各自成为中原新秀和岭南霸主的奠基之处吧？

那样的比试里互有胜负，然而每次天征赢了一招半式，那个小丫头便会拍着手欢呼，大力赞美自己的哥哥；而如果不幸他赢了，多半花树上便会扔下一只烂果子。

他虽然不曾娇生惯养，毕竟也是出身世家，自小受到关注和推崇，然而在那个丫头眼睛里，除了她的哥哥，根本看不到别人。他曾暗自不服气，努力想从各方面超越天征，然而无论他是否成功，在那个丫头看来，他永远是和她抢夺哥哥时间、让哥哥不能整天陪她玩的坏家伙罢了。心中的怒火和不忿日复一日地燃烧起来。

在定下亲事那一日，那丫头居然就这样扑上来对他拳打脚踢，口口声声要哥哥不要他——那一刻他的愤怒终于爆发，一把揪起那个小丫头，却又不知该如何教训。

迟疑的刹那，他看到那个孩子尚自稚气的脸，在明媚的阳光下看来居然有一层细细的汗毛——所谓“乳臭未干的毛丫头”，大约就是这样的吧？他忽然忍不住笑，觉得那张红扑扑的脸就像一个大大的水蜜桃，让人有点忍不住想咬上一口。

然而就是那样一分心，自己的手腕反而立刻被咬了一口，痛入骨。

“我要嫁给哥哥！才不要你！”远远逃开，那个丫头恶狠狠地瞪着他，对他做了一个鬼脸，扑入兄长怀里。那个瞬间，不知道什么样的愤怒，让他的手按上了剑。

那个时候少年蓦然明白了：原来很多年来，自己一直不停地和那个丫头作对，气她欺负她，便是因为只有她发火的时候眼里才看得到自己，而不是平日那般只看着唯一的兄长。

心中有莫名的恼怒，那一次，他破天荒地没有和天征告别，就傲然孤身下山离去。下得山来后有些后悔，然而终归要面子，不曾返身回去道歉。

那一别，便是经年，其中罗浮叶家出了无数变故。

首先是听说苗疆拜月邪教和试剑山庄开战，双方伤亡巨大——中原和南疆来往不便，消息传到的时候父亲颇为担忧，立刻让阁中护法和儿子带领人手前去。然而他却有些拖拉。

那丫头不是说她哥哥最厉害吗？怎么这一次居然要让他出手？十八岁的少年一边这样赌气想着，一边却为那个骄横的女娃儿的安危担忧，马不停蹄地带人赶到了千里外的罗浮山。

然而等一行人赶到的时候，却已经是一场血战战罢。山庄旧识伤亡大半，断壁残垣间依稀可见烈火焚烧的痕迹——据说拜月教曾一度攻入试剑阁，却终被老庄主和少庄主领人击退。

叶老庄主虽力克邪教，保住了试剑山庄，再度赢得了在两广武盟中的声誉，但也在这次大战中身受重伤。鼎剑阁的人马来到后不久，南宫陌尚未见到长辈，就传出了叶老庄主去世的消息。一夕之间，南宫世家的少爷第一次觉得了江湖的血腥和无常。

葬礼上他再一次看到了那个丫头，样貌依然，只是脸上已然没有昔日的红润，低眉垂眼地跟着兄长跪在灵前，对着各位前来吊唁的武林人士一一回礼。在他代表中原鼎剑阁上香的时候，她也没有看他，只是木然一躬身，低着头。

第一次见到那丫头这样的表情，他心里陡然涌起从未有过的怜惜，横了一眼一边的好友，隐隐有愤怒和自傲：枉她一心倚赖你，你毕竟未能护得她周全——若是以后小叶子嫁入南宫世家，绝不会再有这种事！

出殡完后，他看到她始终苍白着一张脸，木无表情得宛如一个失神的傀儡娃娃。心中陡然被刺痛了一下，忍不住想和那个丫头说话。那个念头是如此强烈，以至于一贯要面子的南宫公子顾不得失礼，径自沿着昔日熟悉的路径，跑到后院去找已经是未婚妻的天籁。

然而她见了他，只是一声惊叫，以袖掩面，连连后退，立刻叫来了侍女赶他出去。

果然是长进了吗？以前是亲自动手打人，现在居然懂得使唤下人了？

他冷笑，却哪里肯走。闹得不可开交的时候，叶家大公子来了，隐约间居然有惊慌的表情，一把将他从闺中拉了出来，定了定神，呵斥：“天籁已经十四岁了，很快就要及笄，南宫家和叶家都是武林世家，还是不要太放肆的好。”

他诧异地看着好友，不曾想叶天征居然会抬出礼法这顶大帽子压他，一时无言反驳，只是冷笑：“好！那么等明年小叶子及笄之后，我就来迎娶。”

叶天征身子猛然一震，眸中神色复杂，许久，终于淡淡道：“家父亡故，为人子女需有三年孝期，所以天籁最近无论如何不可能出阁。”

仿佛听出了挚友语气中的不自然，他冷然抬眼看去，叶天征却已经转身走开。

说不出的尴尬和僵冷，第一次在两位并肩长大的挚友之间出现。南宫陌在罗浮山小住了几日，帮着料理了一些山庄劫后的杂事，惊讶于这一次拜月教之战中伤亡的惨重。然而，他总感觉从叶天征开始，到山庄里残余的几位长老，所有人看着他的目光都隐隐含有深意，仿佛隐瞒了什么重要的事情。

他是个心气高、肠子直的人，无法忍受这里冷漠晦涩的气氛，转身告辞。出乎意料，试剑山庄里居然没有一个人挽留他，哪怕是刎颈之交的叶天征。他带着人马扬长离去。

那以后，又过了八年。女大十八变，那些年里，听人说二小姐越来越美丽，脾气也越来越温柔，处事更是干练，帮着哥哥打理内外事务，让试剑山庄在老庄主死后声名得以不坠，领导着两广武盟，和中原的鼎剑阁一南一北遥相呼应。

转眼，他已经二十六岁，而叶家二小姐也该有二十二，早已到了出阁的年纪。

那样长的岁月里，鼎剑阁曾不止一次派人去试剑山庄迎娶二小姐，却总是被种种借口推托。父亲南宫言其多少有些生气，但看在和试剑山庄多年交情的分儿上，对少庄主的无礼一一忍让，将婚事一次次延后。

然而凡事总有个限度，当武林中对试剑山庄的两兄妹开始飞短流长，不伦的谣言不胫而走的时候，不用说他自己，连一直气度从容的父亲都有些坐不住了。

“无论如何，年前，必须请叶二小姐出阁。否则，婚事作罢。”在再度派出邹世龙护法前往岭南迎娶的时候，父亲皱起眉头，低声吩咐，带着不容反驳的决断，“天征这个孩子是个聪明人，外面的传言他不会不知道——请他想清楚轻重利弊，不然身败名裂的，不但是罗浮叶家，南宫家也会受到牵连。”

那样斩钉截铁般的低语，被他暗自听在心里，不由得有刀割般的疼痛。

怎么会……怎么会真的变成那样呢？绝对不会。

就是那个丫头一直没脑子，可天征是个明白人，绝不会蠢到做出这种身败名裂的事情来。

然而，虽然这么想，心里终归有一条毒蛇在那里咬着，让他昼夜不安。终于忍不住，找了个借口往鄂中走，说是去处理言家的事情，其实却是想顺路去试剑山庄看看。

不曾料想，才来到山脚下，却看到了这噩梦般的情形。

第五章

驯羊

一梦过十年，到最后，那个毛丫头凶巴巴的脸都在记忆中模糊起来，唯一清晰的，是那一日她扑上来在他手腕上恶狠狠咬下的那一口。

那深得见骨的牙齿印，宛如烙铁般留在他手上。

真是凶啊……昏昏沉沉中，他叹了口气，嘴角却流出一丝笑意来，虚幻中犹自记得水蜜桃般红扑扑的脸颊，忍不住伸出手去，这次不是想揪住那个丫头，只是想轻轻地摸一下她的发丝——就在那个瞬间，幽咽的笛声不知从何处响起来，小叶子抬起头来对着他诡异地笑了笑，脸色陡然惨白，嘴角却是沾满了鲜血，狰狞可怖。

他惊呼一声，下意识倒退了几步，猛然间看见小叶子白皙的颈部居然有个细小的破洞！皮肤下，隐约有什么东西翻涌着蠕动。她古怪地笑了笑，舔了舔嘴角的血迹，表情呆滞地向着他蹒跚走来，伸出苍白僵冷的双手，卡住他的脖子。

“小叶子！小叶子！”在那双冰冷的小手抚摩上他肌肤的刹那，惊骇的大叫从昏迷人的嘴里溢出。

在他醒来的刹那，那只冰冷的手却真的是按在他咽喉上，切切实实地。

身体仿佛死去一样无法动弹，然而神志却比平日更加清醒。在一睁开眼睛，看到匍匐在他胸口的红衣女童时，他立刻想起自己目下落到了什么样的绝境里——这个妖女，居然用不知什么妖术结出了小叶子的幻象，困住了自己。

颈中有血慢慢渗出，流入他衣领。细小的牙齿咬着他的血脉，他隐约听到有咕嘟的吞咽声，让他全身的血都冷了下来——这个妖女在做什么？她在喝他的血？她在喝他的血！

他想大喊，想拔剑坐起，然而身体完全木然了，根本无法完成任何一个动作。那一瞬间，他想起那些游荡在空寨里的僵尸们，难道……难道自己也要变成其中一员？

“醒了吗？”仿佛终于喝足了血，伏在他胸口的小小身子动了一下，一张脸从他颈间抬起，开合着腥艳的双唇，问他。

“小叶子！”那个瞬间，他再度震惊。那样的震惊，居然冲破了身体里的麻木，让他脱口惊呼出来——还是那张脸！居然还是那张脸！……眼前这个妖女居然还长着昨夜他一剑刺出时候的那张脸，那张十年前小叶子的脸！

这一次分明不是幻象，而是栩栩如生地浮现在他面前，近在咫尺地对着他莫测微笑着。

晨曦透进来，照在女童白玉般的脸上，上面有一层细小的茸毛，宛如娇嫩的桃子。一模一样的脸，分毫不差。甚至嘴唇上一样染着他的血，噙着奇怪的笑意。

唯一不同的是，那双黑白分明的大眼睛底下，用金粉淡淡勾了一弯新月。

——苗疆拜月教教主的身份标记。

“妖女！你用了什么邪术？”神思只是恍惚了刹那，他立刻明白过来，厉喝，“不许化成小叶子的样子！你这个龌龊的妖女，不许化成小叶子的样子！”

“哦？你不忿吗？”那个小孩子坐在他胸口，却是奇怪地笑起来，用小手绕着他的头发，一圈，又一圈，“你这么宝贝她？刚才梦里还口口声声念着她。听说她小时候又凶又霸道，有什么好——就是让她来做我的黑羊儿，我都不要呢。一定不听话，还不如杀了。”

“你把小叶子怎么了？”看到那样似笑非笑的表情，南宫陌只觉得全身发冷，一急之下居然坐了起来，才发现身体的麻木感开始慢慢消失，只是肢体依然酸软无力。

“哎呀，怎么乱动？”他一动，那个小孩子便坐不稳了，随着他的坐起，一下子滑到了他膝上，皱眉，“我刚给你吸完身上的尸毒，乱动的话，还没有散尽的毒气可是会侵入心脉的哟。到时候自动变成我的黑羊儿了，可别怪我。”

她……她刚才是在替他吸毒？南宫陌一惊之下坐起，下意识抬手去摸自己的剑，瞬间发现手指半分力气都没有。勉强移动了一下身体，心口便是一阵绞痛，肩上被僵尸抓伤的地方又麻木起来，只好不再乱动，瞪着怀里坐着的女童：“妖女，你昨夜给我的不是解药，而是毒药！是不是？”

“当然不是解药，嘻嘻，你以为我的解药那么好拿呀？”坦然承认了自己昨夜的欺诈，女童仰起稚气的脸，眼神却是成年女子的娇媚，“尔虞我诈，反正你也不是个君子，早就没想你会守约——南宫家的大公子，灭魂剑下杀人无数，成就新一代武林第一的名声。但是，似乎从来不曾听说你是个诚信君子哟。”

南宫陌微微一窘，想要反驳，却底气不足，终究哼了一声不再开口。

虽然出身武林名门世家，他却没有世家公子该有的恭谨礼让，生性落拓不羁，洒脱飞扬，既不擅长应酬江湖长辈，也在新一辈里没有多好的人缘。于是长辈说他不知礼节，同龄人也怪他眼高于顶。再加上他为人不拘小节，意气相投之时，哪怕对方是下九流人物也一样称兄道弟，于是对他又有了行止不端的指责。

傲上欺下，无礼放诞——那便是他在江湖中的口碑了。

父亲南宫言其为鼎剑阁主，执中原武林牛耳，却也为儿子这般的行止大伤脑筋，甚至屡次动用家法，却无法改变儿子一丝半毫。后来南宫陌的武功越来越高，连南宫言其都无法制服这个逆子，也只好由他小错不断，只盼不铸成大错便好。

对于对方如此了解自己底细有些诧异，更觉得这一次拜月教来犯非同寻常，南宫陌瞪着坐在自己膝盖上的女童，眼神从凶狠转为无可奈何：“你到底想怎的？”

“你说呢？”那个女童却是狡猾地笑了起来，那样的笑容糅合着稚气和恶毒，看得人心里一冷。

“你是拜月教教主，是吗？”看着女童颊上那一弯标志着身份的金色月牙，南宫陌眼睛凝聚如针，冷冷，“那么拜月教这次卷土重来的企图，和八年前应该一模一样吧？”

“哦？”那个孩子坐在他膝盖上，微笑着用小手卷起了自己乌亮的长发，“那么八年前的企图，又是什么呢？”

在她手指抬起的时候，南宫陌陡然便是一震——那是怎样可怕的一双手！

小小的，稚气的，却布满伤痕，十指都露出了累累白骨，那些陈旧的伤口已经结疤萎缩了，然而一个个伤口却仿佛一张张干瘪的小嘴一样，无声无息地在呐喊。那样的伤口遍布每一寸稚嫩的肌肤，从手指蔓延到手腕，再向着袖中的手肘延伸过去。

“不过是……不过是想夺得南疆的地盘，扩大邪教的……势力罢了。你们不是一直想侵入中原，控制天下武林吗？”眼睛停留在那双可怖的小手上，南宫陌机械地回答着，不知道为何心里一动，寒意却一层层涌起。

“哦，是吗？”听得他的回答，孩子卷着头发的手顿了一下，忽然清脆地笑了起来。

那样清脆的笑声，居然有说不出的熟悉，回响在南宫陌的记忆里，震得他双手微微发抖。他无法呼吸，定定看着膝盖上坐着的孩子，脸色一下子苍白。

“金钱，势力，权力，地盘，武林……真是没有想象力。你们这群人脑袋里塞得满满的，就是这些吗？”孩子冷笑起来，眼光陡然一寒，刀锋般凌厉，“为了这些，你们什么事情都做得出来，是不是？”

那样煞气逼人的话，让神思恍惚中的南宫陌陡然回过神来，忽然插口：“你的手……”

“嗯？”女童怔了怔，停下了绕着头发的手指，忽然一笑，将袖子挽起，苍白的手臂伸了过来，遍布可怖的伤痕，“好看吧？你知道是怎么弄出来的吗？”

南宫陌嘴角动了动，欲言又止。

女童苍白瘦弱的手臂直直地伸到他面前，晃了晃，又收了回去，大红的袖子垂下来，掩住伤痕累累的双臂。她用手指继续逗弄着自己的发梢，笑了笑：“喏，这一口，是蝎子蜇的；这一口，是蛇咬的；那边呢，是蜈蚣咬的……我们拜月教的百毒万劫灭心大法啊，就是非要这样练出来才行。”

细小惨白的小手在他面前晃动，卷着漆黑的头发，女孩却是笑吟吟的。

南宫陌忽然间不敢直视，移开了眼睛低下头去。

“你这种变幻面貌的妖术，也是这样练出来的吗？”有些茫然地，他喃喃问了一句，眼睛却是一直盯着那双露出枯骨的小手，“可你怎么知道小叶子十年前的样子？……怎么能变得那么像？笑起来那样像……连喜欢用手指卷着头发的习惯，都一模一样！……”

红衣女童一震，绕着发丝的手指蓦然顿住，许久，忽地笑了一声：“你倒是记得清楚。”

她说到这里，忽然莫名其妙地暴怒起来，手指一挥，房子四角待着不动的僵尸们忽然长身跳起，相互拿着刀剑互砍起来，登时血溅满地。女童看着看着，忽又开心起来，看到精彩之处，拍手咯咯娇笑。

那种恶毒欢喜的笑容，带着说不出的邪气，登时将方才南宫陌的迷惘驱散——毕竟神色气质是装不了的，那样邪气的笑容，小叶子的脸上怎么会出现？

他一出神的时候，僵尸们已经打得血肉横飞，却依旧在主人的指令下不要命地相互搏杀。罗百回和史解本是试剑山庄四大名剑，平日也是交情极好的兄弟，然而此刻两人都是苍白着脸，木无表情地相互对砍。史解武功稍微高一些，一剑就削掉了罗百回四根手指。

“住手！住手！”看到昔日山庄故人如此疯狂，南宫陌忍不住叫出声来，回头愤怒地看着拜月教主，“你当人命是猪狗吗？士可杀不可辱，你这样驱遣他们，算是什么？”

“我就当他们是猪狗……不，猪狗都不如！”女童咬着牙，忽然冷笑。

指令显然还没有撤销，那群僵尸如同疯了的狼群一样厮咬在一起，相互攻击。被削断手指的罗百回仿佛丝毫不觉得痛楚，将剑换到了另一只手上，照样拼命还手，寻了个空当，也将昔日兄弟的左臂卸了下来。

“住手！”不忍再看下去，南宫陌闭上了眼睛，“求你了，你干脆杀了他们吧！”

“你倒是有闲心为别人担心。”女童忽地从他膝上跳了下去，转过头看他，诡异地笑，“怕不怕自己也变成这样？”

苍白的小手抱起了那个陶罐，掀开盖子，里面忽然有无数细小的东西呼啸飞出，根本来不及看清就从木楼的窗口飞了出去，消失在日光里——外面，曼珠沙华开得正盛，如同火焰般跳跃着围绕了这座颓败的高楼。

伤痕累累的可怖小小身体上，却有一张漂亮稚气的脸。女童转过头看着南宫陌，手指间蠕动着一枚白色的线头大小的虫子，笑：“这就是幻蛊哟！如果我一放手，它就会在你脖子上的伤口里钻进去，钻进去……一直钻到你的头颅里，吃掉你的脑子。”

然而对着这样的威吓，南宫陌却是眼皮都懒得抬：“你要下蛊就下吧，我现在也没办法，只是哪来那么多废话。”

"你……"女童眉头一跳，那些僵尸仿佛感觉到了主人内心的杀气，更加卖力地砍杀起来，红衣女童气得在屋子里连连走了几步，才恨恨道，"好呀，你不怕死是不是？那么我偏不杀你，也不对你下蛊——等我捉到了叶家那一对贱人，让你看我对付他们的手段！"

这句话准确命中了目标。她得意地看着南宫陌的脸色陡然苍白，脱口怒骂："你这个妖女！你若是敢动天征和小叶子一下，我……"

"你又能怎样？"女童诡异地笑着，眨眨眼睛看他，"看你急成那样子！你又能——"

话音戛然而止。

在方才的对答中，南宫陌已暗自调动真气，积蓄了一点力量。此刻瞬间出手，以指为剑，指尖已经点在她眉心，眼神冷厉。

怔了怔，女童却是脱口低呼："别动！尸毒未散就乱用真气，再动一下你就完了！"

"你吓不了我。"南宫陌脸色苍白，隐隐浮起了死气，然而眼睛却是不顾一切的，"我就是不要这条命，也不会让你这妖女害小叶子！——给我把所有的蛊都收回来，立刻回到灵鹫山月宫去！不然我现下就杀了你！"

"呀，算你厉害——"一双黑白分明的大眼睛看着他，女童歪了歪头，却不知为何显得很是高兴，"果然是个不要命的疯子，我很喜欢呢。"

很喜欢？这样的话陡然让南宫陌一阵惊讶。顿了顿，看到南宫陌的手指更加逼近一分，女童仰起头，嘴角绽出一个笑容："这样吧，我们各退一步。你赶快放下手别动真气，我就暂且放你上罗浮山去，如何？"

"把那些中了蛊毒的人都放了！"他却不肯退让，提出更严苛的条件。心知即使自己上了试剑山庄，恐怕整个庄里的人还是难逃被僵尸围歼的厄运，他必须要逼这个妖女撤掉所有幻蛊，不然如果曼珠沙华蔓延开去，只怕整个南疆，甚至中原都难逃大劫！

"哎，你还跟我谈条件？你知不知道现在你就快……"女童看他急遽苍白下去的脸，撇了撇嘴角，然而神色似乎有些担忧。

她话音未落，南宫陌只觉得心口绞痛，眼前又是一黑。

“你看，尸毒发作了不是？跟你说别逞强嘛……去了试剑山庄，替我问问叶天征，七日之期就要到了，我上次提出的条件他到底是答不答应。”体内残余的尸毒猛烈地发作起来，失去知觉前的刹那，南宫陌只听到那个孩子娇嫩的声音说了最后一句话，“他若不亲手提着那贱人的人头来见我，那么整个山庄明日便要变成我放牧黑羊的牧场！”

“休……休想！”听到那样恶毒的话语，用尽全力回答了一句，他再也说不出话来。

第六章

兄妹

一夜的沉默。试剑阁里两兄妹在暗夜里没有说一句话，似乎各自都满怀心思。叶天征将那幅撕裂的衣襟拿在手里，不住地颤抖。那一个小小的血手印，八年后犹自清晰，宛如直跳出来一掌迎面掴来！

天已经亮了，这个绝域中的人又迎来了苟延残喘的新的一天。

“真的是她？她终于还是来了吗？”叶天籁仰起脸，眼睛里居然有晶亮的泪水，“天见可怜，她终于还是活着回来了……你等了她很久了吧？”

叶天征缓慢地摩挲着这幅血迹斑斑的衣襟，薄唇紧抿着，清秀的脸上有沉郁痛楚的表情，忽然间莫名地大笑起来：“是的，是的，她回来了！——活着回来了，要将我们所有人一起拖进地狱里去陪着她！报应……真是报应啊。”

“天征，天征！”那样失常的大笑，让叶天籁眼里有了惊慌，在他再度大笑着咳出一口血的时候握住了他冰冷的手，“该来的就让它来吧！最多我们把所有都还给她！我不怕的，你也不要怕。我们死活都在一起就是了。”

感觉到女子身上难以控制的恐惧震颤，叶天征反而平静了下来，忽然轻轻叹了口气：“若只是舍出我们两人的命就能了结一切，倒也罢了……但是她会肯吗？你看看她如今的能耐，那样气势汹汹的恶意，分明……是要试剑山庄鸡犬不留！”

“怎么会？”叶天籁震了一下，脱口低语。

“怎么不会？”叶天征嘴角浮起一丝惨淡的笑意，看着窗外碧蓝的天空，摇了摇头，“试剑山庄四大名剑，已经有三个落入她手里，所有门下无一生还！连沈伯都被她……你以为，拜月邪教的教主，还会对我们手下留情吗？”

叶天籁颤了一下，眼里的恐惧之意更浓，脱口：“那……我们逃吧！”

“逃？”似乎没有想到妹妹会说出这种话来，叶天征笑了笑，“是啊，以我的功夫，护着你逃出去，两人或许还有一线生机——但是，庄里的人呢？”

他的笑意蓦然收敛，眼神冷厉如刀，看着怀里的女子，冷冷地：“你要我把那些人留在邪教的重围中，不顾他们死活自己去逃命吗？他们都是试剑山庄的家臣、弟子……已经把他们的性命都交给了庄里，这个当口，你要我丢下他们，自己逃生？”

第一次看到他用如此严厉的语气呵斥自己，叶天籁怔了怔，眼睛盈满了泪水。

“我作为少庄主，曾应承和他们同生死，大难到来却临阵逃脱。我如果那么做，那就不单只是怯懦，而是——卑鄙！”看到她的泪水，叶天征的语气微微缓和，“要我在她面前做一个卑鄙者，比杀了我更甚！八年前，我已经逃了一次，这一次，我绝不能再逃。”

“我已经发过誓，再也不能在灾难里丢弃任何人。”他的手指最后一次抚摩过那幅衣襟上的血手印，将那片破布卷起，收入怀中。

“我错了，我错了，天征你不要生气。”叶天籁有些难堪地低下头去，急急拉住了对方，带着哭音，忽然一咬牙，“那么，就答应她的要求吧！她不就是要我的人头吗？你杀了我，把我的人头送给她——这样什么事都没了。”

叶天征刚要站起，听得那样的话，却一个趔趄坐回了椅中，定定看着面前的女子。

那样苍白秀丽的脸，和他的面目如此相似……八年来，阴暗的天空下，他们的人生彼此交错，宛如两条藤蔓，相互纠缠着错综复杂地生长起来，扎入心底的最深处。那样畸形的、不可告人的关系，却是他生命中失去那人后仅剩的温暖，如何割舍得下？如何割舍得下！

“别傻了……你以为如果我真的拿着你的人头去见她，她就能放过我和试剑山庄吗？”有些艰涩地，他抬手拭去她脸上的泪水，缓缓回答，“她再也不是以前那个她了——她那样恨我……什么是我最不能割舍的，什么就是她要夺去的！如果我可以舍了你，那么她也不会就此满足。她一定会让我死了一次后，依然求生不得求死不能！然后，试剑山庄会被吞并，拜月教的势力将会扩展到整个南疆；再然后，整个中原都会成为她放牧黑羊的牧场！”

那样冷定的叙述，让叶天籁打了个寒战，脱口：“那……那怎么办？”

“就算我心甘情愿死在她手里，但试剑山庄必须要保全，拜月邪教的扩张势头也必须被遏制，不然天下武林必然有一场大劫——到时候只怕鼎剑阁、南宫世家都无法对付这个邪教！”叶天征喃喃，思考着面前严峻的局势，忽然觉得胸肺间仿佛有烈火燃烧，咳嗽起来，“如果南宫在……如果南宫现在在这里，或许还有希望。”

叶天征有些绝望地闭上了眼睛，忽然烦乱地用手捶着自己的头：“现在我后悔了！我为什么不早点把真相告诉南宫那个小子？我为什么要瞒他那么久……我一直缺乏勇气，所以现在什么都晚了。”

“天征，天征！”看到向来有主见的少庄主都没了主意，叶天籁又急又心疼，拉住他的手拼命晃着，想制止他疯狂的举动，“我们再想想……总有办法，总有办法的！你不要这样。”

“还有什么办法……我都不敢想过了限期，整个山庄会如何。”叶天征苦笑着，握着妹妹的手，眼神里却是心力交瘁的悲凉，“我不是神……我已经竭尽全力。我死了也罢了，可你怎么办？庄里那些子弟怎么办？——我真的不敢去想啊，如果你落到她手里会如何？”

“天征……”叶天籁听得一句，心里就沉重一分。那样深切的疲惫和悲痛，让她内心都似被撕裂——是她自己害了天征！她唇角忽然间浮出一个奇异的微笑，似是下了什么决心，安慰道："没关系，如果真的逼到了最后，我还是有办法的……"

"你能想出什么办法？"叶天征看着妹妹，只觉她的笑容里有奇异的决绝，惊问。

里面两兄妹正纠缠不休，门口却奔来了一个满脸喜气的弟子，也顾不得礼节，就是一声欢叫："庄主！鼎剑阁……鼎剑阁的人到了！援兵来了！"

"什么？"那样惊人的消息，让里面两兄妹一起诧异地站了起来。

南宫陌在醒来的时候，发现自己已经躺在试剑山庄的门廊下。沿着山庄外墙的墙脚，密密麻麻火红的曼珠沙华，衬得试剑山庄宛如一座在地狱烈火中的孤城。

虽然是白天，可试剑山庄外的空地上，却布满了一张张惨白的脸。应该是接到了指令，那些僵尸严密地看守着每一条通往山庄的路。那些面无表情地游荡着的活死人中，许多赫然就是原先山庄里的子弟。

记挂着庄里那两兄妹的安危，他来不及思前想后，立刻敲门。然而发现大门居然是从里面被封死了，他顾不得失礼，便点足从围墙上掠入——身在半空，劲弩如雨呼啸而来，若不是他拔剑拔得快，早被射成了一只刺猬。

"住手！我是鼎剑阁来的！"看着庄里如临大敌的子弟们，他明白了原委，立刻大声分辩，同时手中灭魂剑片刻不停地格开那些射来的箭，"我是南宫陌！鼎剑阁南宫家的大公子！"

"南宫陌？"山庄里有人低呼了一声，挥手让手下停止了攻击，走出人群来——却是现下试剑山庄四大名剑里面最后幸存的孙冯。他过来打量了一下来人，最后从灭魂剑上确认了对方的身份，大喜过望："真的是南宫公子！鼎剑阁的救兵真的到了！"

"救兵？"南宫陌不明所以，却看到身边试剑山庄所有人都欣喜若狂地欢呼起来。

在试剑阁里看见出迎的年轻庄主时，南宫陌不由自主地怔了一下，几乎认不出这个脸色憔悴苍白的男子，便是自幼一起长大的俊逸儒雅的叶天征。

“小叶子……小叶子还好吗？”他顾不得别的，第一句便问。然后听到身后房间里桌椅碰撞了一下，似乎有人匆匆起身离去。他性子急，一步便跨入室内，看到了站起身来的白衣女子，长长舒了口气：“小叶子？还好，还好……真的吓了我一跳，那个妖女扬言要你的命，我怕我来得迟了你真的出事了。”

“南宫……南宫公子。”叶天籁退避不及，被南宫陌撞见，只好停下来敛襟行了一礼，“多谢你及时赶来。”

“这……不用谢，这是应该的。”没想到一见面对方就说出这样礼貌的话来，南宫陌陡然觉得陌生，别别扭扭地回了一礼，搓搓手，不知如何回答，“这到底……这到底是怎么回事？一路上我看到无数僵尸，是苗疆的拜月邪教又卷土重来了吗？昨夜我在扶风寨里，看到了一个妖女，她居然不知用了什么妖法变成了天籁小时候的样子！”

“天籁小时候的样子？”叶天征却倒抽一口冷气，迅速和妹妹交换了一下目光，急切地问，“她……她怎么样了？她有没有要杀你？”

“她若真要杀我，我也走不到这里了。”想起昨夜噩梦般的经历，南宫陌有些筋疲力尽地坐倒在试剑阁的椅子里，微微苦笑，“好厉害的妖女啊，只要抬抬手指就能把人变成僵尸！——我想她还想玩这个猫捉老鼠的游戏，所以暂时放过了我，让我走进试剑山庄这个笼子，最后一并处理掉。”

“她……她终归是没杀你，那就好了。”仿佛没有听挚友后面说了些什么，叶天征却是长长舒了口气，如释重负，“那就好了……她终归还有不想杀的人。”

“嗯？”不明白对方喃喃地说着什么，南宫陌疑问地看向叶天征。

这边，自从南宫陌出现在试剑山庄后，叶天籁就分外沉默起来，一直低着头待在一边，此刻端上了两盏茶。南宫陌忍不住看向多年不见的未婚妻，却见她脸色苍白，眼神躲闪，完全没有记忆中的飞扬跋扈。见他目光看过来，她脸上一阵不自然，放下了茶盏，便想告退。

“等一等。”叶天征眼睛里陡然有亮光一闪，拦住了妹妹，仿佛下了一个很大的决心，拉着叶天籁的手，一直走到南宫陌面前，“南宫，有一件事，我想拜托你。”

南宫陌端起茶盏喝了一口，听得此话哧地笑了一声：“说得这么慎重，一定没好事——不过，我们是什么交情？你的事不就是我的事？何必……”

“南宫，你要答应我，无论出了什么事，一定要护得她周全。”没有让挚友将话说完，叶天征一字一句地说出了他的请求，同时拉住了转身想走开的叶天籁，“你要竭尽全力保护她，带她平安离开这里——我这一辈子就求你这件事，你答应不？”

南宫陌一口茶差点儿呛住，忍不住笑了起来：“就这事？我如果连小叶子的死活都不管，我也不叫南宫陌了。你放心，有我一口气在，我必然不让那个妖女加害小叶子——还有，你小子还不到三十岁，说什么‘一辈子’？别笑死人了。”

“我不要跟他走！”然而叶天籁却一直挣扎，终于从兄长手中挣脱出来，苍白着脸瞪着叶天征，“我才不要跟他走！我要留下来陪你，到死都和你一起！”

听得这样的话，那一口茶切切实实地呛住了南宫陌。他咳嗽着抬起头来，不可思议地看着面前这个似曾相识的女子——苍白的脸，秀丽的眉目，五官和叶天征颇为相似，然而眼睛里却是沉静温柔的，完全没有了昔日的飞扬跋扈。

然而，和十年前一模一样地，她说出了这样的话！

“小叶子……”他喃喃说了一句，哭笑不得，忽然间不知道说什么好——原来那些传言并非空穴来风？怪不得叶家一直拖延婚期，原来十年后，长大了的小叶子，心里一直爱慕着的人还是她的兄长！那样畸形的情结，居然多年来未曾解开，反而越来越深地纠缠在一起了？

他忽然有种心力俱疲的感觉，横手一扫，将那盏茶泼到地上，站起身来冷冷地看着长身玉立的叶天征。试剑山庄年轻的庄主似乎并不动容，只是苍白着脸站在那里，不发一言。

事情到了今日这般地步，真相绝对是无法再掩盖下去了，就这样闹破了也好。

“我不是小叶子！我不是小叶子！”叶天籁苍白着脸，终于崩溃般叫了起来，双手在脸上撕扯着，瞬间扯下一张薄薄的面具。因为撕扯得太快，脸上的肌肤被扯破了几处，然而那张薄薄的人皮面具终于被撕了下来，扔到南宫陌脸上，她厉声道，“南宫陌！你看清楚了！我不是你要娶的二小姐！”

那张轻飘飘的面具打到南宫陌脸上，却让他全身剧烈地一震，不可思议地退了一步。

眼前是一张陌生的脸，清秀苍白，细眉细眼，柔婉美丽，五官和叶天征没有半点相似，一望而知不是叶家血脉。女子的颊边流着血，情绪激动地退到了叶天征身边，拉着他的袖子：“公子，我不要嫁到南宫家去的……死也不！”

“你是——”手里的面具薄如纸，南宫陌怔怔地盯着面前的女子，看到她眉心那颗红痣，陡然间感觉有些眼熟，不确定地脱口，“你是……玉箫？”

“是。”这一次，接口回答的却是一直默不出声的叶家大公子，“她是玉箫。”

“玉箫……”记起了多年前天征身边那个小侍女，南宫陌恍然大悟，“小叶子是她假冒的？所以你一直以来都不肯把她嫁入南宫家，是不是？可是……可是……这到底是为什么？小叶子？真的小叶子呢？去了哪里？你为什么要找人假冒小叶子！”

他急切地看向叶天征，对方却转过头去，不敢和他的目光对视。

“他妈的叶天征，你把小叶子怎么样了？”陡然间心里有不祥的预感，南宫陌跳上去一把扯住了昔日好友，暴怒，几乎一拳就打了过去，“小叶子现在怎么了？她在哪里？”

“你上山来的时候，不是已经看过她了吗？”叶天征的手指微微颤抖，眼睛一直看着窗外碧蓝的天空，静静道，“你不是说，她……和八年前一模一样？”

茶盏从南宫陌手中砰然落地，在接触到冷硬地面的瞬间迸裂成无数片。

他不可思议地看着面前多年的挚友，手指慢慢松开，一步一步倒退，仿佛忽然间不认识眼前这个从小一起长大的男子。那个女童……那个女童就是小叶子？那个拜月教主就是小叶子！八年后还未长大的小叶子！

“叶天征，到底是怎么一回事？今天不给我说清楚你就别想出这个门！”灭魂剑铮然从剑鞘中跳出，拦在前方，南宫陌眼神里隐隐有了杀气，“你们叶家到底瞒了多少事情？从什么时候开始玉箫成了二小姐？真的小叶子又怎么会成了拜月教主？八年来，你从不肯跟我好好说过一次真心话，亏我还当你是刎颈之交！”

第七章

真相

叶天征的眼睛一直望着外面的天空，仰起头，不说话，仿佛挚友的责问半字未曾入耳。那样恍惚的表情让一边的玉箫心中发冷，不由得暗自拉了拉他的袖子。许久许久，他缓缓抬起右手，举到眼前，眼睛黯淡了一下："就是这只手，八年前，将天籁留在了那个火窟里。"

"八年前？"南宫陌脱口惊呼，"就是上一次拜月教攻入山庄的时候？"

"是的，就是在那个时候，我没能将天籁带出来。"叶天征嘴角浮出一丝苦笑，脸色苍白，"我拉出了玉箫，却将她留在了火场里……她落入了拜月教手里。"

南宫陌不可思议地问："可为什么你们要掩饰？为什么不跟我们南宫家说？"

"让玉箫代替天籁，那是家父的意思，没有人敢反对。"叶天征笑了一下，低下头去看着自己的手——它苍白而修长，能握住世上最犀利的剑，却错失了最重要的人，"而且，我们并没有瞒着你们南宫家，令尊应该在事发当年，就知道了真相。"

"怎么可能？"南宫陌这一次的震惊不亚于看到玉箫真容的刹那，"怎么可能？我爹……我爹从来没跟我说过！他一直催促这门婚事早点完成！他早就知道了真相？"

"令尊当然不能跟你说，你若知道了，哪里肯依？"叶天征微笑起来，看着挚友震惊的脸，"那样，南宫家和叶家的联姻也就完了……

你爹作为鼎剑阁主，是多么希望能联合南方的武林势力，来稳固他中原霸主的地位，阻挡拜月教的扩张。至于娶的媳妇是不是天籁，有什么区别？只要是名义上的叶家二小姐就可以了。”

“胡说八道……胡说八道！”南宫陌连连倒退，踢倒了一张椅子，厉声，“怎么可能没有区别！这个女人又不是小叶子，凭什么要我娶她？”

“令尊和我担心的，就是你这般暴烈的脾气。”叶天征苦笑，看着怒气勃发的挚友，“要知道，我们这样的世家子女的婚姻，并不是男女两人之间的私事，而是两个家族之间的事情。南宫，你向来率性而为，不肯为家族和大局考虑半分——令尊为你担了多少心，你可曾知道？十年来，你为何不长进一些呢？”

“去他妈的家族大局！长进？”南宫陌忽然冷笑起来，看陌生人般看着面前的叶天征，“长进到像你那样扔掉小叶子，然后玩这种见不得人的把戏？”

叶天征苍白的脸陡然变成惨白，仿佛被刺了一刀般弯下腰，微微咳嗽起来。然而回头瞥见南宫陌扬头转身而出，立刻喝止：“南宫，你去哪里？”

“我去找小叶子。”南宫陌长长吸了一口气，冷笑着看了一眼身边的挚友，又看了看脸色苍白的玉箫，点头，“好，你要她，不要小叶子——可我还是要的。”

“再也没有小叶子了！没有！”雪亮的剑光在他踏出试剑阁前掠起，拦住他的去路，那是他再熟悉不过的试剑阁叶家剑法。叶天征忽然出手，将他拦截在大门前，脸色苍白如死：“小叶子在八年前就死了……死在火窟里了。你回头去，找到的只有拜月教主！”

“滚开！”南宫陌毫不退让地拔剑，铮然交击，瞪着面前的挚友，眼里涌动着复杂的表情：愤怒，失望，痛惜和鄙视，“叶天征，你还好意思拦我？若不是你……若不是你当年为了这个丫鬟，将小叶子扔在火里，她怎么会变成这样？我问你……我问你，你怎么忍心？怎么忍心！

她那样倚赖你这个哥哥，你却——”

“我不是故意的……我不是故意的！”这么多年来，第一次有人这样毫不留情地当面责问，叶天征颓然垂下了剑，脸色苍白，“那时候所有山庄里的人都分头厮杀去了，试剑阁里只有我和天籁……火烧起来了，魔教两名长老截击我……好容易才摆脱，我冒着烟雾冲到天籁房里，拉起她头也不回地跑。一直跑，一直跑，半步都不敢停。着火的房子正倒塌下来……终于，我拉着她跑出来了，可是——”

长剑从手中坠落地面，叶天征颓然坐倒，用手捂住了脸，忽然哽咽：“可是我一回头，才看到拉出来的人不是天籁！不是天籁！……刚要回头冲进去，试剑阁轰然一声，全部塌了……”

玉箫连忙上去扶住了他，手指也是微微发抖。

“那之后我大病一场，一连昏迷了几天。我想起冲进去的时候，在火里听到天籁在哭，我急昏了头，根本没注意到拉起人就走的时候，那个哭声还在原地，变得越来越远、越来越远……”叶天征惨白着脸，修长的手指痉挛地抓着自己的头发，那个从来不曾愈合的伤口再度迸裂，“我一夜一夜地睡不着……我想着那时候天籁该有多害怕！——她那样小，还只会倚赖我这个哥哥。四面都是火，而我却拉着别人头也不回地跑了！”

“天征……”南宫陌听得呆住，不由自主放下了手里的灭魂剑。

“那时候我以为天籁在火里死了……后来大劫过去，父亲隐瞒了天籁的死讯，反而将错就错，让被我从火里拉出的玉箫假冒了叶家二小姐……”叶天征抬起头，看了一眼身边的玉箫，眼神深邃而复杂，忽地苦笑了一下，“我想，大约是父亲和南宫家商量过，觉得即使发生了这种事，两家的联姻还是需要完成，干脆就来个李代桃僵。”

“那你……那你为什么不告诉我？”南宫陌有些茫然地看着那个假冒的叶二小姐，想起原来在那么多年前小叶子便落入了魔教手里，不由得心痛如绞，“我父亲瞒着我，你也瞒着我？你们……你们都当我是什么？”

叶天征嘴角有苦涩的笑意，抬头看着一起长大的朋友："南宫，你的心思我还不知道？你……你其实很喜欢天籁吧？如果知道天籁死在拜月教手里，你一定会不顾一切为她报仇——而我和你父亲商量后，觉得时机未到之前，绝不可再和拜月教开战！而叶家和南宫家的联姻，也必须完成。你若知道了，一定会搅乱我们竭力维持的局面。"

"天征？"南宫陌听得出神，怔怔看着面前白衣如雪的友人，觉得居然完全陌生，他忽然大笑起来，"好，好！原来你们都把我当傻子！那么你为什么不把这个该死的冒牌货嫁过来？是怕我识穿真面目吗？"

"事隔多年，你又非心思细密之人，倒也不是怕你识穿——其实识穿了又如何？有你父亲和叶家的认可，谁敢说她不是真的天籁？"微微冷笑，然而看到对方眸中的愤怒，叶天征的瞳孔忽然凝聚，抬手打开了南宫陌直指玉箫的手，站了起来，"是玉箫不肯嫁……我也不忍心逼她，因为我心里也不想她离开。这些年来，我已经不能没有她。"

南宫陌看着面前这一对假兄妹，忽然忍不住苦笑——原来是这样，原来外面那些谣传，的确不是空穴来风。多年相依为命支撑着山庄，共同守着这个见不得光的秘密，本该是主仆的两个人，反而建立起了不能为外人言的感情吧？

"你不能怪她——这件事里面，你可以怪所有人，却不该怪玉箫。她什么都没有做错，八年来，她为了我们叶家过着见不得光的日子，你以为她愿意吗？"仿佛生怕南宫陌盛怒之下对玉箫下手，叶天征轻轻将她拉到了身后，"她听了我父亲的遗命，去扮演这个二小姐的角色，为了山庄尽心尽力——她什么都没有做错。"

玉箫低下了头，没有说话，神色复杂地变幻着，隐隐有一丝羞愧。

"是，是！她什么都没有做错！"看到叶天征下意识地维护那个女子，南宫陌忽然觉得心头怒火直烧上来，大笑，"她什么都没做错，就取代天籁当上了叶家二小姐！——天籁本该有的一切，包括你这个哥哥，全部被人取而代之地占有！她没做错，难道是小叶子做错了？！"

那样的直斥，让叶天征本来就苍白的脸色更加苍白。仿佛有火烫着，他松开了拉着玉箫的手，嘴角浮起了苦笑，将手中那幅断裂的衣襟展开："是的，她们都没错——唯一错的人，是我。所以当我看到这个信物，知道是天籁要回家来的时候，我就知道她必然恨我。"

那幅展开的衣襟上，小小的血手印赫然在目，南宫陌倒抽了一口冷气："这衣襟……是从哪里撕下来的？你怎么一看就知道是小叶子要回来复仇？"

缓慢地摩挲着那幅衣襟，叶天征脸上浮起淡淡的茫然，摇了摇头："我并不清楚，家父临死前告诉我说，如果有朝一日看到一个印在衣襟上的血手印，就是天籁回来报仇了——那之前，我一直以为天籁已经死在那场大火里了，并不曾想到，居然是拜月教在火里将她掳走！她是该恨我的……灾祸压顶的时候，我这个做哥哥的将她遗弃在了火窟里。"

南宫陌有些不可思议地望着好友，不明白罗浮叶家到底隐藏了多少秘密，甚至连父子之间都不曾坦诚相告。

"我派人出去对她说，如果她肯放过试剑山庄，那么我便任由她处置——可是她不肯……她不肯就此罢休！"叶天征将那幅衣襟扔给南宫陌，声音不自禁地颤抖起来，"她非要我亲手杀了玉箫，用人头去换！她甚至把以前山庄里疼爱她的前辈们都变成了僵尸，一个不留！已经完全变了……她现在是拜月教的教主，再也不是以前的天籁。我的心都冷了。"

南宫陌想起来之前在扶风寨里看到的那一幕，想起那个女童拍手笑着看罗百回和史解相互残杀的样子，陡然心里有刺骨的寒流涌起，拿着衣襟的手猛然一颤。

是的，是的……完全变了。

他也记得当年这两位试剑山庄的名剑，是如何疼爱叶天籁，天籁也是喜欢缠着他们，一口一个叔叔伯伯。然而现在，她居然能微笑着拍手看两人在自己操纵下自相残杀！

真的……真的已经完全变了么？那个小叶子，那个当年凤凰花下笑吟吟地看着他和叶天征的女童，在八年前那场大火里已死去、现在活着的是另外一个陌生的邪教教主？

“我死不足惜，玉箫没有错，不该怪到她头上。”看到南宫陌沉吟的神色，叶天征走上前去，苦笑着将佩剑拿起，“然而即使我以死谢罪，她也不会如约放过试剑山庄！她已经不再是以前的天籁了，南宫。幸亏她还放过了你……现在，或许只有你能拯救整个试剑山庄。”

“我？”南宫陌的手猛然一颤，冷笑起来，“难道你要我去杀了小叶子？”

“如果杀了天籁，能遏制拜月教扩张的势头，那么也只有下手！”叶天征眼色却是冷厉的，半分玩笑意味也无，“如果试剑山庄落到了拜月教手里，整个南疆就全被邪教控制了！——然后呢？然后你以为中原武林能置身于外？你们南宫世家和我们罗浮叶家相交多年，早就订立了攻守同盟。罗浮叶家本来是遏制拜月教北扩的屏障，此刻叶家一倒，南宫世家领袖中原武林，必然要直面魔教！到时候你作为长子，能推卸这个责任吗？”

他向来不大关心武林各方势力的角逐，然而此刻听到好友厉声分析将来趋势，仿佛一盆冷水当头泼下，让南宫陌寒到了骨髓里。

他虽素行不羁，但也知道武林中正邪不两立，而和西域大光明宫并称的苗疆拜月教，更是被中原武林视为天下两大邪教之一。多年来，双方的相互攻击从未停止，每当拜月教意图北扩，来犯试剑山庄，坐镇鼎剑阁的父亲就会派出人马支援，同气连枝，并肩抵御。

而如今……当了拜月教教主的，居然是小叶子？

那么就是说，全武林，包括试剑山庄，也包括鼎剑阁，甚至包括他父亲和他，都必须完全站到小叶子的对面去，非置对方于死地才罢休？

“你若此刻转身就当没有来过，那接下来我和罗浮叶家的事情，就和你没有一丝一毫的关系。如果你再往前走一步，那么再也没有回头路可走！”

隐约间，他记起了扶风寨里女童冰冷的话，终于明白她不欲自己卷入其中的原因。

是的，没有回头路可走……面对这样非生即死的局面，他必须要做出站到哪一边的选择，无可逃避。他是江湖人，他活在这个罗网重重的江湖。

“今夜便是最后期限，到时候天籁……不，拜月教主将驱赶她的僵尸来到这里，将所有摧毁。山庄原本的人手在过去三个月中折损大半，连四大名剑都只剩下了一个孙冯。南宫，能与我并肩战斗的，目下只有你了。”叶天征的语调一直是冷定的，转头看着发愣的南宫陌，“如果我假称献上玉箫人头，便能近到她身周三丈——那时候我们两人联手，用以前练习过的剑法双剑合璧，我舍了性命不要，替你挡住那些僵尸，你应该可以有机会杀了她！——那也是唯一的机会。”

“住口……住口！”那样冷酷镇定的谋划传入耳中，南宫陌终于无法忍受地叫了起来，“你要我和你联手杀小叶子？你疯了？你疯了？”

“不是小叶子！早已经不是她了！我们现在要杀的，是拜月教主！”叶天征脸色苍白而冷厉，一掌打在南宫陌胸口，“你知道我求了她多少次，向她解释当年我是无心才拉错了人，求她放过试剑山庄，可她听了吗？她要把这里全部的人都变成僵尸！连罗百回和史解都不放过……一个都不放过！你能找到别的法子吗？明日日出之前，我们若找不到阻止她的法子，这山庄里所有的人都要变成僵尸！”

猝不及防被兄弟狠狠打了一掌，南宫陌陡然愣住，看着叶天征因为绝望而变得有些狰狞的脸，那样俊秀而淡定的眼眸，此刻只是充满了孤注一掷的杀气和悲痛。

“你疯了……我可不陪你一起疯。”南宫陌和叶天征对视了片刻，忽然扔下了一句话，愤然转头，“那是小叶子……那是小叶子啊！你居然要杀了她？”

“小叶子已经死了。八年前已经死在火里了。”叶天征一把拦住他，眼神如同冰上燃烧的火，“你想逃避，也是逃不了多时——拜月教和鼎剑阁，迟早也是要一决生死！而那时候，试剑山庄大约已经成为僵尸出没的坟场。南宫，必须阻止她！就当我求你，我们兄弟一场，如今试剑山庄面临灭顶之难，求你援手，你难道不肯应允？”

南宫陌看着昔日好友，神色剧烈地变幻。

外面天色已经暗了，试剑阁门外，三三两两走过巡逻的庄中子弟，个个面色萎黄，显然多日的围困已经让那些人身心都已经到了崩溃的边缘。其中一个年轻的庄客拉着妹妹走过来，忽然看到了站在门边的鼎剑阁少主南宫陌，眼睛里有了振奋的光，对身边的妹妹轻轻说了句什么，两兄妹一起远远对着他行礼，对这个在灭顶之难到来时前来相助的人表示感激。

南宫陌不由自主地微微躬身还礼。环顾这个原本在南疆兴盛一时、如今却处处透出末路颓废气息的山庄，想起童年时自己在这里得到的欢乐与照顾，忽然间心中一堵。

“联手阻止她……是吗？”他的手，暗自握紧了灭魂剑，没有转头看一边的挚友，只是缓缓点头，“好吧，我们一起守住这里！——只是，你好狠的心。”

“和整个武林的格局变动比较起来，个人的爱憎微不足道。”叶天征的手只是微微震了一下，随即稳定地握住了佩剑转魄，也没有转头看一边的南宫陌，“父亲去世后这里所有的一切都必须由我来负责——南宫大少爷，如果现在被拜月教驱赶着僵尸团团围住的是你们鼎剑阁，你作为阁主站在这里，面对着那些把生死交付给你的下属的目光，你又当如何？”

南宫陌沉默，许久，只是道：“没想到我的兄弟叶天征，在八年前就已经死了。”

“是的。”这一次，叶天征居然淡淡笑了起来，转头看了南宫陌一眼，“南宫公子，我一直没有告诉你，那场大火里死去的，不只是天籁。”

第八章

地狱火

灯火下，那一片片火红的曼珠沙华仿佛燃烧起来，恍如记忆中永生难忘的那场大火……那场将她一生欢跃和幸福付之一炬的大火。

耳畔是惨厉的厮杀声和呼号，浓烟呛得她不能呼吸，不时有燃烧着的木头从头顶落下，帐子都已经燃烧起来——十四岁的小女孩忍不住大哭，却不敢乱动，乖乖地待在房间里，因为虽然爹爹顾不上她，可她知道哥哥一定会来这里救她，一定会来这里带她走。

所以，她不敢一个人乱走，抱着双肩瑟缩在屋子一角，等待着，直到喉咙哭得嘶哑。

浓烟几乎将她窒息的时候，她终于听到了不顾一切奔来的脚步声——哥哥？哥哥！瞬忽而来，瞬忽而去，她甚至来不及呼叫，就看见浓烟烈火中，两个人携手奔逃而去的背影。哥哥……不是来救她的？哥哥拉着玉箫走了！

“天籁，你怎么可以这么霸道？玉箫才比你大一岁，可你看看人家多懂事……”

“要是你再胡闹我就不要你了！”

白日里的话犹在耳边，烈火从四方蔓延过来，将十四岁的孩子团团围困。她忽然间哭不出来了，只是呆呆坐在那里向前伸着双手，却没有喊——看着哥哥拉着玉箫，穿过燃烧的火和不停下落的巨木，向外奔逃。

她被留在了这里。哥哥……不要她了。

哥哥不要她了！他拉了玉箫丢下她跑了！

烈火，浓烟，濒死的惨呼，不断下落的燃烧巨木……然而这一切在孩子眼睛里陡然失去了色彩。她的手依然向前伸着，仿佛想要什么人来抱她，然而大大的眼睛里却是木然的，嘴巴微微张开，却发不出一个音节。

一根燃烧着的椽子落下来， 带起呼啸的风声和烈火。孩子眼睛是空洞的，似乎根本看不见，更不知道闪避，只是木然伸手坐在那里，直到那根椽子啪的一声砸到她小小的手臂上，发出沉闷的响声和焦煳的味道。

手臂骨折了，软软耷拉下来，然而那双小手依然没有缩回去，直直伸在那里，向着那已经消失在浓烟中的背影，似乎还在索求一个虚无的拥抱，依然希望能看到那个白衣少年回头寻觅的身影。

然而，什么都没有……整座房子都在坍塌，仿佛燃烧的天幕坠落了。

她知道，其实是她心里的天幕坠落了……十四岁的孩子呆呆地看着面前的一切，似乎惊吓到痴呆，丝毫不知道躲闪或者惊叫。四周的火蔓延过来，包围了她，舔着她的衣角和头发。艳丽的火宛如开放的红色花朵。然而孩子的眼睛，依然是苍白而空洞。

又一根大梁烧断了，巨木呼啸着掉落，迎头砸下。

要死了吗……那个瞬间，孩子的眼睛里居然闪过一丝微笑的表情，身子一动不动，甚至双手还是那样僵直地伸向燃烧的空气，眸中映出漫天下落的燃烧的火。

然而那一瞬间，她伸向空气的手忽然触到了什么真实的东西。虚掩的门轰然打开，白衣如同闪电般掠过来，衣襟拂过烈火，微微一俯身就抱起了她。足尖一点，抱着她迎着那些下落的天火掠起，等她惊呼出来时，那座燃烧的房子已经在脚下。

“哥哥！”她用折断了的手紧紧抱着白衣人，惊喜交加地叫了起来，“哥哥！”

没有回答。耳边风声呼啸，那人已经抱着她落到了空地上，低下头看着怀中的小女孩，忽然微微笑了笑：“我不是你哥哥。”

映入孩子眼睛的，是一张英俊男子的陌生的脸，丰神俊秀，额环下的眼睛却是苗疆人才有的深碧色，带着邪异的笑意俯下身来看着她，黑发垂落在她的脸上，对她说话……

孩子忽然惊叫起来：不是哥哥，不是哥哥！

“祭司大人，您没事吗？”周围有人围上来，其中两个老者恭恭敬敬地禀告，“属下办事不力，让试剑山庄的少庄主从火里逃出去了——请祭司大人责罚。”

逃出去了？哥哥……拉着玉箫，从这群魔鬼手里逃出去了？

那个瞬间，孩子嘴巴微微张了张，露出了一个不知道是哭还是笑的表情。

“唉……真是惹人怜惜的娃娃啊。跟我回去，好不好？”根本没有听手下长老的禀告，看着孩子眸中剧烈变幻着的感情，那个白袍男子抬起手，轻轻抚摸着女孩娇嫩的脸，微笑，“你看，你哥哥不要你了——跟我回月宫去，好不好？”

“不要！”她脱口惊叫起来，挣扎，“放开我！我要回家去……我要回家去！”

“真不听话……从来没有人敢不听我的话呢。”然而那个英俊的魔教祭司却没有发脾气，只是温和地微笑着，仿佛逗弄着一个漂亮的布娃娃，“好吧，我就送你回家去，好不好？——不过，只怕你回去了，还是要被你爹爹送回来呢。”

不知道为何，面对着眼前这个比哥哥更英俊温和的男子，孩子只感到说不出的恐惧，拼命挣扎着，想从他怀里挣脱。然而无论她如何挣扎，那双修长的手却是牢牢地抱住了她，额环下，那双深碧色的眼睛也是微笑着，一直看着她——恍然间仿佛被催眠，她的神志就开始昏迷起来，不知不觉在那样深不见底的目光中，沉沉睡去……

那一觉，一睡就是八年。

那是一个醒不来的噩梦——直到她夺来了拜月教教主的位置，拼命试图摆脱，依然无法从那个噩梦中醒来。昀息……昀息。那个名字仿佛入骨的蛊毒，生生死死地缠绕，每次一念及他最后堕入湖底地狱时看她的眼神，心中就仿佛有烈火焚烧。

他毫不留情地将她从所有亲人手中夺走，狠狠地斩断她与这个世上的所有牵系，便以为她从此只属于自己一个人。然而他忘了，一个再也不爱任何人的孩子，又怎么会依赖他呢？

沉思了不知多久，她抬头看了看，月已经到了中天，将冷冷的光芒洒向岭南大地。

时间到了，叶家“兄妹”果然还是想负隅顽抗吗？——唇角露出一丝冷笑，小小的手从陶罐上移开，拿起了身侧的短笛，轻轻吹了一声，立时整个安静的空寨子里就响起了簌簌的脚步声。无数黑影在阴暗的角落里移动，一张张惨白的脸，向着木楼走来。

八年前，能将自己的亲妹妹扔在火窟里；如今，却不舍得将那个冒牌货的头砍下来吗？

女童眼睛里陡然涌起说不出的阴郁，一挥笛将一个跪在脚前的僵尸打得满口吐血，冷笑着站起来：好，那么，叶天征，你就等着看我如何在你面前折磨那个贱人吧！

金红色的肩舆已经停在了木楼外，黄金做的星星串成了珠帘，在火把的光下发出璀璨的光——那是她从灵鹫山月宫带出来的拜月教主的肩舆。抬轿的，除了试剑山庄的两名名剑罗百回和史解，还有南疆另一个大门派青龙会的两位正副帮主。

真是豪华的阵容啊……她放牧的黑羊儿，今夜以后将会更加庞大吧？

僵尸们跪成两列，匍匐在她面前，从她座位前直到木楼外石径上停着的肩舆。她的嘴角现出了一丝冷笑，抬起脚，踩踏在面前一个僵尸的头上，站起身来，一步一步踩着那些头颅，走向停在门外的肩舆。

暗夜如铁，那些红花在夜幕下绽放得异常浓烈，宛如暗示着即将流满罗浮山的鲜血。

走到肩舆旁，脚底踩踏着史解白发苍苍的头颅——忽然间，听到寨子外围的僵尸群中传出一阵骚乱，似乎有什么在拼命往这边奔过来。

是试剑山庄的人想提前发动这一场决战吗？真是急着找死啊……唇角露出一丝冷笑，她坐上了肩舆，微微一抬手，示意僵尸们抬轿。短笛声起，大群面目惨白的僵尸，就这样簇拥着这个穿着大红百褶裙的女童，在黑夜里缓缓地向着试剑山庄走去。

骚乱越来越接近肩舆，看声势不像是有大队人马来袭。女童眼里反而有些诧异，挥手止住了前进的队伍。僵尸向两边退去，露出的甬道里，血红色的衣服向这边飘过来，那个女子一边用尽全力挥开那些僵尸们抓过来的手，一边向前狂奔。

“哦？”忽然认出了来人是谁，女童漂亮的瞳孔忽然凝聚了，一个手势就让所有僵尸顿住了手脚，任凭来人跌跌撞撞跑过来，跪倒在她的肩舆下，踉跄着抓住她的裙角：“教主……教主，求求您，求求您收手吧！”

“贱人。你倒是不怕死。”女童嘴角露出一丝嫌恶的笑，脚忽然用力踩在对方脸上，“怎么，没有带着叶天征人头，就敢回来见我？我不是说过了，除非你割下他的人头给我，我才会免你万蛇噬身的罪？你以为我是昀息祭司，会姑息你那么久不处罚？”

“教主，你收手吧！”脸被践踏着，玉箫无法抬起头，手却不肯松开，声音因为心神交瘁而恍惚，“你把我扔去喂蛇也好，喂蝎子也好……我是罪有应得。但是求你收手吧！再下去，天征就要被你逼疯了！他已经狠下心来要杀你了！他离疯也不远了……你不要再逼他了！”

“他要杀我了？是吗？”女童的脚忽然顿了一下，脸上不知道是什么样的表情，忽然冷笑起来，将女子踢开去，“很好，很好……我就等着看他怎么杀我！”

“你们好！一个是宁可斗到最后鱼死网破都不肯交出你来，一个是宁可万蛇噬身也不听教主的命令！真是……真是情深意重。”肩舆垂帘上的金色星星被她握在手里，细索撒下金色的粉末，女童用力咬着嘴角，忽然无声无息地笑起来，眼神冷厉，“你这个贱人，十一年前按昀息祭司的命令混进试剑山庄卧底，现在又敢背弃拜月教！教唆我哥哥扔掉我，哄骗我父亲收你为义女，还想李代桃僵代替我嫁入南宫家！——哈哈哈，你以为你是谁？你不过是拜月教派往试剑山庄的一颗棋子，和我争？不嫌自己命长吗？”

“属下怎么敢跟二小姐争……”那样恶毒的语气，让玉箫不自禁地颤抖起来，“属下本是二小姐收留在庄里的，却听从祭司大人密令谋夺山庄；本为教中子民，却为试剑山庄违抗教主命令——无论从哪边来说，都死有余辜，不敢争辩半句。”

“不要叫我二小姐！”那样的话反而让肩舆上的女童更加暴怒起来，“二小姐早死了！你不用装可怜——我哥哥不在这里，你再装可怜也没有用！”

然而，忽然反应过来自己盛怒之下脱口说出“哥哥”这两个字，女童的脸色微微一变，只是哼了一声，不再说话。

“是。请教主赐我一死。”玉箫低下头去，“但愿教主息怒，放试剑山庄一条生路，莫让手足相残——属下即使万死，也会感激教主！”

沉默许久，女童没有说话，只是用冷锐的眼睛打量着跪在一边的下属，唇角露出一丝刺骨的笑意：“嘻，倒真是会说话……以前昀息派你到试剑山庄卧底，也就是看中了你这花言巧语的本事吧？——我倒要看看你的舌头到底长得什么样！”

话音未落，红色衣衫拂动，一道金色的细索如同鬼魅般飞出，一把勒住女子的咽喉，勒得她不由自主地因为窒息而张开了嘴，“噗”的一声，另一根尖利的金索刺穿了她的下颌。

小小的手正勒紧了线，忽然唇角浮出一丝冷笑，放松了手。

“不急着杀你……留着你的舌头，等一会儿自己把这个真相告诉叶天征吧！”女童看着倒在地上大口喘息的女子，眼里的光亮如闪电，“让他看看，这么些年来，他到底是和怎样一条美女蛇为伍！出卖了试剑山庄和叶家的拜月教卧底！”

仿佛惊惶于这样的命令，玉箫挣扎着上前攀住了肩舆：“教主……教主，求求你不要！祭司大人都答应过我，不会让天征知道我的身份……他答应过我的！”

“昀息是昀息，我是我。他答应你，我可没答应！别想拿他压我！”女童嘴角露出一丝冷笑，嫌恶地踢开了攀上来的手，“你大约还不知道昀息现在在哪里吧？他现在，大约还在圣湖底下的水牢里，求生不得求死不能地和那些恶灵厮咬在一起呢。”

玉箫忽然呆住了，仰着头，不可思议地看着新任的教主，喃喃：“怎么……怎么可能！你……你把昀息大祭司给封印了？大祭司是不会死的，没有人能制住昀息大人！”

“不可能？你是不是也以为我会永远被昀息当作宠物养着，不可能爬到地面上来找你们报仇？”说起那个被自己打入地狱的祭司，女童唇角的冷笑忽然变成了脱口的狂笑，“哈哈哈……什么不死之身！什么半神！还不一样被我关到了圣湖底下？现在拜月教是我的！是我的！没有人可以再阻止我……”

笑声渐渐歇止，女童目光落回到一边面色苍白的玉箫身上，忽然哼了一声：“我还嫌不够呢，如果告诉叶天征你的本来面目，再让他杀了你，就有些没意思了……不过也没办法，谁叫他怎么都不肯提着你的人头来见我呢？——那么我就剥下你这层画皮让他看清楚了，让他来说你到底该不该杀！如果他也说不杀你，我就放过你！”

仿佛被那样可怕的目光焚烧，玉箫脸色苍白如死，颤抖着，终于低下头去，细若游丝地问：“如果……叶庄主不杀我，教主……教主真的会放过我吗？”

“呵……当然。当然！”看着匍匐在脚边的白衣女子，想起多年来这个人代替自己得到了多少东西，女童眼里凝结出了可怕的利剑，仿佛要将面前这个美貌温柔的女子切割成碎片。她大笑，“如果他居然说你不该死，那么该死的就是他！”

叶天征带着孙冯和管家，巡检了山庄一遍，待所有都布置停当的时候，夜幕已经降临，血腥味裹在风里，滚滚迫近。

敏锐地感觉到了杀气的袭来，年轻庄主微微咳嗽起来，却是转头吩咐管家：“让二小姐带着女眷，去庄后的紫云洞里躲着，无论外头情况如何都不许出来！”

然而话音未落，就看到身边守卫山庄的人马中居然就有一名少女，他不由得皱起了眉头。刚要说话，少女旁边的浓眉大眼的青年连忙行礼，分辩：“庄主，这是我妹妹！——她不肯躲到紫云洞去，非要跟着我不可。”

“不行，这里很危险。”实在没有心思和这一对兄妹多话，叶天征冷冷吩咐，挥了挥手，“别让你哥为你担心，好好找地方躲起来。”

“我不！”少女拉着哥哥的袖子，因为恐惧微微颤抖着，脸色却是倔强的，“我怕……不和哥哥一起，待在紫云洞里我害怕！我要和哥哥在一起！”

看到两兄妹这般相依为命的情形，仿佛极细的针猛然在心里扎了一下，叶天征脸色苍白下去，忽然厉声：“不行！待在外面很容易就没命了……做哥哥的如果担心妹妹，就不该让她赖在外面！管家，给我把她带回紫云洞去！”

“是！”已经被封锁了将近半年，管家白胖的脸也陷了下去，低哑着嗓子答应了一声，脸上却浮现出为难的表情，“只是……庄主，晚饭后就没看到二小姐的影子，不知道二小姐这当儿上还跑到哪里去了。”

“什么？”叶天征微微一震，正待发问，风里忽然响起了一阵若有若无的短笛声。

凄切幽咽，有如一个童声的哭泣。那样细微柔弱的声音，却宛如催命的符咒，让试剑山庄所有残余的人马都悚然一惊，冷入骨髓——那个人……那个躲在暗夜里操纵着僵尸的魔鬼，就要过来了！

“大家小心！”叶天征再也来不及多想，厉声提醒周围子弟，拔剑跃起，跳到了墙头。那里，一袭青衣临风，是南宫陌提了灭魂剑，一直怔怔站在高墙上，看着暗夜里开满了火红曼珠沙华的来路。

“她要来了。”没有转头，却知道好友已经掠到了身边，南宫陌忽然喃喃说了一句，抬起手来，指着茫茫的暗夜，“小叶子……小叶子就要从这条路上过来了。和多年前一模一样，穿着大红的衣服，大大的眼睛……”

“不是小叶子，是拜月教主。”叶天征听出了好友语气中的迷惘，冷冷提醒。然而忽然之间感觉心肺里有一把利剑绞着，再也忍不住地剧烈咳嗽起来，“是拜月教主……”

仿佛感觉到自己的情绪也到了极限，不敢再去回想什么，叶天征握紧了手中的名剑转魄，转过头去：“南宫，还记得我们以前一起练过的剑法吧？——以你的补天剑法，配上我们叶家的天罗脱形剑法，我们都知道能发挥出什么样的威力。”

十年前的凤凰树下，灭魂剑和转魄剑划出雪亮的光，两名生气勃勃的英俊少年舞剑对攻，各自不敢懈怠；而火红色的凤凰花下，那个孩子的双脚晃啊晃，小脸上带着甜甜的笑意。

“等一下如果拜月教主一个分神，我们立刻一起合剑杀了她！”叶天征的语气凌厉。

南宫陌一个失神，手心一松，灭魂剑居然从手中直落到庄外的地上。

第九章

爱别离

一夜之间，通往试剑山庄的路边长满了曼珠沙华。一朵朵在夜幕下怒放着，簇拥着那条石径，犹如烈焰燃烧着的通往地狱的路。

笛声在浓重的夜色中时断时续，红衣女童倚在肩舆上吹着短笛，驱赶那一群僵尸。越接近那座孤城，女童的眼神却是越失去了平日的恶毒和犀利，有些茫然地穿过了眼前晃荡的金色帘幕，仿佛看到了不知何处的遥远时空。

父亲，哥哥，南宫，玉箫……还有山庄里那些叔叔和伯伯……最初的十四年，是多么灿烂的岁月。也就在这个地方，她是人人宠爱的小公主，万事都随她的意。虽然没有母亲，可父亲惯着她，兄长宠着她，庄里的人都迁就她，即使唯一敢惹她生气的南宫，还不是得每天陪她玩？——那是多么美好的岁月。

想着想着，眼神慢慢恍惚，孩子的嘴角破天荒地浮现出一丝笑意。

“妖女！妖女来了！”就在这个瞬间，忽然听到前方有什么骚动，有人脱口惊呼，然后一支响箭呼啸着刺破夜空，射入了帘幕！

“住手！”叶天征急忙阻拦那个浓眉大眼的年轻庄客，然而已经来不及了——精神已经绷到了顶点，虽然没有庄主的吩咐，那个带着妹妹的庄客在看到大群僵尸簇拥着诡异的红衣女童出现的瞬间已经崩溃，再也忍不住多日来积压的恐惧，不顾一切地将手中长箭射了出去，希望能稍微阻挡一下那群怪物逼近的脚步。

妖女！——那样两个字，忽然间将所有一切打破成碎片。女童的手指蓦然探出，扣住了那支当先射到的响箭，看了看上面刻着的“叶”字，冷冷一笑，想也不想即反手掷出，暗夜里有短促的惨叫声响起，一个庄客从墙头翻落。

女童的小手抚着短笛，吹出了一个短促凄厉的音节——仿佛接到了命令，原本表情呆滞的僵尸们眼球翻动，喉咙里陡然咯咯有声，大步朝前走去，直扑黑夜中箭石如雨的试剑山庄！放出了僵尸，女童放下了笛子，唇边忽然绽放出一个淡淡的笑，用小小的手掀开了陶罐的盖子，里面无数幻蛊呼啸而出，散入黑夜。

“住手！”叶天征厉声命令周围的人，然而所有人的眼里除了恐惧已经看不到别的，一迭声惊呼着“妖女”“僵尸”，根本没有进退阵法可言，只是不顾一切地将手头的箭矢对着那群僵尸发射了出去！

“住手！住手！”叶天征提剑大呼，然而那些满眼恐惧的子弟已经听不见庄主的吩咐，个个苍白着脸，用颤抖的手拉开了弓箭，不顾一切地还击。

在这样呼啸的弦声里，南宫陌嘴角扯了一下，浮出一个苦笑，转头看了看好友。

眼前情势急转直下，叶天征提着剑准备跃下墙头，却看到南宫陌这般奇怪的笑容，心中一震：“笑什么？快跟我去阻止她！”

“我笑你枉自苦心竭力布局，却不曾料想别人并不都是你这般心如铁石……”南宫陌看到那些因为恐惧而扭曲的脸，转过头看着挚友，在这种时候居然还能笑出声来，“没有人能在这样长时间的恐惧中还保持冷静的头脑，你千算万算，却算错了人的心。”

叶天征猛然怔住，看着忽然间说出这样犀利言语的南宫陌：“算错了……人的心？”

“是。”南宫陌微微点头，看向脚底下已经乱战成一团的局面，忽然长长吐了口气，“天征，我不敢说你错了……毕竟在整个江湖上，那些老一辈教给我们年轻人的都是这样的东西：权衡，取舍，谋划。但这并不是一切。因为人的心，并不是能冷硬地衡量出来的。”

僵尸们已经攻到了高墙底下，有些都已经肢体不全，却个个浑然不觉疼痛，形态可怖。

“在这个时候说这些话有些可笑，不过，你是我兄弟我才对你说这样的话——你看看这下面吧！”南宫陌忽然冷笑起来，抬手指向远处火把照耀下的肩舆，“你说一个人的爱憎微不足道——如今，你看到一个孩子的愤怒和悲哀的力量了吧？你看看！”

眼睛投向那个金红色的肩舆，依稀看到上面坐着的横笛而吹的女童，叶天征的眼睛忽然雪亮，复又黯淡下去，忽然捂着胸口咳嗽起来：“是，是！我承认你说得对——不过无论如何，不能让她再杀人……不能让她再杀人了。”

转魄剑在夜色中流出一道冷光，将一个刚攀上墙头的僵尸砍翻下去，叶天征脸色铁青，揽衣跳到了僵尸群中：“你不帮我，我一个人也要阻止她！”

然而，话音未落，当他转身面对的那张惨白的脸居然是片刻前还见过面的孙冯时，即使叶天征也忍不住怔在当地！——就在那个瞬间，另一道闪电掠过，将那只僵尸伸向叶天征面门的手拦开。

南宫陌从墙上跳下，一剑将那些逼上来的僵尸拦开，迅速和叶天征背向而立。

“我答应过要和你联手阻止她……你是我兄弟，我不会扔下你不管。”灭魂剑下，那些僵尸嘶叫着退开，叶天征同时也逼开了几名僵尸，听得这句话，精神便是一震：“好！那么我们按照原先的计划来，如何？”

“原先的计划？”南宫陌嘴角忽然露出琢磨不透的笑意，一剑逼退周围的僵尸，提起了一口真气，将声音远远传送出去，“小叶子！小叶子！我们认输啦，不打了……我们打不过你，认输啦！”

“小叶子”三个字响起来时，短笛的声音戛然而止。

那些僵尸忽然间失去了指令，个个木然呆在了原地，眼神呆滞地盯着地上盛开的曼珠沙华，嘴角流出唾液。然而没有主人的命令，即使美食近在咫尺也不敢乱动。忽然间，又仿佛接到了什么命令，个个向着肩舆方向移动过去，安安静静地沿着通往山庄的石径排成两列。

偌大的试剑山庄内外，忽然间安静得可怕。

“嘻，嘻嘻……”许久许久，一个银铃般的童声忽然响起在夜风里，伴随着拍手的声音，“臭南宫，怎么样？你们认输了吗？还敢欺负我吗？”

“认输了认输了……小叶子饶命。”南宫陌将剑提在手里，一扯叶天征的衣角转身并立，却扬声说话，声音远远传了出去，“要是再敢欺负小叶子，叫山上的老虎吃了我，蛇窟里的蛇咬死我，毒瘴毒死我！”

那样熟悉的赌咒，是多少年前他们三人之间说过无数遍的。

一边说着这样的话，南宫陌和叶天征仿佛心有灵犀般并肩提防着左右，悄无声息地一步步向着肩舆方向走去。南宫陌手心里都是冷汗，听着风里传回来的每一句话，不知道下一句那个女童会不会就发出让所有僵尸扑上来的命令。

小小的手抚摸着身边的短笛，女童的脸在金色的帘子后闪烁不定，忽然间掩口咯咯笑了起来：“臭南宫，那么多年你死到哪里去啦？都不来看我，你知不知道……知不知道我一直被人欺负啊？”

那个细细的童声，在说到最后一句时微微顿了顿，那样些微的停顿在南宫陌听来却仿佛是巨锤敲击，让他身子一颤，只觉胸口热血上涌，无穷无尽的疼惜、怜爱、自责和苦痛一下子将他湮没，脱口：“谁欺负你了？谁敢欺负小叶子？我饶不了他！”

“我哥哥欺负我！我爹欺负我！那些叔叔伯伯……山庄里所有的人都欺负我！”女童唇角吐出了这样的字句，手指微微发抖，忽然一抬，指着暗夜里那些变成僵尸的人，“他们统统都欺负我了！臭南宫，你替我把他们都杀了！”

那样陡然涌现杀气的回答，让南宫陌和叶天征齐齐一惊，立刻提剑护身。

“小叶子别赌气了……你哥哥不是故意要欺负你的，他一直很疼你的啊，是不是？”惊讶于女童心里的煞气，南宫陌只有硬着头皮说下去，“还有你爹，山庄里那些叔叔伯伯，他们多疼你啊，怎么会欺负你？快别淘气了，我是来娶你回家的呢。”

“娶我……娶我回家？”女童猛然怔住，手指定定指着黑夜，喃喃自语，陡然间扬头大笑了起来——那样的笑声宛如夜枭的叫声般刺耳，划破寂静的长夜，惊得人一颤。

那些僵尸仿佛感觉到了主人内心猛然涌动的浓烈杀气，齐齐发出了可怖嘶叫。

“哈哈哈哈……好了，戏演完了！”女童脸上的表情瞬息万变，手指忽然一划，大群僵尸蓦然转身，团团围住了两人，女童拂了拂大红的百褶裙，在金碧辉煌的肩舆上施施然坐定，冷笑，“叶天征，南宫陌，你们只能走到那里为止了，别想再趁机靠近过来！怎么，要投降？——好啊，玉箫那贱人的人头呢？”

在僵尸的簇拥下，红衣女童施施然摊开小手，脸上的微笑冷酷而恶毒。

叶天征和南宫陌脸色瞬间惨白，两人闪电般地对视了一眼，叶天征眼里带着惨淡的苦笑，对着南宫陌微微摇头。如何？事到如今，还是被逼到了这一步吧？已经不是小叶子了……眼前这个嗜血的魔女早已经不是小叶子。

一切，还得按照他们早就商定好的、两败俱伤的计划来吧？

缓缓从背后解下那个早就准备好的包袱，叶天征深深吸了一口气，勉力让自己的语气平静，然后开口：“玉箫的人头我已经带过来了，你要不要看看？”

“哦？好啊！”唇角浮出了饶有兴趣的笑，女童将手肘撑在扶手上，看着暗夜里背向而立的两名青年男子，似不经意地点了点头，“拿过来！”

那些僵尸仿佛接到了指令，忽然齐齐后退一步，沿着石径，让出一条通道来。

叶天征满是冷汗的手微微一紧，不知是惊是喜，暗自一拉南宫陌的衣襟示意他跟上，便捧着布包向那乘肩舆走去。

一步，两步，三步……距离在一步步拉近，火把映照下，那个女童的脸都已清晰可见。

依然是八年前的样貌，天真的、美丽的、娇憨的、长长的睫毛闪动着，黑白分明的大眼睛流露出期待的光，微微张开了双手——宛如等待着哥哥给自己送上礼物的孩子。

那个瞬间叶天征只觉胸口撕心裂肺地疼，举步维艰——那是天籁，那是天籁，那是天籁！那就是八年前被他遗落在火窟里的天籁……他曾那样爱若珍宝的妹妹。

眼前的一切仿佛模糊了，只有火把的光在跳跃，火光下沿路盛开的曼珠沙华犹如烈烈火焰——八年后，重新出现在他面前的天籁，依然保持着最后离别时的模样，抬起大大的眼睛期盼地看着他，张开双手等着他抱，等着他带她离开这个绝境。

然而，他却将她遗落。

叶天征只觉手中的剑如同有千斤重。父亲去世已经多年，他成为试剑山庄庄主已经多年，大劫后的废墟上，他赤手空拳带着残余的下属重新建立起了试剑山庄，种种的权谋、争夺、背叛和被背叛——山庄重新建立起来的时候，原先的叶天征就已经彻底死去了。

然而在此时，此刻，此地，在他提着剑一步一步接近那个微笑的女童的时候，那样剧烈的苦痛却提醒了他：原来，一切都是依然存在的……然而，时至今日，他必须要阻止她，必须要阻止她！不惜一切代价，也不能让她将死亡传播到这里。

南宫陌斜眼看了一下挚友，目光中流露出深切的哀悯和焦急，忽然间，他一把拉住了叶天征，同时一剑削开了那个布包——利剑过处，那个布包片片碎裂，里面只包了团棉絮。那个假借献头刺杀拜月教主的计划霍然败露。

灭魂剑剑光腾起的时候，周围僵尸忽然出手，拦住了两人，显然早有防备。

然而那样突然的举动，却让叶天征和女童同时怔住。

“这是假的！这是假的！没有人头……我们骗你的，小叶子！”没有看身边叶天征苍白的脸色，南宫陌只是收起了剑，大声宣布，仿佛生怕对方听不见，“我们本来想骗你的，小叶子！不过我们知道你一定不会上当，也知道你一定不高兴我们骗你，就决定投降啦！”

“哦？”女童惊愕的神色到这时才有些缓解，唇角泛起一丝琢磨不透的笑意，看向那两个年轻人，忽然间唇角那个笑意弥漫开来了，“哈哈哈……南宫，你真有意思！——不过也算是你们运气好，没有再上前一步，否则……”

女童微笑着，忽然间小手探入肩舆后面，随手轻轻一拎，就将一个白衣女子拎到了面前：“否则，在你们的剑出鞘之前，这里就会多出一个好大的盾牌哟！”

“玉箫！”在火光映出那个女子的脸的瞬间，叶天征和南宫陌同时脱口惊呼。

“嘻嘻嘻……怎么样？很惊讶她会跑到我这里来？”女童的小手轻轻抚摩着玉箫的侧颈，得意地斜眼看着两个人震惊的表情，缓缓翻出最雪亮的利剑，“如果我告诉你，这位玉箫姑娘、冒牌的叶二小姐，原来是我们拜月教的卧底，你们会不会更惊讶呢？”

“什么？”同时脱口惊呼的依然是叶天征和南宫陌，叶天征的脸色更是瞬间惨白：“胡说！”

“嘻嘻，我胡说干吗？你不想想，当年玉箫被我们收留的时候，谁知道她来历？你再想想，试剑山庄和我们拜月教僵持多年，互有胜负，为何八年前忽然被人长驱直入一夕击溃？”女童眼里残忍的笑意慢慢燃起，看着对方的脸色，将言语放到最冷最利，“昀息派了这个贱人去试剑山庄卧底，看她做得多好啊！——言语伶俐，行事谨慎，从老庄主到少庄主，谁不被她哄得团团转？嗯？”

苍白的小手伤痕累累，得意地拍击着玉箫没有血色的脸：“来，别在那里发呆，快给叶少庄主说说你的那些本事，说得越详细越好。说不定我一个高兴啊，就不杀你了——”

叶天征有些茫然地看着面前的人，喃喃：“玉箫，这都是……都是真的？”

玉箫没有看他，转过了头去，低声：“是真的。我也不叫玉箫——我是拜月教里的司花侍女，自小就入了教。”

那样淡然的回答仿佛一柄利剑，一直刺到面前白衣男子的心里去。叶天征闭了闭眼睛，仿佛硬生生忍下了涌到唇边的一口血，身子猛然一晃。南宫陌连忙腾出手扶住了好友，但叶天征摆了摆手，随即站直了身子。

“哎，怎么说得那么简略？我让你说详细点！”对方那样的神色仿佛在女童心里激起了奇异的反应，小手猛然扼住了玉箫的咽喉，冷笑，“你就给我好好说说，当时你是如何和拜月教里应外合，放火烧了试剑阁，引着昀息祭司攻入山庄的！”

“不要说……不要说了！”再也无法听下去，一直冷静的叶少庄主蓦然叫了起来。

女童微笑起来，却是不管不顾，手指轻轻抚着手中傀儡的咽喉，细声威胁：“说啊，嗯？说得好了，我饶你不死。”

“我……我说。”玉箫身子在微微颤抖，然而仿佛忽然下了什么决心，猛然抬头，直视着面前的人，“我要说的是——那时候，少庄主的确是冲进火里要救二小姐的！他是为了救二小姐而不顾性命冲进来的！只是拉错了人！”

那样忽然响亮起来的话语，让所有人都一震。女童的手指不由自主地扼紧了对方的咽喉，脸色微微一变，冷笑：“狡辩！”

“不是狡辩，不是狡辩！”玉箫的脸是惨白的，然而眼睛亮得如同鬼火燃烧，用尽了力气将声音挣出来，“那时候我刚按照祭司大人的命令，偷偷在试剑阁里放起了火，却也被困在了里面。然后我看到了少庄主跑了进来，一边跑一边喊着二小姐的名字。那时候烟火好大……熏得我快要死了，我不想死在那里！就在那个时候，我鬼使神差地伸出手去拉住了少庄主的手，叫了一声哥哥……”

那样的叙述，让所有人都呆住。许久，叶天征看着她，喃喃：“我一直以为是自己听错了。那时候我听到有人叫了我一声哥哥，我……我就拉着她回头拼命跑……”

“是我，是我叫的。”玉箫眼里忽然浮出了晶亮的光，“你拉着我跑的时候，我没有说话……我生怕一开口，你就听出来了！你就会把我留在火堆里，回去找二小姐……我害怕一个人被留在火里……而且那时候，我有多嫉妒二小姐啊。同样年纪的孩子，我过的是什么日子？她过的是什么日子！凭什么！”

“贱人！”忽然掐紧了她的颈部，几乎将她的血脉掐断——女童的眼睛里爆发出了惊人的煞气。

“咳咳……”玉箫无法说出话来，剧烈地咳嗽，“后来、后来奔出了火场，少庄主回头一看见我，脸色就变了！疯了一样回头往里冲过去，我怎么拉都拉不住……”

“玉箫？”叶天征不可思议地看着面前朝夕相处的女子，脱口喃喃。

“咳咳，不，我不是……玉箫，我只不过是拜月教的一个卒子。”玉箫慢慢咳嗽着，惨淡地笑，“昀息祭司要我在叶家卧底，叶家攻破了之后，又让我想法子讨老庄主欢心，李代桃僵地当叶家二小姐，好、好嫁给鼎剑阁的南宫家……这样，我们拜月教在南宫世家也安插了眼线，以后，咳咳，以后对付中原武林，也就容易多了。”

听得那样惊心动魄的大计划，连女童都沉默下去了，忽然微笑："昀息那家伙，果然谋划得深远啊。"顿了顿，脸上转而浮现出令人惊心的冷嘲，"不过，就算他再厉害，最后还不一样栽在我手上？"

小手一紧，扣住了玉箫的咽喉，将眼光转向叶天征，声音尖厉起来："你看，哥哥，我早就劝告你杀了这个贱人啊，你却不听我的……嘻嘻，现在，你说该把她怎么办呢？你说，她该不该死呢？"

叶天征似乎听得呆住了，怔怔看着面前拜月教的两名女子，久久没有回答。

最后宣判的时刻到来，然而玉箫惨白的脸上反而浮出了轻松的笑意，不等叶天征出声，低下头忽然自己轻轻回答了一句："当然是——该死。"

话音未落，一道血箭从她嘴里激射而出。叶天征避让不及，袖袍上登时布满血点。

"啊？"察觉到手底下的脉息陡然震断，女童脸色一变，第一次止不住地脱口惊呼出来。原本她生怕玉箫半途自寻短见，所以严密看守，不料一路上玉箫都那么安静，见了叶天征也不曾惊惶失措，她便以为对方是怕死了。然而不曾料到玉箫这般镇定地说着话，心里却早萌生了决绝的死意。

女童连忙伸手，想去拉住那个委顿下去的身形，然而她的手一移开，玉箫便转过了脸，看着她，忽然微微一笑："只是……二小姐啊，少庄主、少庄主当年……真的是……拼了命想去救你出来的啊……八年来，我……我一直好嫉妒你……因为少庄主他，他不曾片刻……"

话语终于不曾说完便游丝般断裂在夜风里。女童怔住，眼睁睁看着那个苍白的笑容如同花般绽放和枯萎，跌落地面。小手怔怔僵在半空。

就是为了说这句话吗？……这个贱人，原来早就不怕死了，之所以那样一路含屈忍辱撑到最后，不惜直面所爱之人的轻蔑和仇恨，就是为了最后说这句话给她听吗？

第十章

怨憎会

“哈……哈哈哈哈！”女童呆滞的目光忽然转动，扬起头大声笑，一脚将那个死去的女子从肩舆上踢了下去，“谎话！谎话！都是谎话！”

“小叶子……小叶子。”看到女童原本软化的目光陡然凌厉，南宫陌感觉到了危机的骤然迫近，试图缓解她的杀气，“不是谎话！你知道天征从小多疼你——你八岁那年不小心中了瘴毒，你哥哥为了救你，想都不想就把毒都引到了自己身上；你九岁的时候闹着说非要死亡谷里的那棵泽兰，你哥哥……”

“住口！”女童捂住了耳朵，忽然暴怒起来，“都是假的，都是假的……所有人都不要我了！所有人都不要我了！都去死！都去死吧！”

一声令下，周围的僵尸立刻汹涌扑上。

暗夜里，那些惨白的脸在眼前晃动，无数伤痕累累的浮肿的手臂伸了过来。那些僵尸虽然神志已失，武功却是保留着，不畏伤痛的勇猛弥补了动作僵硬的弱点，密密麻麻将两位并肩奋战的年轻人包围在中间。夜色里，无数的幻蛊如同雨点般飞了过来。

“小叶子！小叶子！你收手吧，不要玩了！”危急之下，南宫陌只来得及一拉出神的叶天征，提醒他拔剑防御，“不过是个误会，现在不是弄清楚了吗？别闹了，你真的要把这个山庄毁了吗？你爹、你的那些叔叔伯伯，从来都是很疼你的……”

“很疼我？”暗夜里，抚摩着袖中的短笛，女童愣了一下，忽然笑了起来，那样的笑容出现在一个孩子的脸上，有一种令人惊心的美艳，

“哈，哈哈哈……真是很疼我啊！疼得我在拜月教的每一个日日夜夜都心心念念想着，怎样回来把这群人千刀万剐！”

仿佛压抑许久的杀气忽然被点燃了，女童忽地从肩舆上站了起来。那些被控制的僵尸依然匍匐在她榻前，低下头，女童脸色苍白，眼神隐隐如刀，一脚踩断了面前跪着的一个僵尸的颈椎！那些僵尸根本不懂反抗，居然老老实实跪在原地。

那样咔啦啦的颈骨断裂声在暗夜里传来，带着可怕的压迫力。

“小叶子！”看到女童舒手站起，眼里闪动杀气，陡然感觉到对方终于要大开杀戒，南宫陌脱口低呼一声，暗自用力握紧了灭魂剑——真的……无可挽回了吗？小叶子早已经听不进任何劝告，变成了嗜血暴虐的魔教教主？

“小叶子！”在女童的脚再度微微抬起，向着匍匐在跟前的史解白发苍苍的头颅踩下去的时候，南宫陌再也忍不住厉喝，“停手，停手！那是你的史伯伯……那是小时候抱过你的史伯伯啊！”

女童抬起头看了南宫陌一眼，唇角绽出一丝笑意，穿着红绫缎鞋的小脚却是毫不迟疑地踩了上去，“咔啦啦”一声，将那个人头踩得塌陷下去！

“现在，是‘死伯伯’了。”女童忽然拍着手笑了起来，声音尖细。

“小叶子！”最后一次，南宫陌看着她的笑靥，喃喃，拉了一下旁边刚回过神的叶天征，低声：“原来你是对的——等一会儿她一分心，我们……就动手吧。”

“动手？”在僵尸的包围下，叶天征低声重复了一遍。这本该是他一早就坚定不移准备执行的计划，然而此刻听得好友终于同意，脸上反而殊无喜色。

小小的脚用力踩踏着那个破裂的头颅，一直踩得老人的脸埋入土壤，女童脸上交织着恶毒和雀跃的神色。她一边用力踩，一边再也克制不住地冷笑起来，尖声：“什么伯伯！什么叔叔！都是坏人，坏人！该死……该死！我叫你们卖了我，我叫你们挑唆我爹爹合伙卖了我！”

“咔啦”一声，随着孩子尖细的叫声，那个头颅破裂开来。女童一跳，避开了那些汁液，跳到了另一个匍匐着的僵尸身上，低头一看，却是罗百回，不由得再度尖声笑了起来：“啊，这个是罗叔叔呀……”

“天籁！”在女童的脚再度抬起来的时候，叶天征忽然开口了，脸色惨白，“刚才你说什么？你说什么！——爹和他们……爹和他们……把你卖了？你……你不是从火窟里被拜月教大祭司带走的吗？”

“嘻嘻……原来你也不知道啊。”小脚停住了，轻轻踩在僵尸的脑后，女童手指绞着头发，饶有兴趣地笑了起来，看着不远处的叶天征，“也难怪……那样的事情实在太丢脸了。我听爹和他们在一起发了毒誓，无论对任何人都不泄露只言片语！所以，即使是身为少庄主的你，在拜月教忽然从罗浮山撤走后，也不知道你的妹妹是怎么被卖掉的啊……”

“天籁？”南宫陌还没有回过神来，叶天征却是隐约明白了什么，身子猛然一震，“你的意思是说……是说……当年拜月教之所以忽然停战，是因为……是因为……”

那样的话，说到后来语音已经颤抖得不能自控，终于没能说完。

“嘻嘻，嘻嘻嘻……”女童停住了脚，用袖子掩着嘴笑，就这样站在满地僵尸上面，大红色的衣服如同一朵盛放的曼珠沙华，“是啊，你真聪明，一猜就猜到了……看来换了你也会这么做是吧？——不错，那时候昀息大祭司把我从火窟里带出来了，我闹着要回家，他居然很听话地把我送回去了……”

“昀息……昀息大祭司？”叶天征重复了一遍这个名字，回想起多年前火场里看到的那一袭如雪的白袍——那个白袍长发的英俊祭司，带领着拜月教诸多人马一夕间攻入了试剑山庄。那样“非人”的身手和风姿，以及额环下那双深碧色的眼睛，如同雪亮的闪电，深深烙印在当时还是个少年的试剑山庄庄主心里。

“是啊……昀息大祭司，被你们武林正道称为天下邪派第一高手的昀息。”女童微微笑着，手指绞着长发，忽然间语气就有些低缓下去，仿佛也想起了什么往事，“那时候就是他把我从火窟里带出来，送回到了爹那里……”

南宫陌听得诧异，脱口反问："有这么好心？"

"哈哈哈……是啊，那时候我盯着他那样好看的脸也这么想。"女童大笑起来，脚尖踢着僵尸的头，眼神转瞬恶毒，"我记得他那时候笑着对我说'就算我把你送回去了，你还得乖乖地回到我这里来'——我才不信！扑到爹怀里的时候，我就知道我安全了。

"结果……我听到那个家伙对我爹说，'庄主，我想和你们停战，我在拜月教内一天，就一天不对试剑山庄动手。但是有一个条件'。"仰起头，看着没有一丝星光的夜，女童唇角露出一丝奇怪的笑容，"爹那时候忍住了没有立刻回答，但是我看到他眼里欣喜若狂——那时候我小，只以为我们试剑山庄是天下最厉害的，却不知道那一场混战下来，庄里伤亡惨重……爹听对方那么说，自然高兴。

"可昀息那个家伙说，若要拜月教撤回灵鹫山，罗浮叶家必须要交一个人质出来！"女童的脚下不知不觉加力，直踩得罗百回额头抵上了泥土，看着脱口低呼的叶天征和南宫陌，忽然笑了，"是啊，后来你们就知道了……爹爹和那些叔叔伯伯商量了一个晚上，说叶家就两个孩子，而将来山庄不能没有男丁继承，就决定……把我送过去给昀息祭司当人质！"

说到最后一句话的时候，红衣女童一直阴枭冷厉的眼神陡然黯淡，声音低了下去："我怎么睡得着？就偷偷听了一夜。天亮的时候，他们……他们就商量好了，要把我送给昀息祭司，当作人质带回灵鹫山月宫！"

叶天征听到这里，再也忍不住脱口低呼："我……我怎么不知道？"

"你怎么会知道？那时候你从火场里冲出来，伤重昏迷了好几天……就在那时候，他们……他们合伙商量好了，把我卖给了拜月教！"女童忽然冷笑起来，声音转瞬尖厉，如同夜枭，"哈哈哈……他们就这样把我卖了！一个个叔叔伯伯，平日里那样对我笑，对我好，大难来的时候，你看看他们一个个的嘴脸！"

一声骨骼断裂的脆响，小小的红鞋子陡然用力踩了下去！

"一个说，再拼下去玉石俱焚，不如牺牲一个人保全山庄……"女童的脚毫不留情地踩断了罗百回的颈椎，冷笑着，又一步踏出，这次却是踩上了刚成为僵尸的孙冯的头，“另一个说，女娃子嘛，反正也是要嫁到别家去的……眼下形势危急，也等不到将来长大用来联姻了。”

“咔啦”，复述完一句，就踩断一个人的颈椎，毫不留情。女童冷冷叙述着，声音冷硬如铁，嘴角带着凌厉的笑意：“一个个……一个个的嘴脸！还说什么，如果小叶子懂事了，也知道能为山庄做出这样的牺牲是她应有的荣光！他们怕死，一个个都怕死！”

咔啦咔啦声不断响起，穿着大红衣服的女童就这样踩着满地僵尸，一直走到离两人不远处，停了下来。用这样似笑非笑的眼神看着听得失神的两个男子：“你知道我那时候多害怕吗？我知道他们要把我给卖了！他们要把我送给那个不像人的家伙了！……我拼命哭，拼命求爹爹和那些人，说我以后会乖乖的，不惹他们生气，会好好学女红针线，会乖乖地嫁给南宫家的臭小子——我急得什么都答应了……可他们的心肠，硬得像铁一样！”

“小叶子！”“天籁……”同时，背向而立的两名男子嘴里吐出了低语，长剑垂落地面。

“他们把我卖啦！”女童顿了顿，反而笑起来了，“不管我哭也好，闹也好，又抓又咬，弄得自己满手是血，这次可没有人宠着我了……就这样把哭闹不休的我交到了昀息祭司手上——对了，我送给你的那幅衣襟，还留着吗？”

“衣襟？”叶天征忽然觉得怀里有烈火燃烧，下意识一勾手，拉出了那幅被撕裂的衣襟——上面，那个殷红的小小血手印赫然在目。

“我死死拉着爹的衣襟不肯放……可一直到衣襟都断了，爹头都不回。”喃喃自语着，小小的手忽然凌空一抓，叶天征手里的那幅衣襟一瞬间飞入了女童手中。孩子将手缓缓放了上去，比着上面那个一模一样大小的手印，忽然笑了：“我跌在地上，死死握着那幅衣襟，对爹爹说：‘爹！就算你们把我卖到天涯海角，我如果不死，一定会回来的！’——或许那时候我说话的样子太吓人了，我看到爹的瞳孔都收缩了一下，然后踉跄着逃也似的走了。”

叶天征的剑垂落在地面，低下头轻轻说了一句：“爹临死前说，如果有一日这样的衣襟送到试剑山庄，就是你回来报仇的时候。我一直以为……你是被我遗落在那里，才会被拜月教抓走，没想到、没想到……”

“没想到是爹亲手把我送走的，是吗？”女童忽然大笑起来，双手一扬，那幅衣襟碎裂成千百片，在夜中如同蝴蝶般扑簌簌落下。她一步步走过来，脚底下踩着那些武林豪客的头颅，“他们把我卖了……一个个，都叫我小叶子，宠我哄我逗我高兴……到大难来临，就这样把我卖了！那个时候，其实并没有到绝境啊……只要再坚持三天，鼎剑阁的援兵就到了！可做父亲的，罔顾人伦，舍弃亲生女儿；作为家臣的，不思拼死血战，却要主公卖女苟安！——那个时候，这些大人啊……这些武林有名的豪客大侠，只知道欺负一个什么也不会的孩子！”

“天籁……天籁！”那个瞬间，叶天征忽然掩面痛哭出声，不顾一切地向前奔去。

“天征！”南宫陌没有料到一直冷静的友人陡然间崩溃，要拉已经是来不及。

“站住！”女童却是警惕地厉喝，僵尸的手立时伸了过来，持剑拦住了叶天征的脚步。“哈哈哈……天籁？现在叫我天籁，太晚了！火窟里的时候，你在哪里？爹卖了我的时候，你又在哪里？那时候我叫哥哥叫得喉咙都哑了……”女童冷冷看着面前被僵尸长剑拦住的男子，冷笑。

“昀息借着这个机会除去了两个长老，然后忙着回灵鹫山对付其余的几位长老。他是为了夺教中大权，才不欲和试剑山庄多做纠缠——他要我当人质，其实也是为了一时好玩……他说我像个漂亮的傀儡娃娃！那个家伙……那个家伙，逼着所有的人都抛弃了我，才像捡垃圾一样把我带回了拜月教！”

再度说起那个人的名字，女童眼里陡然闪过雪亮的光，卷起了手上的衣衫——大红的袖子下，苍白细弱的双臂上伤痕累累，直伸过来：“你看看！你看看！拜月教里我过的是什么日子！他让蛇咬我，让蜈蚣蝎子蜇我……说是要我练什么百毒万劫灭心大法，说这样我就不会再变大——他喜欢我像个傀儡娃娃，所以不许我长大！”

“小叶子！”陡然明白了为什么女童在二十多岁的时候还保持着孩童时期的面容，锥心刺骨的痛楚让南宫陌忍不住叫了起来，“我要杀了那个该死的祭司！”

“哦？哈哈哈哈……你杀不了他的，谁都杀不了他。他修炼邪术，已经是不死之身。”女童冷笑，眼里杀气翻涌，“自从杀光了十长老，夺了拜月教的大权，他的脾气越来越古怪……这些年，为了不让自己像一只破旧的傀儡娃娃一样被他扔掉，我费尽了心思，时时刻刻讨他欢喜。哄得他高兴了，拜月教教主他都让我当了——反正也是个傀儡教主，他的傀儡娃娃。

“可惜他忘了娃娃也会杀人……我杀不了他，却能用我的血下咒，把他囚禁在了圣湖底下。对，祭司是死不了的……哈哈！那时候他一定恨自己为什么死不了！早上那些恶灵吃掉他的血肉，可到了晚上他就能复生过来……”笑着笑着，女童眼睛里忽然有了晶亮的光，仰起头，定定地看着天上一片的黑，“每天都要死去活来一次，永无止境。只要我的血流动一日，他身上的诅咒就一日不会解除！”

虽然听说拜月教内邪术不可思议，作为中原武林的人士，南宫陌却还是忍不住动容。

“这将近十年的时间里，我们教里风浪不断，忙着钩心斗角。先是昀息和十长老，然后是我和昀息……这才会让你们罗浮叶家苟延残喘到今日。”女童的声音慢慢从尖厉开始平静下来，微微冷笑着，看向暗夜里无数被僵尸噬咬着、幻蛊攻击着的试剑山庄庄客。

小小的手指抚弄着短笛，一指南宫陌，扬声冷笑：“你要我收手？你知道什么？你知道被所有人一夕背弃的滋味吗？你知道生死不能、暗无天日的滋味吗？——南宫陌，那时候你没能带着鼎剑阁的人及时来救我，今日你有什么资格要我收手？你知道什么！”

“是！我不知道！——可我知道如果你再不收手，我就不得不和天征杀了你了！”南宫陌看到她再度拿起那支短笛，忽然脱口大喊。

那样绝望的语气甚至让女童都安静了一下。

南宫陌绝望地喃喃：“天籁，你还要如何？是不是要把天征也杀了，或者让他变成僵尸傀儡跪到你面前来你才甘心？如果是，我问你，那一脚你踩不踩得下去？——放手吧，跟我回鼎剑阁去！”

“南宫啊，你怎么可以这么天真？”女童的嘴角扯动了一下，忽然冷笑起来，如同一朵盛开的曼珠沙华，“嫁给你？现在我是拜月教主，鼎剑阁却号称中原武林领袖！正邪不两立——你父亲南宫言其早就知道我被拜月教掳去，多年来，他权倾武林，可曾派人去救过我？一个孩子微不足道，他们要的，是维持这个正邪相持的局面。”

南宫陌猛然怔住，看着这个孩子的嘴里，慢慢吐出这样冷锐的话，直斥他从小尊重的父亲，竟无话可驳。

这么些年来在魔窟挣扎求生，眼前这个女子又经历了多少磨难？孩子的面容下，又是怎样一颗冷漠苍白、绝望而不信任任何人的心？

“那么……我们就不回鼎剑阁好了！”一念及此，南宫陌只觉胸口热血上涌，脱口而出，“我们找个别人都找不到的地方，好好住一辈子，再也不入江湖！我一定再也不欺负你……没有人可以再欺负你。”

女童沉默了一小会儿，却转瞬冷笑起来：“不可能……什么都完了！我再也不能长大，更不能嫁人！什么都完了！说谎！说谎！——谁都不会要我了，我也谁都不要！”

大笑中，仿佛杀气再也掩饰不住，女童不再和他们啰唆，忽然一点足掠回肩舆，将笛子横到唇边，吹起了尖厉刺耳的曲调。那些本来已经安静下来的僵尸陡然发出了可怖的嘶喊，一起向着人群中的两个青年逼了过去，想要把他们撕成碎片。

第十一章

彼岸花

“天征，小心！”南宫陌见好友居然还是神思恍惚，忍不住厉声提醒，同时挥剑替他挡开了来袭的僵尸，急急低语，“看来是没法了……等会儿如果有空当，我们合力杀了她吧！”

叶天征脸色苍白地看了好友一眼，默不作声，只是提起剑凌厉地出招，将那些逼过来的僵尸斩杀在剑下，朝着女童的肩舆冲杀过去。

南宫陌也是心神恍惚，下意识地出剑，配合着天征的剑法——那样的双剑合璧，在他们童年时早已练习过千百遍。他只觉得通向肩舆的那十几丈路，居然长得可怕。周围僵尸的脸一张张涌上来，一张张哀号着倒下去，他到最后已经顾不得对方是不是相识的故人，该不该手下留情，只是用了最厉害的必杀招式，将那些人砍杀。

叶天征在他的左手边，同样脸色苍白地斩杀着原本是自己属下的僵尸——自从玉箫死去、女童说出多年前真相的刹那，他就再也没说过一句话。

南宫陌在冲杀的一路上心乱如麻，却也知道挚友脸色不对，居然完全不怕被僵尸伤到一般，只是拼命向前冲，似是迫不及待地想回到妹妹身侧——那样赴死般的神色，让南宫陌心中隐隐有不祥的预感。他只能用尽全力在叶天征身侧为他挡开那些僵尸，和他冒着血雨前行。

女童一直铁青着脸坐在肩舆上，小小的牙齿咬着下唇，定定地看着面前纷乱血腥的一幕，手指慢慢握紧了短笛，另一只手猛然探入陶罐，抽出来时指尖已经捏了两枚赤红色的蛊。想要杀她？这世上，如今还有谁能杀了她！连昀息都不是她对手！

然而，看着暗夜里不顾一切提剑杀来的两名青年，那只白骨毕露的小手微微颤抖。

僵尸一排排地扑上去，倒下，那两袭白衣和青衣上都溅满了奇异的紫黑色血迹。叶天征颊边也溅上了星星点点的僵尸的血，衬得脸色更加苍白。

然而他提着剑，却是不管不顾地一直往前杀过来，眼睛里隐隐有绝望如火般燃烧。若不是南宫陌一直为他挡开周围那些攻击，肩舆前十丈他便已倒下。

近了、近了……近到这一对兄妹能看到彼此脸上表情的那一瞬间，女童拈着幻蛊的手一颤，陡然明白了哥哥这种目光的含义——他是想死了……他是不管不顾、只想和她一起死了！

八年前，他没能在火窟里将她带出来；八年后，他是要和她一起回归于地狱！

周围的厮杀还在继续，声音却已经慢慢弱了下去，大多试剑山庄的人都已经被俘虏或者咬伤，成了新的驯服的黑羊。这一场血战，从一开始便是胜负分明的。

女童看着越来越近的两个年轻人的脸，看着那熟悉脸上带有的种种激烈复杂的情绪，微微扬起了头——手指轻轻扣起，瞄准来人的颈部。露出白骨的指尖上，那两粒幻蛊仿佛感觉到了生灵血肉的迫近，蠢蠢欲动地扭曲。

两柄雪亮的利剑呼啸着刺破空气，同时，小小的手指蓄满了势。

最后的终结不过是一刹那——不是她将不服从的人变成黑羊，便是她这个放牧者被毁灭。无论怎样的结局，她都已期待了八年。

无论用了什么样的手段，她所求的，其实不过是一个终结。

厮杀声已经弱下去了，长夜漫漫，只有风在这个血腥之野上旋舞。断断续续的呻吟中，忽然听到一声含糊的嘶喊，划破长夜：“哥哥！哥哥！”

那样普通的声音，却在三个人心里激起了奇异的震动，目光闪电般转过。

昏暗的火光下，只依稀见到一个庄客模样的年轻人拼命挥剑，想去拉回被僵尸包围的妹妹。而那个少女凄厉地叫着，颈部却已经有了被幻蛊钻入的伤口，眼神也已经开始浑浊。在哥哥拉住她的瞬间，她忽然张
的手臂，死死不松口。年轻庄客不肯放开妹妹，
字，试图唤回她的神志。
然而那个年轻庄客脸上血泪交织的神
忽然一跳，手闪电般地抬起，袖中
，将他连着那个女孩一起扯回肩

两柄剑已经刺到她身侧！
是无穷，然而那样的理智却无法
重，没等刺到女童身侧三尺便放

依旧带着冷厉的光，直刺女童眉心。
抖，脸色苍白如死，忽然间眼中有泪水涌
出

“哥哥！”那一个瞬间，叶天籁忽然仰起了脸，逆着长剑看过来，盯着叶天征的眼睛，脱口喃喃喊了一声，伸出手来——却不是去阻挡那急刺过来的一剑，只是在那个昏迷的少女颈部一抹，仿佛血肉下有什么东西跳了出来，嗖的一声钻入她的手心，迅速蜿蜒上去。

“天籁！”那个瞬间仿佛有无形的屏障猛然建立起来，转魄剑再也无法刺出，叶天征脸色唰地惨白，忽然丢下了剑，“天籁！”

南宫陌还没有明白到底发生了什么，只看见好友崩溃般地放开了剑，跪倒在肩舆前，伸出双手抱住了那个小小的红衣孩子，一迭声地唤

她的名字。暗夜里那些飞来飞去的幻蛊忽然间都改变了方向，嗖嗖急响着，往女童的方向聚集。

“我把你妹妹还给……还给你，好不好？”女童的手垂了下来，忽然间仿佛生气散去，只是对着那个跌倒在地上的年轻庄客微笑；又忽然抬手一掌推开了叶天征，身子往前一倾，伸开了双臂迎接着什么——

那个刹那，暗夜里飞回的无数蛊虫全数没入她小小的身体！如同飞蛾扑火般钻入，沿着血脉向她心脏逆行。

“天籁！天籁！”叶天征脸色死一样苍白，挣扎着扑过去。然而那一双青白嶙峋、布满伤痕的小手抬起来了，做了一个“止步”的手势。大红衣衫下，血慢慢渗了出来，浸透女童的身体——被无数幻蛊钻入的身子已经千疮百孔，女童的眼睛里隐隐有一种孩子气的倔强，看着他，喃喃：“不……不要以为是我杀不了你们！……如果、如果不是为了这对兄妹……”

只是转眼间，那个火焰一样绽放的孩子就委顿下去。叶天征觉得心肺间似乎有千百刀子绞动，忽然间失声痛哭，紧紧将那个小小的身子抱在怀中，仿佛生怕她忽然间就消失不见：“是的，是的！你杀了我吧……哥哥永远陪着你！”

“哥哥……”仿佛那样用力的拥抱要将她窒息，女童挣扎了一下，眼里神色涣散开来，却露出一个转瞬即逝的笑意，伸出青白消瘦的小手，微微抱了他一下——

她终于知道哥哥是爱她的……一直是爱惜这个唯一妹妹的。方才，他执剑刺来的那一刻，那脸上血泪交织的表情，和旁边那个浓眉大眼的庄客居然一模一样！

一个是南疆第一大山庄的庄主，一个不过是卑微的庄客；一个欲其死，而另一个欲其生。然而无论是庄主还是庄客，无论是杀人的还是救人的，脸上那种绝望而不顾一切的表情，居然一模一样！只有那样血浓于水的同胞之情，是一模一样的！

生死关头，原是半分做不得假。

红衣女童忽然微笑起来，眼里的煞气宛如清晨的雾气般消失。垂死之际，她安静地侧过头，将脸靠在哥哥的胸口，叹了口气：“如果、如果那个时候你在的话……你是不是、是不是像这个哥哥一样，拼死……拼死也不会让他们带我走？”

“嗯，嗯。”那样微弱的声音仿佛随时随地要中断，叶天征脸上的泪水泉涌而下，将八年后失而复得的妹妹抱在怀中，冲口回答，“是的，是的——无论如何，我一定不会让拜月教带你走！”

“啊……其实，我这一次回来……也只是想问你这句话罢了……”女童微笑起来，心满意足地叹了口气，神色委顿下来，“昀息总是说，除了他，所有人都不要我了……我不信他的。”

孩子的脸上闪过欢喜的笑容，那个笑容混合着孩童的天真和女子的妩媚，在夜色中有触目惊心的美。她将头靠在他的胸口，喃喃：“就算我变成了这个样子，你和南宫一定还会要我的，是不是？其实，爹虽然把我卖给了昀息，可是……他、他心里也是很难受的，是不是？所以他很快就病逝了……”

“怎么了？这是怎么了！”南宫陌不明所以，但是看到叶天籁如今的情状，心中也知不祥，再也忍不住一把扯住叶天征，“小叶子她怎么了？”

“南宫，你真是一个笨蛋啊……看。”女童微笑着，微微抬起了右手，掌心那个被幻蛊钻入的破洞已经变成青紫色，仿佛被什么从里而外地吞噬着，手掌上的筋肉在逐步萎缩下去——不只这个伤口，女童身上所有被幻蛊钻入的溃口里，都发出了可怕的变异！

“这是……”南宫陌还是没有明白，转向叶天征，“到底怎么回事！”

“驭使僵尸是非常阴毒的邪术，幻蛊一旦被释放出去，除非主人死了，是永远不能再收回来的。如果从宿主身上收回来，便会攻击施术者。”叶天征脸色苍白如死，在挚友激烈的推搡下木然回答，“南疆这边的蛊术就是这样……一旦释放出去，不能害死对方，就会祸害自身，没有第三条路。”

南宫陌猛然一个踉跄，只觉双腿无力，一下子跪倒在肩舆旁边，握住了女童冰冷的手，失声：“小叶子！”

“别、别碰我……”女童的手微微痉挛了一下，想要抽出来，“是……是有毒的……我把那些蛊都收回来了，它们要吃掉我的身体。我就要、就要烂掉了……好丑。不要看。我……把所有的幻蛊都收回来了。南宫哥哥，你高兴了吗？”

“小叶子！”然而南宫陌却是紧紧拉住那只瘦得可怕的小手，根本不顾伤口处的溃烂，“你别怕，你别怕——我这就带你回鼎剑阁去！那里的墨大夫医术如神，一定可以治好你的！你别怕……”

“我不怕……真的不怕。”昏暗的视线中，那些曼珠沙华如同火焰一样绽放。女童轻轻摇了一下头，唇角露出一丝笑意，“哥哥和你都在这里……我什么也不怕……这些火、这些火就要从地狱里烧过来了……我不怕。”

“小叶子，小叶子！”感觉到她的神志已经开始涣散，南宫陌心下一急，拼命晃动她的肩膀，唤着她的名字，“别睡，别睡过去！我是来娶你的，我这就带你回鼎剑阁，很快就到那里了！你别睡！”

“我……我不会嫁给你的……臭南宫。”女童躺在哥哥怀里，昏昏沉沉地睡去，下意识地喃喃，仿佛是重复着多年前的话语，然而语气一转，后面那一句却已然不同，“我已经……已经嫁给昀息了——在中了我血咒的时候，那个家伙原本可以把我杀掉的……他却不敢。嘻，他也有、也有不敢的事呢……”

那样满含着苦痛和欢欣的低语，让身侧两个人听得呆住。

叶天征抬头看南宫陌，不知是什么样的眼神——那样长的岁月里，在那个遥远神秘的月宫里，到底又发生过什么样的往事？在弥留之际，说起那个将她从万人宠爱中掳走的祭司，她眉目间的表情却是这般复杂得看不到底。

然而，昏沉了半晌，仿佛忽然间有什么冲上心头，女童的眼睛陡然睁开，神志清明地看着面前的人，急急开口："对了！哥哥，南宫！昀息要出来了……如果我死了，他就要从湖底出来了！你们、你们要小心……他很厉害，哥哥，你们要小心……"

仿佛那几句的嘱咐已经耗尽了她残余的神志，女童脸色再度青紫下去，喃喃："把我烧了……一定要把我烧了，全部烧得干干净净……不然他会找到我，会让我再当他的傀儡娃娃……求求你，一定要把我……烧了。"

她的语气渐渐委顿，夜幕下只有风在旋舞，那些僵尸忽然间仿佛没了主意，个个呆立在原地，随着女童的昏迷也开始了沉沉的昏睡。只有曼珠沙华依然怒放着，高挑的花茎上一朵朵花儿如同火焰的冠冕，在如铁幕般的夜中张扬着血色。

旁边那对兄妹搀扶在一起，怔怔看着这个诡异的局面。妹妹吓得呆住了，不住地瑟缩着往哥哥身后躲，那个年轻庄客眼里也有害怕的表情，却忍住了一动不动地握刀站在原地，保护着妹妹。

"啊，哥哥，哥哥……火、火烧过来了！"模糊的视线里，最后看到的是那无处不在的火焰般跳跃的红色，女童微弱地惊呼起来，紧紧握住了叶天征的手，昏乱地低语，"火烧过来了！"

"不怕，不怕……天籁，我在这里，哥哥在这里——不要怕。"叶天征有些茫然地低下了头，握着那只渐渐僵冷的小手，"不要怕，那些火烧不到你……不要怕。"

"嗯……我不怕。"

眼里全是四起的火光，宛如八年前走投无路的那一夜，然而女童脸上绽出淡淡的笑意，用尽全力将苍白的小脸依偎过来，在他怀里静静睡去。脸色空明。——那是她混乱阴暗一生中，最后的、永恒的安宁。

没有星月的天幕下，南宫陌静静站在那里，看着叶天征在夜色中燃起的火。

火红火红的一片，翻腾着，漫卷着，在试剑山庄外那一片荒凉的土地上烈烈燃烧，发出嗞嗞的声响，仿佛有恶灵在烈火中哀号……那些满山漫野的曼珠沙华，就这样和那个缔造出它的主人一起被付诸一炬，化为片片灰烬盛放在彼岸。

看着满山漫野的红花，看着那些天明后就会复原的僵尸，看着苍白着脸将火把投入雉堞的叶天征，他忽然觉得自己原来是多余的……这个故事里交织着激烈的爱憎权欲，而他，一直只是个旁观者罢了。

或许，过了今天，所有一切阴暗的、邪异的、混乱的都将被一场大火烧得丝毫不见，就如当年武林群豪将那个十四岁的女孩轻轻松松从这个江湖中一笔抹去一样：鼎剑阁南宫家大公子和罗浮试剑山庄的庄主联袂对抗拜月教的入侵，杀死了拜月教主，将数以百计的人从幻蛊的控制中解救出来——

那对于中原武林来说，又是一桩如何显赫的功绩。

只可惜试剑山庄的二小姐红颜薄命不幸身亡，无法再嫁入鼎剑阁。

将来流传在江湖上的，便会是这样的“盛事”吧？

南宫陌陡然有一种非人世的恍惚，仿佛眼前所经历的这一切，都并非真实。

唯独手心那一缕头发，那一缕偷偷从那个红衣女童头上割下的头发，将成为这一切唯一的纪念，和手腕上难以磨灭的牙痕一样，伴随他直至死亡来临。

火焰在眼前烈烈燃起，仿佛焚尽三界邪恶的红莲之火，将所有吞没。

【完】

彼岸花

鼎剑阁系列

沧月 著

第一章

白骨之舞

沿着石壁，从这边走到那边，一共是三十七步。

如果不贴边走，从这个角落到对面的斜角，则是四十五步。

她无声地笑了起来，发现自己一定又是长高了——

一年前，她要三十九步才能走完石室的一条边，四十七步才能走完一条对角。

而五年前刚来到这里时，她则需要更多的步子才能丈量完这间密室。

八岁刚被幽闭到这间密室内的时候，她什么也看不见，只能扶着墙壁踉踉跄跄地小心摸索，不时被地上的杂物绊倒。她用脚步丈量着新居所——

无论沿着哪一边前进，都是五十一步。

走到了底，面前就横亘着一堵冰冷的石墙，墙上隐隐约约有一点亮光。

在黑暗中摸上去，每一面墙壁都是一模一样：墙面是湿冷的，镌刻着繁复的花纹，隐约有水珠沁出，凝结。而那一点亮光来源的地方摸上去是光滑的，和顶上的材料一样，似是琉璃或者水晶砌成，透出一点外头的幽蓝光芒来。

她呆了半晌，小心翼翼地敲了敲，期待墙上会忽然打开一扇门，通往另一个世界。

然而那面墙却一动不动。

她又侧过头去，将脸颊贴在墙上的那面镜子上，却听到了外面传来的水声，仿佛无数大鱼在外面游来游去，搅起了波浪。她想听得更仔细一些，不知不觉就结了一个手印，缓缓压在石壁上——忽然间她被烫得叫了起来，跌落地面。

有结界！这个密室的四面，早已密布了强大的结界！

强大到连外面游荡的水中恶灵都无法进入，那么，她更不可能出去。

头顶是深不见底的幽蓝，能透下微弱的波光，让她明白此刻置身于什么样的地方。许久许久，八岁的她终于缓缓坐倒在地，把头埋在膝盖上，肩膀一耸一耸，无声无息地哭了出来。

是红莲幽狱！这里真的是圣湖底下的红莲幽狱！

她……她真的被送到这个地方关起来了！

祭司大人已然是不要她了，长老们也不曾为她求情半句，而父亲在她三岁时就把她扔在了开满曼珠沙华的坟地里——她就像是一个破旧的玩偶一样，被一个接一个的人漠然地遗弃，到最后，被她最敬慕的人毫不在意地丢开。

——虽然那之前，她头上还顶着“拜月教主”这样显赫的头衔。

祭司大人抚养了她五年，可自从他在罗浮试剑山庄里掳回那个女孩后，就把心思全部放在了那个脾气古怪的孩子身上。他叫那个女孩“小叶子”，宠溺地给她一切她想要的东西——甚至是拜月教主的位置。

但是那个孩子却始终桀骜怪僻，时时刻刻和祭司大人作对。奇怪的是，祭司大人反而越发宠爱这个坏脾气的孩子，却对从小温顺听话的自己不屑一顾。

被褫夺了教主头衔，贬到朱雀宫居住时，神澈在一边远远看着那个红衣娃娃，满心难过——仿佛一个从小受宠的孩子忽然间被冷落。

然而，还是一个孩子的她，却没有料到厄运来得如此之快。

被废了教主之位后，她甚至连朱雀宫都没有待多久，就直接被送到了这个位于圣湖水下的幽闭密室——那个被废黜的教主们的流放地。

那时候她还小，以为自己只是无意中惹恼了祭司大人，要被罚面壁，却还不大明白，那里，从来是有入无出的地方。

——直到她习惯了黑暗后，借着头顶隐约的水光，看到了密室地面上一堆堆惨白的骸骨，那是不知死去了多少年的女子们。每一具骷髅的身上，都披着灿烂华丽的孔雀金长袍，戴着宝贵的饰品：那，显然都是废黜后被幽禁在这里的历代教主。

脱口的惊呼声中，她才明白自己可能再也出不去了。

那之后的日子是怎么过来的呢？

她已浑然忘记。

她只记得被关进来的第七天，她奄奄一息，饥饿折磨得她几乎发狂。但是强烈的求生意志让她坚持了下来，不停对着虚空呼喊，祈求月神的保佑。

果然，神祇回应了她的愿望，派了婴来到她身边。婴从墙壁里走出，递给她一株灵芝。

她并没有死去，也没有发疯。她安静地在水下长大，犹如一朵莲花在幽静的水下缓缓盛开。每日里，她都仰望着密室上空幽蓝色的水光发呆，看着那光线由弱变强，再由强变弱——便知道又是一天过去了。

一天，又一天；一年，又一年。

如今，已经是五年过去了。

在这个水底密室中，时光是停止的，唯一无声无息成长着的，只有她的身体。

她在石壁上刻录着自己成长的痕迹。

完成了每日必备的脚步丈量工作后，她贴墙站着，手指按过头顶，用指甲在脑后的石壁上刻下浅浅一道痕迹——比了一下，居然比去年刻下的那条高了两寸。

她在黑暗中笑了起来，摇了摇脑袋，脸上有旁人看不到的得意表情。

“婴，你看，我又长高了！”她欢喜地对那个唯一的同伴说，完全忘了其实无论她长得多高都没有任何意义，“即便是只吃蘑菇，我还是能长那么高！我想就算缥碧她在外面，也没我长得快呢。”

毫不例外地，那个沉默的同伴没有回答，只是抬起眼睛，安静地望着她笑。

“婴，你对我说句话呀！”她有些气恼地说。

然而，那个白衣同伴还是照旧坐在角落里，长发垂下来遮了半边脸，安静地对她笑笑。

“我想，你一定是个哑巴。”她沮丧地下了一个得出过千百遍的结论。短暂的沮丧后，她又雀跃起来，看着地上摆好的方格子，提议，“婴，今天，我们一起来玩跳房子吧！”

幽蓝的水光从头顶透下来，隐隐约约照亮了室内。

那纵横摆在石室地面上布置成一格格的，居然是一根根惨白的人骨！

把历任拜月教主的尸骨拆开，摆成格子，她却是丝毫不惧怕，快乐地在白骨中蹦跳起来，伶俐地用单足跃过一根又一根森森白骨——那，是她被关入水底后学会的不多几个游戏之一，如今却成了贫乏生活中唯一的乐趣。

她越跳越快，笑得很开心。

随着她加快的身形，密室内起了小小的旋风，一阵轻微的声音后，那些地上散落的白骨居然一根根立了起来！

“咯咯……好，大家一起来跳吧！”她拍手笑，脚下越发跳得灵活。一根根白骨竖立着，一端着地，整整齐齐地排列着，咔啦咔啦地跟随在她身后，跳了起来！

幽蓝色的水光透入密室，在这昏暗的光里，只有满室森然竖立的白骨，跟随一个十三岁的孩子轻盈跳跃。

那个白衣的同伴依然只是坐在那里看着她，用一只独眼微笑着，不说话。

“婴，你怎么不跳？”她跳得累了，转头问，擦着额上冒出的细密汗珠，看着阴暗密室角落里坐着的同伴，“接下去的我不会啦，你不教我吗？”

在她停下的刹那，跟在她身后的无数白骨陡然停滞，然后噼里啪啦散落了一地。

那个女童依然只是静坐着，微笑，不说话。

“好了，我饿了。”她终于不再跳跃，向着女童坐的地方走过去，伸出手来，“婴，我要吃蘑菇。”

白衣的同伴粲然一笑，无言地抬起了手，捧出一株晶莹洁白的东西。

那并不是什么蘑菇，而是一株九叶灵芝，在黯淡的室内发出莹白的光，灵气逼人。

“真是奇怪，这是哪里来的？是你坐的地方会长蘑菇，还是你身上会长蘑菇？”如平日一般，那只白色的“蘑菇”一入口就化成了甘美的汁液。肚子立刻不饿了，她却是忍不住满怀的好奇，问自从出现以来就总是喜欢坐在那个角落里的同伴。

这几年来每隔一两天，当她觉得饥饿的时候，婴总能变出一只蘑菇来。

也正是因为婴，她被关了五年却不至于饿死。

婴对着她微微一笑，独眼里闪出一种神秘的表情，忽然站了起来，往前跳了一步。

她只有一条腿。

宽大的白色法衣垂落下来，罩住了她单薄的身子。婴单足跳了一步，回过头看着她，微笑，用目光邀请她，她便兴高采烈地跟着跳了起来。

吃过了蘑菇，她陡然觉得身体又轻了几分，跳动的时候分外灵活。跟随着婴的步伐，她不停地跳着，记着繁复的步法。

“十七楼！”在婴停下脚步的刹那，她高兴地大叫一声，“我学会了！”

随着她的欢呼，那些白骨纷纷委地，重新沉默地支离破碎。

婴对她笑了笑，单脚跳回了那个角落，重新坐下。

“婴，你总是坐在那里。”她有些好奇地凑过去，把手贴在那一面石壁上，“那天我饿得要昏过去了，在那里胡言乱语，结果隐隐约约中，就看到你从这面墙上浮了出来。”

顿了顿，她有些迟疑地按着那面墙：“那一边，是什么呢？你从哪里来？”

每一面墙壁上都镶嵌着一面镜子，她把头凑过去，努力地看着。

然而，外面只是一片模糊的深蓝，隐约看到有巨大的白石散落水底。

但就在这一刹那，整个密室忽然剧烈地震了一下！

那个震动是从上至下而来的，伴随着低沉的轰隆声，仿佛圣湖水域中落下了一个霹雳，惊得湖水中的恶灵纷纷游走，惊得室内散落的白骨齐齐跳了一跳。

她诧然抬头，忽然间眼睛被光刺痛，一瞬间近乎全盲。

密室开了！密室竟然再度开了！

她惊喜万分，向着头顶的白光伸出手去——终于，终于有人来放她出去了？祭司大人不生她的气了，觉得可以放她出来了吗？那么，她可以出去重新和扶南、缥碧他们在一起了？

她对着白光狂喜地伸出手，嘶哑地招呼着，然而，没有人拉她出去。

那道白光只是闪了一下，随即消失。

有什么东西被扔了下来，发出金属摩擦的刺耳声，轰隆隆的低响中，头顶的密室之门随即再度合起，隔断了一切。

她还停留在短暂见光导致的失明中，手无措地伸着，脸上狂喜的表情渐渐凝滞。

难道……关了五年不够，还要再把她关下去吗？

她开始抽泣起来，泪水尚未流下，却感觉有什么东西正一滴一滴地落到她脸上，温热而湿润——那是不是泪……是血！是谁？是谁的血滴落在她脸上？

她诧然抬头。

幽暗的蓝色水波中，垂落一条巨大的金索，金索上贯穿了一个人。

不，应该说是贯穿着一个人的残骸。

那个人应该就是在刚才被扔下圣湖水牢的，扔下来的时候已然死去。似乎是在落入水中时就被湖中的恶灵们群起噬咬，全身血肉模糊，露出了白森森的骨架，被贯穿胸腔的金索系着，扔入了水底的红莲幽狱。

真可怜啊……她轻轻叹了口气，仰头看着金索上的那具尸体，想把这个人解下来。

然而，在她刚触及那条金索的时候，忽然凭空就起了一串蓝色的火！

“啊！”一种猛烈的力量猝不及防地把她推开，她的后背重重靠到了墙上，几乎喘不过气来。婴在刻不容缓的时候猛力推开了她，望着金索上那具残骸，眼神竟有些惊慌，示意她不要再上前。

“恶……恶魔。”第一次，她听到婴的嘴里吐出模糊的声音，不由得悚然。

这是什么意思？她想问，然而婴的身形一顿，瞬间消失在墙角。

怎么回事？难道，这条金索上存在着封印？

她诧异地上下打量，忍不住再度伸出手去。

“别……别动！”忽然间，她听到一个声音模糊地说，“有血……血咒！”

那个声音近在耳边，随着滴落的血一起到达她的听觉。她吓得往后跳了一步，满地的白骨也随着她齐齐往后一跃。她抬头望着金索上贯穿的那具骸骨，惊诧得说不出话来——怎么可能？血肉都已经被恶灵啖尽，唯独留下一具骨架，这个人怎么还可能说出话来？

“我……正在活过来。”那具残骸发出了模糊的声音，“你……别碰我。”

她听话地住手，退到一边。

那具骸骨不再说话，似在积累着力量。如雨般滴落的血果然慢慢止住了，在幽蓝的水光里，她看到金索上吊着的那具尸骸发生了惊人的变化！

白骨上重新生出了血肉，一寸寸地延展出完好的肌肤，碎裂的胸腔和腹腔都开始弥合，手足重新成形——短短的时间内，这具骷髅居然复生了！

那该是什么样的力量啊……即便是教中至高无上的祭司昀息，也很难做到吧？

她感叹地仰望着，看着逆转生死的一幕。

“呀！”在骷髅的面容完全恢复时，她呆呆看了片刻，看到了对方额上的宝石额环，忽然尖声大叫起来，吓得满地的白骨跟着一颤。

“昀息大人！是你？怎么会是你！”

第二章

骷髅花

昀息的神志随着血肉的复生逐渐清晰。然而眼前晃动的，依然是坠落圣湖的那一瞬间，那个红衣孩子眼里的狂喜和恶毒，宛如魔的附身。

真是爱极了那种眼神啊……

在血咒击穿他胸膛的那一瞬间吐了一口气，他模糊地喃喃低语了一声，露出一个奇异的微笑。附了血咒的金索如蛇一样缠绕上他的躯体，钉住他的四肢。圣湖水底的幽狱轰然洞开，那个红衣孩子尖叫着，猛然将他向着地狱推下去：

“去死吧！昀息，去死吧！”

那个妖物附身般的孩子冷冷地笑着，孩童的脸上有着成人的疯狂。

真是可爱呢——在坠落的那一刹那，他伸出手来，想抱住这个孩子，拉她同归地底。记得百年前，也曾有一位祭司被幽闭在地底——那么深的地方，没有风，没有光，如果能抱着这个小小的红衣妖精沉睡在那里，也是一种永恒的安眠吧。

然而，在触及她大红裙角的瞬间，他还是松开了手。

“昀息，去死吧！”尖厉的叫声在耳边回荡，他坠入了充溢着恶灵的湖中，一路被追逐着，向着水底沉去。在到达红莲幽狱时，出乎意料的是那里居然还有一个人，正仰头惊呼着，看着他掉落。

他的手足都被金索钉在密室透明的顶上，衬着幽蓝变幻的水光，满是血污的白袍垂下来，羽翼般展开，宛如一只受伤被困的巨大白鸟，有一种优雅的残酷。

幽蓝色的水狱密室中，刚刚恢复人形的祭司被钉在金索上，俯首看着失声惊呼的女孩。

那个女孩看样子不过十三四岁，但从她苍白得异常的肌肤和暗夜里敏锐的视觉来看，她似乎已经被关在这里很久很久了。

让他诧异的是，她看到他的第一眼就认出了他的身份。

这个被幽禁在红莲幽狱里的人，居然认得自己？

“你是谁？”在喉头血肉完全恢复后，他吐出一口气，虚弱地问，“怎么会在这里？”

——能被关在这里的，定然也不是一般的犯禁教众。不知为何，他却完全想不起自己认识这个人。

“昀息大人，你不认识我了吗？我是阿澈呀！”她回答，满脸的单纯和热切，想伸出手触碰他，却又惧怕那条布满了血咒的金索。她仰头看着他如今的样子，惊骇莫名，“祭司大人，你……你怎么会被关到这里来？谁敢把大人弄成这个样子！”

“阿澈……”金索上的祭司闭了一下眼睛。

自从风涯师父去世后，已经过去了多少年？五十年？一百年？在这个世上，他已经活了太久。如果不定期靠着冥想来驱除脑海里那些影像，那些重重叠叠的记忆积累在一起，到最后一定会压溃他的头颅吧？

但，看到这个密室中的女孩颊上尚自残留的金色弯月标记，他忽然间明白过来了被关在水底多年的人是谁——那，的确是一个有身份有地位的孩子。

是神澈……他册立的第七位拜月教主！

自从被中原鼎剑侯封为大理王之后，政教合一，整个南疆便是他的天下了。作为获得了空前权势的祭司，他差不多也是拜月教数百年历史上最离经叛道的一位——他完全废止了一年一度的圣湖血祭，撕破了百年来一直保持着的教主祭司平权的假象，恣意废立，生死予夺。而且他派出教中子弟参与南疆政务，从苗疆各大村寨中抽取赋税。

在他的主持下，拜月教从不食人间烟火的宗教，逐渐转变为俗世掌权的统治者。结果，在中原局势再度发生改变，大靖王朝改朝换代的时候，拜月教遭到了中原诸侯的南下征伐，最后不得不交出了政权，重新归于草野。

那是自数百年前听雪楼南渡澜沧后，拜月教遇到的最大劫难。

他知道教中的长老们对他早已不满，然而他不在乎——他知道那些老朽们尚无直接和他挑战的力量和勇气。于是，他越发地我行我素起来。

和先代祭司不同，他不愿在苗疆的寨老女儿里选择侍月神女，而经常收留民间流浪的孩子，不管她们出身多卑贱。如果那些孩子中有特别聪颖的，能很好地领会和掌握那些术法，他就将其送上玉座，笑吟吟地看着那些漂亮的娃娃在万众跪拜中的一举一动。

然而他的耐心也是有限的，在觉得无趣的时候，便会毫无预兆地废黜那些日渐长大的漂亮娃娃，然后找一个更新的傀儡来取代。

将近百年的时光里，他废立过很多位教主。

而眼前的这个女孩只是其中一位——在三岁的时候被他收留，不懂事的时候就开始学习教中术法。然后在神澈和缥碧两名神女中，他选择了这个眼睛明亮的女孩子，将她送上教主的玉座。

她没有姓，却有着一双清明宁静的眼睛，于是他给她取名为“澈”。

她成了拜月教主，于是，那些教众就恭谨地称这个小女孩为“神澈”。

他废黜她的时候，这个孩子才八岁——那时候他遇到了小叶子，那个罗浮叶家的小妖精，于是毫不犹豫地转立那个孩子为教主。离他随口下令将那个八岁的拜月教主废黜，已经过去了五年——而这个被关入水底密室的小女孩，居然还活着？

他只手翻覆了这个孩子的命运。

把她从泥潭里捧上王座，又如拂去一颗尘埃一样将她甩落在尘土里。

然而可笑的是，他早已不记得。

“在那之前，你恨不恨我？”忽然间有一种奇特的冲动，他问了这样一句奇特的话。

“不恨……只是有点难过。我想，一定是我哪里做得不好，所以惹得祭司大人生气……”神澈怔了一下，眼里依然有难掩的伤心，“现在我终于明白，这没有为什么，很简单的，就是祭司大人不要我了——就如我爹当年一样。”

昀息默默地听着，没有说话，嘴角忽然浮现出一丝苦笑。

为什么呢？连他自己也不明白吧。

原本，他就有一个支离破碎的灵魂。

“那么，现在，开始恨我了吗？”低声地，他追问了一句。

站在这间禁闭了她五年的密室内，神澈抬起头，仰望着顶上金索困住的那个人——波光从头顶透下来，幽蓝如鬼魅，头顶的水中有无数恶灵在游弋。而那个人如同一只受伤的白鸟一样被钉在金索上，白袍上溅满了殷红的血，如残破的羽翼垂落下来。

童年的记忆中，犹自可以浮现出这个人睥睨众生、俯仰天地的身姿。

而如今被这样地关入水底，又是多大的屈辱呢？

她看着那个遗弃了自己的人，眼神澄澈，沉默许久，缓缓摇了摇头。

那之后，又过去了很长一段时间。

两年，或是三年？

红莲幽狱里只有他们两个人，每日默然相对。昀息祭司原本就是话不多的人，被关入这个密室后更加寡言了，即便是在每日恶灵汹涌而来噬咬他血肉的时候，都保持着静默。

她缩在底下，却每一次都惊怖得发抖，闭上眼睛不忍观看。

——那是什么样恶毒的血咒？居然让人每日死去一次，又活过来一次！

不知附了什么样的血咒，那些圣湖里游弋的恶灵每日里居然能通过金索来到密室，直扑向昀息大人。然而祭司身上拥有的力量是强大的，几乎能肉白骨，逆生死——早上那些恶灵吃掉他的血肉，可到了晚上他就能复生过来。

每日都要死去活来一次，永无止境。

她不得已地充任了唯一的旁观者。那场面，她觉得连看都是一种酷刑。然而，他居然沉默着忍受，从头到尾不发出一丝一毫的声音，直至身上血肉被一分分噬咬殆尽，那双深碧色的眼睛，犹能直视着自己空洞洞的躯体。

真是个奇怪的人……他的眼里，似乎看不见生和死，而只有虚无。

然而那种虚无，并不是术法到了化境后的太上忘情，而是一种沉郁的虚无，仿佛一片看不见底的沼泽，里面浮浮沉沉着诸多死去的东西。

然而这样的一日日下来，先崩溃的却是她。

"滚开，都给我滚开！不许吃人，不许再吃人了！"那一瞬间，她再也忍不住地跳了起来，挥舞着双手扑向那群恶灵，尖声叫着，想把那些正在食人血肉的魔物赶开。她用力摇动着那根金索，不管上面燃起了幽蓝色的火，灼烧着她的手。

那些恶灵虽然每日出入密室，然而似乎受了什么约束，一直和她井水不犯河水。但此刻看到她主动挑衅，立刻凶狠地张开了口，向着她狠狠咬下来！迎头而来的那张惨白的脸，居然有几分奇异的熟稔。

然而她来不及多想，就和恶灵赤手搏杀起来。

很快地，她就感觉到体力不支。眼前全是灰白色的烟雾，充斥着厉叫和惨呼。一只又一只恶灵飘飞过来，露出白森森的牙齿，一口咬住了她的肩膀。

她想挣扎，手足却不听使唤。

"快跳！"忽然间，耳边有一个细细的声音催促，"跳起来就不怕了！"

婴？是婴在对她说话？跳什么？……她唯一会的，只有跳房子而已啊。

“跳吧。”那个声音轻微地叹了口气，对她说，“骷髅之花开放的时候，整个冥界都会跟随你一起舞蹈！”

那一场混战不知是怎么结束的。

她只记得身后咔嚓咔嚓声音响得分外密集，满地的白骨都跟着她跳跃，全部化成了一柄柄尖利的剑，刺向那群恶灵。那一片灰白烟雾越来越薄，越来越淡，最后终于完全消失了。

一切都寂静了。她站在密室的中心点上，用一根细长尖锐的白骨支撑着身体，摇摇欲坠。血从她身上十几处伤口里流下来，染红了地面，也染红了手中的白骨之剑。

满地的白骨都竖着，根根尖端染血，以她为中心微微倾斜，仿佛在无声地致意。

幽蓝的水光映上去，那些簇拥着她的白骨，宛如一朵巨大的盛开的菊花。

“白骨之舞？”在恶灵被全部驱逐的刹那，金索上钉着的祭司看到了下方密室中惊人的一幕，一贯无喜无怒的眼里，骤然闪过了波光，有点不可思议地看着这个女孩子，喃喃，“骷髅花……你居然可以支配骷髅花！”

那是和噬魂术、分血大法并称的教中三大邪术之一，自沉婴教主死后便已失传。三大邪术之中，噬魂术为掠夺力量之术，分血大法为召唤恶灵之法，唯独骷髅花是三大邪术中的攻击系的术法，所带有的破坏力足以惊骇人世。

“我不知道什么是骷髅花……”她筋疲力尽地坐倒在地上，扔掉了手中的白骨，感觉眼前一阵一阵地发白，“我只会跳房子而已。婴让我跳，我就跳了……”

随着她身上聚气的消散，那些如花盛放的白骨哗然散落，在地上铺成了一个同心圆。

“婴？”昀息的目光却是骤然一凝，有雪亮的锋芒，“你说‘婴’？她在哪里？”

“咦，你也知道婴？”神澈也有些兴奋起来，四顾却不见那个坐在角落里的同伴，诧异，“她刚才就在这里啊，她每天都会过来给我送蘑菇的——你难道一直没看见她？”

眼神只是一扫，金索上的那个人却沉默了下去。

既然就在这里，而这么长时间来他却一直“没有看见”，那么，只有一个解释，那就是——对方在术法上的造诣比他更加高强！

而且，她并不愿意出来见自己。

这个拜月教中，居然还有这般厉害的神秘高手在？沉默了片刻，一种异样的表情浮上了眼眸，昀息放缓了声调，对着神澈耳语般地微笑：“阿澈，下一次她出来的时候，你偷偷地指给我看，好吗？”

“嗯！”筋疲力尽的少女随意地点点头，还有些高兴，“祭司大人也想认识她吗？”

昀息无声地笑了一下，深碧色的眼睛里有难以捉摸的光。

微微喘息着，神澈不由得笑了起来，学着婴的样子，快乐地单脚跳了一下：“原来我可以打得过那些恶灵！昀息大人，以后我每天都可以替你驱赶那群恶灵了！”

“你不想看着我被它们咬吗？”昀息微微笑着，问。

“是啊。”神澈点点头，认真，“我不想这样。”

昀息凝视着那双清澈的眼睛，忽地叹息了一声：“为什么呢？其实我对你并不好——就算你死了，我也不会觉得和死了一只蝼蚁有什么区别。”

“我不知道。” 显然被那样的话刺伤了，神澈流露出难过的神色，蹙起眉头想了想，眼里有执拗的表情，“我就是不想看到这样。”

昀息沉默下去，用深碧色的眼睛俯视着那个黑暗中成长起来的孩子，许久许久，忽然道：“你很像那个人啊……一样纯白的灵魂。有温暖的光。”

“像谁呢？”因第一次被夸奖而有点羞涩，但她依然忍不住好奇地问。

“我的第一个教主，叫作沙曼华。”祭司的眼睛是深不见底的，看着眼前的人，却又恍恍惚惚似乎看到了另一个时空，“而在很多很多年以前，我失去了她。”

这句话之后，密室里便重新陷入了沉默的泥潭。

神澈在这种气氛中有点忐忑，不知道如何回应祭司大人忽然而来的柔软态度。

“师父当年和我说，像我这样的人，内心什么都没有，是难以为继的……直到他死后五十年，我才知道他是对的。”幽蓝的密室中，传来祭司茫然的话，带着某种虚无的气息，“我师父最终死于内心的荒芜。我很怕自己变得像他那样……所以这些年来，我一直在寻找——寻找她那样的……抑或是，小叶子那样的。”

而神澈显然没有明白他的意思，只是有点莫名地看着他，眼睛明亮而清浅。

第三章

婴

神澈一直没有留意到，自从祭司大人来到这个幽狱后，婴就很少出现了。

不但不再教她跳房子，甚至连出来给她蘑菇的间隔也越来越长——即便是偶尔出现了，也只是坐在那个墙角里，低着头，把蘑菇放到了地上，便立刻后退，消失在阴暗的角落里。

“奇怪，你还是没看到她吗？”神澈问祭司，对方依旧只是摇了摇头。

“啊？怎么会呢？刚才她出来了，就坐在这里呀！”神澈指着那处角落，满怀诧异——虽然这个水底幽狱光线暗淡，可祭司不是常人，应该可以在黑暗中视物。

“婴是一个单眼、单脚的姑娘，穿着宽大的白色法衣。她很害羞，总喜欢低着头坐在角落里，都不大敢看别人。”神澈手捧那枚白色的“蘑菇”，绘声绘色地对着昀息描述，扁扁嘴，“她一定是怕羞了——每次我一和她说祭司大人想见你，她总是摇摇头，立刻用那一只小脚别别扭扭地逃走了，我拉都拉不住。”

“单眼，单脚……白色的法衣。”昀息低声重复了一句，似乎在努力回忆着什么，忽地问，“你来的时候，她就已经在这里了吗？”

“啊？好像，好像是……”神澈怔了怔，看了看那个角落，“那时候我饿晕了，模糊中看到她从墙壁里走了出来——应该来得比我早吧。”

昀息蹙眉，再度突兀地问：“她的脸上，是不是有拜月教主的标记？”

“你说这个月牙儿？”神澈诧然摸着自己颊上的金粉符号，“不知道……看不见的。她老是低着头，头发挡住了左边脸。”

“哦……我明白了。”昀息长长叹息了一声，不再言语。

然而神澈的好奇心已然被挑了起来：“怎么了，祭司大人觉得她也是拜月教主？”

“她教了你白骨之舞……那是如今早已失传的绝顶秘术。”昀息的眼睛望向那个阴暗的角落，却什么也看不到，他知道那个人是故意不见他，“而最后一个会用白骨之舞操纵骷髅花的，是一百多年前的教主沉婴。自从她自沉于湖底后，白骨之舞就永远失传了。”

“一百多年前？”神澈吃惊地叫了一声，“可婴分明还是个小孩子呀！”

“她应该比我更苍老……”昀息仰起被金索洞穿的颈，望着密室上方幽蓝色的水影，嘴角浮出一丝莫测的笑意，“还活着吗？真是有意思啊……”

祭司的眼睛瞟了一下那个发呆的女孩，微微一笑：“你每日吃的，便是这种九叶灵芝？难怪你这些年没有饿死，反而术法进境一日千里。”

“九叶灵芝？”神澈捧着那朵“蘑菇”发了呆，细细数了一下，果然是九片叶子，不由得口吃，“那……那是什么东西？我只知道婴老是能拿出这个来，我都怀疑她身上长蘑菇。”

“极阴之处凝聚月华成长出来的灵芝。”昀息漠然道，眉梢挑了一下，“和万年龙血赤寒珠一样，是术法之人梦寐以求的至宝。而你居然以此为食，过了七年。”昀息饶有兴趣地笑了笑，“真有意思啊……她这般钟爱你。看来，她是数百年来太寂寞了吧？”

然而他的自语被打断了，一只手把灵芝捧到了他嘴边。

“祭司大人，你怎么不早说呢？你吃了这个，就会好了。”神澈欢喜地笑。

这个在黑暗中长大的孩子虽然已经十五岁了，可依然像是个八岁的孩子——这七年的漫长幽禁，居然没有在她的心上留下任何残酷的痕迹。

沉婴……那是你的功绩吗？

然而看着近在咫尺的九叶灵芝，他却摇了摇头："没用。"顿了顿，补了一句，"这只是提升灵力的药，解不了血咒。"

"阿澈。"昀息蓦然说了一句，唤她过去，"伸出手来。"

她茫然地凑过去，把一只手伸到他面前。

昀息咬破了自己的中指，冰冷修长的手指在她手心缓缓移动着，画下一朵曼珠沙华纹样的符咒来。他画得很慢，血几次凝结住流不出来，却被他再三硬生生撕裂出来。

她看着那朵血红的曼珠沙华绽放在自己的手心，忽然间全身微微一颤。

仿佛画那朵花用尽了全部的力气，昀息的脸色变得分外苍白。闭上眼睛休息着，他低声说："下一次，在你见到沉婴的时候，偷偷把它印到她身上去。"

"嗯？"她一惊，看着手心那个逐渐干了的血色符咒，隐约有种恐惧的感觉，抬眼看着昀息，颤声，"大人，这，这是……"

"不过是一个破除隐身术的符。"昀息笑了，安慰这个女孩，"她总是躲着不肯见我。"

"噢……"她恍然地点头。

那一日，在她饿得发慌的时候，婴终于出来了。

照样只是坐在那个角落里，低着头，也不说话，拿出一株白色的灵芝递给她。她寻到了机会，在接过灵芝的刹那，迅速地把手按在了婴的手上。

那朵血红的曼珠沙华符咒，在一瞬间变得如烙铁般炽热！

就在那一瞬间，她清楚地看到婴全身剧烈地一震，然后忽然抬起了头。

那还是她第一次完整地看到婴的脸——只有半边：一只眼睛，一道眉毛，半边口唇歪斜，遍布无数伤痕。那么可怕的一张脸，仿佛被扭曲撕毁的布娃娃，只存在于人的噩梦之中。在她空洞的左眼下方，果然有一弯金色的小小月亮。婴在那一瞬间全身颤抖，抬头，以极其可怕的目光看着她。

在那一瞬间，尖叫的反而是她。

她下意识地甩手，想离开这个可怖的脸，然而那个奇特的符咒竟然紧紧地把两人的手粘在了一起，任凭她怎么挣扎都没用。

“昀息大人！昀息大人！”慌乱之下，她脱口惊呼，求助。

然而，身后金索上的祭司没有说一句话，只是微笑着看着这一幕。

符咒仿佛是在两人之间燃起了一团火，神澈忽然觉得心神激荡，仿佛有什么涌进了她的四肢百骸，带来说不出的舒服感觉。不知不觉地，她放弃了反抗，不想急着挣脱了，手心不停地涌来一种奇异的力量，充盈了她的整个身心。

婴小小的手紧贴着她的手心，脸色苍白，全身剧烈地颤抖着，似乎在挣扎，但力量却微弱得可怜。她睁大眼睛不可思议地看着她，张大了嘴想说什么。

然而，终究没有说出来。

——那一瞬间，神澈清楚地看到了：她没有舌头。

“婴，婴！别怕！”她安慰着同伴，指点她朝着顶上看去，“没事的，祭司大人只是想看看你……没事的，你别怕。”

婴已经不再挣扎了，也不再用那只瘦弱的小脚跳走，任凭她拉扯着。

婴用那只独眼静静地盯着她，眼角流下一行泪来。

“婴？婴？”她终于被那滴泪水吓住了，不再拉着她，“你不愿意？不愿意就算了啊。”

但是就在她松开手的刹那，婴陡然委顿了。宽大的法衣飘落在地上，里面那个独眼独脚的女子骤然萎缩，身体蜷缩成一团。

“你怎么了？”神澈惊慌地问，却看到婴的目光穿过了她的肩头，直射向背后那个被金索钉住的人——满眼的悲哀，隐隐愤怒。不知为何神澈一眼看到那种目光，心里便是一跳，仿佛看到地底有什么火焰在升腾，就要脱出控制。

“昀息大人，婴她……她怎么了？”她顺着婴的眼光看过去，连忙求援。

拜月教的大祭司嘴角浮出一丝冷酷的笑，一字一句：“她要死了。”

神澈吓了一大跳，震惊地脱口：“什么？怎么会！”

“你吸干了她所有的灵气，她自然要死了。”昀息望着法衣下逐渐萎缩的女子，忽然再也忍不住地大笑起来，“哈哈哈……沉婴，你当年自沉湖中，不是发誓要度尽湖中恶灵吗？这多么无趣的事啊！——还不如把多年的修为一并给阿澈得了。”

神澈惊得脸色惨白，手一软，瘫坐在地上，一时间说不出话。

身体里果然有奇异的气流在浮动，四肢百骸说不出地轻快愉悦。她低头看着自己的手，掌心那个曼珠沙华的符咒鲜红得像要滴出血来，一瓣一瓣舒展开来，覆满了整个手掌，原本晶莹雪白的手此刻宛如一只刚从血池中抬起的魔爪。

“不……不！”看着自己身上那只邪异的血手，她终于叫出声音来，拼命甩着手，“我不要，我不要！祭司大人，我不要这样！我要婴活过来……我要婴活过来！”

“孩子话。”被钉在金索上的人微笑起来，眼神隐隐有一种睥睨天地的冷傲，“你知道你现在获得了什么吗？这是多少人梦想的至高无上的力量，足可让你凌驾于苍生之上。而现在，我把它送给了你，还不谢我？”

“我不要！”神澈抱着蜷成一团的婴，感觉她的身体迅速地萎缩下去，一时间吓得魂飞魄散，只顾一个劲地摇头，“我不要什么力量！我宁可一辈子被关在这里！求求你让婴活过来……求求你别让她死。”

然而，被她左手一触，婴的身体便起了一阵战栗，那只独眼里露出了愤怒憎恨的表情——“滚！”用尽全力，她推开了她，说出一个字来。

多年来水底孤寂的相伴，婴一直平静如止水，从未看过她有丝毫喜怒，可现在这一刹那，那个只有半张脸的孩童眼里流露出可怖的表情！那种恶毒和憎恨，似乎是在地下埋藏了很多年，随着某一个契机的到来汹涌而出。

婴……婴她……恨极了自己吧？

神澈放开同伴，踉踉跄跄地跑到了金索旁，抬起头看着祭司，急切而慌张，把那只血红的左手抬起：“祭司大人……快，快！把力量还给婴，让她活过来，求你了！”

“我就是想让她死。我憎恶一切比我强的人。”昀息望着那个急得脸色苍白的女孩，嘴角浮出冷笑，用一种恶毒的语气，缓缓开口，“而且，阿澈，我就是要借你的手杀她——她一开始就防着我，因为她看出我心底有‘恶’。但只有对你，她才无所防备。”

那样的话，在幽闭的深蓝色水底听来，一句一句有如飞掷的利箭。箭箭穿心。

她一辈子也没有听过这样残酷的话。

神澈呆住了，仰头望着昀息，眼神瞬息万变，从震惊，不信，悲哀，渐渐变成极端的愤怒，那只血红色的手缓缓垂落，握住了那支白骨的长剑。

“你骗我。”她哽咽道，想哭却不知为何反而哭不出来。

昀息漠然地撇嘴：“是啊，你真是太笨了……不骗你骗谁呢？小叶子比你强太多了，当年把你废掉是正确的啊。”

他慢慢说着，细心地看着孩子的眼睛。

在短短的几句话之间，那双清澈的眸子逐渐地枯萎，死去，空洞。

“所以说，你实在是个——”他还想说什么，忽然被爆发的哭声打断了。

“你骗我！你骗我！”仿佛压抑到了极处，神澈终于大哭了起来。她不顾一切地扑了过去，下意识地挥出了手中的白骨之剑，想让面前吐出恶言的嘴永远地闭上，“坏！不许再说了……我……我恨你！”

神澈永远不知道，这一刻她的力量有多骇人。

在拔剑而起的刹那，她已然不是片刻前的她。

那一剑如雷霆般自下而上，在瞬间刺穿了昀息的胸膛，把拜月教的祭司牢牢地钉在了红莲幽狱的顶上。琉璃般的牢顶有无数裂痕延展开来，如一朵曼珠沙华的绽放——那一剑的力量，甚至刺穿了幽狱的结界！

神澈的愤怒表情，也凝结在那一剑之后。

杀人了？她杀了昀息大人了！神澈踉跄着后退，恐惧地抬起眼睛看着顶上的那个白衣男子。她眼里的那种澄澈表情再也没有了，取而代之的是恐惧、惊惶和不知所措。

那一剑的力量是可怕的。无穷无尽的血从那个不死的祭司心口里流出来，昀息的脸色迅速变成了死灰。然而，他却看着她，微笑起来。

他那样寂寞地活着，因为祭司的生命没有人可以终结。在水底见到沉婴的那一刻，他是多么欣喜——遇到了这样一种比他更强的力量！就如风涯师父最终死于大光明宫霍恩手下一样，他也终于找到了一个可以终结自己生命的人。

“做得好。我等这样的一剑，已经等了很久了……不必为此介怀。阿澈，我是故意激怒你的。”他对着那个不知所措的孩子伸出手来，指尖滴着血，一贯阴鸷的脸上带着难得一见的温暖笑意，“阿澈，你已经长大了。记住，永远不要在相信别人的基础上去做事……这个世上，每个人都是一座孤岛。”

他的语气里有一种令人入迷的力量，神澈不再后退，只是呆呆地看着他，忽然间感到无穷无尽的害怕和后悔，哇的一声哭出来。

“不要哭，不要哭。”昀息滴血的手终于触及了她的脸，微笑。

然而神澈的眼里只有混乱，脑海一片空白——婴要死了……而她杀了祭司大人！所有人都要离她而去了，以后她一个人该怎么办呢？还不如死了吧。

“胡说！再也不用怕什么了，你会成为最强者！”在她的那个念头刚泛起的时候，仿佛了然于胸，昀息随即厉叱了一声。缓缓抚摩孩子的脸颊，垂死之人的眼神恍惚而怜爱，望着那双已然不再澄澈的眼睛，叹息般低语，“你知道吗？你和沙曼华都是小小的白仙女，而小叶子……是个红色的小妖精。

“可是在这个世上……妖精可以活下去，白仙女却很难……

“沙曼华有舒夜。可是我的小阿澈啊……我死了后，你该怎么办呢？

“你迟早要长大……而我很高兴，是我教给你这一课。”

昀息的手指在她颊边轻轻抚动，声音却渐渐衰弱。他是多么地爱这双澄澈纯粹的眼睛，但如今却是再也回不去了……是他亲手把小小的白仙女，变成了红色的小妖精。

——一如当年的小叶子。

竭尽最后一点将要涣散的力量，昀息用带着血的手，一寸寸将她颊边那个记号抹去，顺便一并抹去了她的这一段记忆——自此后，她身上再也没有属于任何人的烙印，她将完全按自己的意愿来生活。

她赐予了他死亡和平静，那么他就还给她力量和自由。

血渐渐流满了这个密室，神澈感觉仿佛地上有炽热的火灼烤着她的心肺，恍惚剧痛。

然而，委顿在地的婴却忽然动了起来。她脸上浮出一种可怕的表情，不再痛苦地抽搐，而是挣扎着俯下身，将脸浸在血中，大口大口地开始啜饮着地上的血液！

看到那一幕，昀息开始涣散的神志微微一惊，想抬手，却已经没有了力气。

怎么……怎么还活着？失去了所有修为，这个怪物，怎么还活着！

难道是……魇魔复苏了？

他利用了神澈，借她的手，来结束自己那一场无涯的生。然而，他却没有考虑过，用了这样的手段，又将会带来什么样的恶果！

——他放出了一个水底压抑百年的邪魔，自己却撒手而去。

血从身体里无穷无尽地流出，流满了玄室的地面。

然而，低头看到血泊中不停吸着血来恢复生机的女童，昀息眼里陡然掠过一阵阴影。沉婴在水下自闭了那么多年，辛辛苦苦克制着内心魔性的蔓延，而现在陡然被撤去了所有的修为，她体内蛰伏的魇魔又将会如何？

魇魔要复苏了！沉婴的意志一旦崩溃，她体内的魔就要复苏了！

连他那样的人，心里都掠过了一道寒流。昀息在生魂彻底消散前，猛然拔出贯穿在胸前的白骨之剑，用尽最后的力气劈向那个正在饮血的女童。干脆，就让这个活了上百年的怪物，和自己一起永远长眠在不见天日的水底吧！

然而，“咔啦啦”一声响，剑一拔出，囚室的顶，立刻碎裂成了千片！

无数的恶灵随着水流汹涌而入，充斥了整个空间。

“快走……快走。”他扔掉剑，一把将神澈推了出去，自己却委顿在血海中。

抬头望着顶上射落的天光，他感觉自己在这样模糊的光中逐渐地融化，变成一个苍白的水泡，向着日光缓缓上升……又在做梦了吗？

他的生命漫长而黯淡，一直在暗夜里长歌疾行，与背叛、死亡、黑色为伍。只有在梦里，他才一次次地梦见自己不由自主地朝着光亮飘过去。

那是他从来不曾承认的，天性中对于光的向往。

他如泡沫般恍惚地上升，感觉周围的黑色越来越淡，越来越清浅、明亮，渐渐从墨蓝变成深蓝，从深蓝变成浅蓝。光笼罩了下来，照到了泡沫上——

终于，在浮出黑暗的那一瞬间，在水面上碎裂。

就在他失去知觉的刹那，血泊里却掠起了一道白光——沉婴不知哪里来的力气，霍然抬起了头，只在地面上一撑，就迎着落下的碎片掠起，想趁机离开。

然而红莲幽狱的坍塌只出现了一瞬，依靠着密密麻麻的符文，这个密闭的水下幽狱有着可怕的灵力，可以在受到损伤时迅速自我修复。

沉婴刚刚从密室顶上的裂口里探出头，红莲幽狱已然复原。

恶灵汹涌扑来，而沉婴小小的身子被凝结在中间，只有拼命对着逃离的神澈挥手，脸扭曲着，眼里神色交织着愤怒和绝望，分外地诡异可怖。

“救……救救我……阿澈！”忽然，一个声音响起在水底，嘶哑破碎，几不似人声。

逃离幽狱后正随着潜流往水底缝隙里去的神澈猛然一震，回头望去——那，是婴的声音！是十年来婴第一次对她开口呼救！

她如何能丢下她不管？

为了补救片刻前对婴的伤害，神澈在生死关头上毫不犹豫地回过身，奋力去拉那只拼命挥舞的苍白小手。用尽所有力气奋力一拉，终于将婴从幽狱里拉出！因为那个不顾一切的动作，神澈吐尽了胸中最后一口气，神志开始模糊起来。

“嘀……你真好心啊。”顺着惯性，沉婴身体在水中漂出，回头看着她，咧嘴一笑。

神志模糊的神澈悚然一惊，仿佛有闪电掠过空白的脑海，让她浑身发冷。

那种笑容，根本不像是婴的！

如此地恶毒诡异，带着森冷的邪气和杀戮欲望，仿佛是地狱里逃离的恶魔。

“可惜，你的婴，在方才被你暗算的刹那，已然死去了。”那个有着恶魔般笑容的女童手指一动，反过来扣住了她的手，手指冰冷，“要谢谢你啊……我被沉婴关在她身体里已经上百年了。如果不是你，我怎能逃脱？”

“你……你是……谁？”恍然想起了教中一个遥远的传说，神澈心里一阵恍惚，想惊呼，却因为身体和神志的双重衰竭而无法出声，渐渐在水中昏迷。

就在这个时候，冰冷的手摸上了她的后颈，轻轻地笑：“你，听说过魇魔吗？”

在她陷入昏迷前，耳边忽然听到了一句问话。

然后，咔嚓一声响，那只冰冷的手就这样插入了她颈后的脊椎。

第四章

墓

七月半的时候，灵鹫山下的墓地里，开出了大片火红色的花。

看坟的岩生坐在茅屋里喝完了每日那点小酒，正抱着竹筒呼噜地吸着水烟。忽然感觉外头一阵风过，无意侧头觑了一眼窗外，便不由得一激灵——那一片密密麻麻的黄土坟堆里，忽然冒出了那样红色烈焰般的花朵！

虽然在这里的义庄看了多年的墓，但每次看到这种妖异的花大片开放时，他依然会感到彻骨的凉意——那，活生生就是地狱里透出的烈火！

看来，那些死去的人在地底下也愤怒无比吧？

岩生又喝了一口酒，浑浊的眼里透出一点热力。他在这山下墓地里待了几十年，隐隐听到过这样的说法：教中之所以把灵鹫山脚下的这片地捐出来当了义庄，并不是为了让贫苦人死后得一个葬身之所，而只是为了聚集更多的魂魄。

当年拜月教祖师选择此处为开山立教之处，就因为灵鹫山是一座极阴的山。

传说山顶有个红莲盛开的圣湖，聚集了天下至阴的恶毒魂魄。而湖水的水脉却来自万丈深的地底，一路染了黄泉幽冥的阴气，最后倒流汇聚到山顶——为了保持圣湖的至阴特性，山底下的“基座”里，就需要无数的普通魂魄来垫底。

于是上百年来，拜月教在山脚下开辟出了一望无际的义庄，专门收敛无主的尸体。

苗疆瘴疠之地，百姓多病，多贫苦，人的寿命往往很短。那些没有钱安葬的贫苦人死后，也往往被亲友送到此处，由拜月教负责一切后事。

岩生看过那些尸体是被怎么处理掉的，所以他深信那些可怜的灵魂永远抵达不了彼岸，只能挣扎着在地底愤怒呼啸——唯一的发泄时机，便是一年一度的七月半鬼节。

那些一夜之间从墓的间隙里怒放出来的火红花朵，就是地狱里蔓延来的烈焰啊……

岩生喝得醉醺醺地出来，提了一盏风灯，照例往墓地里巡视了一圈——灵鹫山下的这片墓地有着几百年的历史，规模庞大得惊人，简直可以说是一望无际，绕着山脚走一圈，足足要花上两三日的时间。

所以墓地被分成了七片，每一片地上都有一个守墓人。

他看守着这东北方，而隔壁那一片墓地上的看守者，则是缥碧姑娘。

趁着天还没黑，岩生开始了当天的例行巡视，不过不一样的是今日他手里多了一包东西——那纸包被撕开了一个角，撒下了细细的一条线，那是金黄色的粉末，不知什么成分，闻上去气味浓烈异常。

那是山上月宫里给配好的药。据说是用雄黄混了鹿血，放在丹炉里用纯阳之火炼了七七四十九天而成——那是至刚至阳的药，专门用来压制地底下那些不安分的阴灵。而至于圣湖中的恶灵，则这些远远不够，需要每年献上血祭来安抚。

作孽啊……岩生摇着头往前走去，却一点也不敢大意地一路撒着药，不敢漏了一处。

他在苍黄潮湿的土堆中穿行，衣袂不时地扫着那一簇簇跳跃的红花。

“嘎！”浓烈的雄黄粉中，蓦然腾起一个黑影，发出一声尖叫。那个黑影从红花中窜出，落到了坟头上，抖了抖羽毛，继续扯着脖子嘎嘎地叫，声音尖厉——却是一只乌鸦。

岩生定睛看了，长长吐出一口气："牙牙，你吓死我了。"

"嘎！嘎！"那只莽撞的乌鸦被腾起的雄黄粉罩住了，站在坟头连连打喷嚏，不停地扇动翅膀扑着空气，乌溜溜的眼睛左右顾盼，忽地扑啦飞上了岩生的肩头，亲热地凑过喙子去，在他脸上碰了一下，表示问候。

"牙牙，干吗？扶南呢？"岩生惊魂方定，捡起了那包被仓皇扔出去的雄黄粉，继续一座座坟头撒过去。一边撒，一边和肩头这只乌鸦说话。

那只乌鸦扑扇了一下翅膀，转头朝着红花深处嘎了一声。

那里，墓地的尽头，漠漠的平林中，一座竹舍在暮色中透出淡淡的光芒，周围簇拥着无数红色的曼珠沙华——奇怪的是那种花蔓延到了竹舍周围三丈，便停止了生长，留出屋前的一块空地来，种着孤零零两棵桫椤树。

"在房子里吗？难得见他不出来和缥碧练剑啊……"岩生看到那点灯光，心里安定了许多，摸了摸头，"噢，对了，今日是七月半，大约他要避忌吧——怎么说也毕竟是教里出来的人，以前还是昀息祭司的徒弟呢！"

那只叫作牙牙的乌鸦嘎嘎地应着，一副精力旺盛的样子，不时地在岩生肩头蹦跶，左顾右盼，飞出去又飞回。忽然间，它发出了一声反常的尖厉叫声，爪子一下子收紧。

岩生肩膀吃痛，不由得抬起头来，顺着乌鸦盯着的方向看出去，忽然也惊呼出来——

那座坟！那座新葬下去的坟，居然不知何时被挖开了！

坟丘上黄土翻起，宛如一个从顶部裂开的开花馒头，仿佛有什么东西刚刚破土而出。

岩生那一惊非同小可——拜月教教规森严，如果他负责的坟地里出现了被盗、抑或是死灵逃逸的现象，追究下来那可是要命的罪名！

他拨亮了风灯，战战兢兢走过去，照了照，却发现除了那个破洞，坟上没有任何其他工具挖刨的痕迹，地上只留下了几个凌乱的脚印。他又提灯绕着那座新坟走了一圈，发现了一件奇怪的事——

那一行脚印，是从墓中直直走出去的！

没有远处来到这座墓的脚印，只有从墓中走出的脚印。

“怎么……怎么会呢……才葬了两天，就尸变了？”脚印证明了这不是一起盗墓，岩生脸色却更加苍白了，结结巴巴地看着那座在暮色里张开大口的坟墓，忍不住走上一步，探头往那个破洞里看了看，然后再度惊叫了一声。

——尸体还在……那具被草席卷着粗粗安葬的尸体，还好端端地躺在黄土下！

那个简陋的黄土坟，仿佛是地狱张开的口，在暮色中狰狞地笑。他站在破洞旁，灯光照到了坟下死人已然开始腐烂的青白色脚踝——一阵让人遍体生寒的阴风从地底吹来，灯火剧烈地跳了一下，几乎熄灭。

死人还在。那么，那么……从墓中走出的，不是死灵？

岩生忍不住打了一个冷战。

暮色已经很深了，夕阳挂在漠漠林梢，只留了一线光。

守墓人必须靠着风灯的光才能看清周围，忽然怔了一下——坟旁茂密的曼珠沙华被踩倒了几棵，七歪八倒，青色的梗和红色的花都流出了浆，狼藉满地。花叶上，留下了一个个清晰的脚印，纤细而凌乱，似乎是一个女子。

——能踩倒花草的，那便绝对不会是死灵了。

那行脚印在坟旁似乎犹豫了一下，踩倒了一小片曼珠沙华，然后就径直走了开去。直直地，走向墓地尽头那座竹舍。

“嘎！”那只乌鸦在坟上盘旋了几圈，此刻尖叫了一声，扑啦啦地沿着那一行脚印，扑向主人的居所，穿过窗户直飞进去。

然后，立即发出了一声短促的尖叫：“嘎！”

岩生吓得一震，却听得竹舍内传出了熟悉的声音，低叱："找死吗，扁毛畜生？滚出去滚出去，莫惊了贵客。"

然后，只见那只乌鸦被握着喙子扔了出来，一个倒栽葱跌在地上，发出嘎嘎的乱叫。

是扶南的声音……岩生松了口气，连忙提灯向着竹舍走去。

穿过那两棵桫椤树的树荫，踏上了台阶，正待敲门，忽然眼神一凝——脚印！台阶上，赫然有两个清晰的脚印！沾染了曼珠沙华的花汁，色做殷红。正是那个从坟里一路过来的脚印！

忽然想起，方才扶南那句话里说"莫惊了贵客"——今夜是七月半，这个荒僻的地方怎么会有客？莫非就是那个……

岩生吓得一踉跄，一步踩空，从台阶上直跌了下去。

"谁？"屋里的人被惊动了，门吱呀一声开了。

月光淡淡洒落，投在门后白衣男子的身上。他佩着银白色的剑，眉目是清朗而平和的——那一瞬间，不知是不是错觉，月光仿佛在这个人的衣襟上流动了起来，宁静而辉煌。

"岩叔，你怎么了？"看着阶下跌倒的看墓人，开门出来的男子诧然问道。

岩生在地上挣了几下才起来，捡起灭掉的风灯，战战兢兢地指了指台阶上清晰可见的那两个殷红脚印："你……你没事？谁……谁来了？是缥碧姑娘吗？"

"不是缥碧。"扶南微笑起来，"一位多年未见的故人而已。"

室内温暖的灯火下，只坐着一个白衣的少女——和缥碧一样大小，大约只有二八年华，容色清丽。她神态平静地坐在厅中的桌旁，微微低着头，仿佛刚才在和扶南一起用餐，却被他的到来打断。

扶南笑着做了个手势："天也黑了，要不进来坐坐？顺便一起吃点晚饭。"

"不用不用。"岩生吐了口气，连忙摇手，"告辞了。"

走的时候他特意往门里看了一眼，那个白衣少女此刻正抬起了头，双眼澄澈，竟是比缥碧姑娘还秀丽几分。岩生想着，却不由得叹了口气——可惜那样漂亮的女子，却是天生的畸形。她的背高高地驼起，身子佝偻得厉害，弄得脸总是低着，望着地面。

看到守墓人离去，扶南轻轻掩上了门，脸上的笑容随即消失了。

“你到底是人是鬼？”他回过身，手已按上了腰侧那柄银白色的剑，对着这位不速之客低叱，“别以为我看不出来——你身上的阴气实在太重，只怕是从湖底逃出来的吧？”

“扶南哥哥，你真聪明。”那个白衣少女从灯下抬起头来，微笑，“我是神澈啊。”

那个笑容，却是纯澈而空洞的，看得人心里一冷。

“神澈？”扶南慢慢地念着这个名字，眼里忽然闪出异样的光来，“啊！是你？”

“扶南哥哥，你不记得我了吗？”那个叫神澈少女眼里也有了光，不再如一贯的空洞，忽地笑了起来，“我们一起被祭司大人抚养长大，然后，我当了教主，你去学了术法。再后来，我被废黜了关到红莲幽狱里——你都忘了吗？”

“阿澈？……阿澈？”扶南的眼里有恍然的神色，失声，“你，你还活着？”

怎么不记得呢？虽然过去了快十年了，虽然离别的时候他们还只是幼童，虽然他如今已然被逐出了月宫——可那个眼神澄澈的孩子，他怎么会忘记呢？

记忆里，再也找不到一模一样的美丽眼睛了。

“我被关了八年，但，还活着。”神澈笑起来了，眼里却有某种陌生的光，“我出来了——扶南哥哥，我第一个就来找你了……我想让你帮我一个忙。”

“什么？”隐隐觉得不对，扶南问了一声，手却下意识地放到了剑柄上。

“帮我杀回灵鹫山上去，把月宫重新夺回来。”神澈的眼睛穿过了窗子，望向黑夜里伫立的神山，嘴角浮出了一丝残忍的笑意，“现在的教主，是那个红衣的小叶子吧？——我要把她剁了手脚，扔到圣湖里喂恶灵！”

第五章

扶南

一语出，竹林精舍里陷入了寂静。

扶南的脸色倏地一变，却没有说一个字，手紧紧抓着佩剑。

那样充满杀气的一句话，仿佛一把锋利的匕首，啪的一声撬开了多年来他强自压抑紧闭的复仇之门，他只觉心里无数的杀气和憎恨在酝酿了多年后，汹涌直冒上来。

和历任祭司一样，昀息师父收了两个弟子：大弟子流光和二弟子扶南。然而昀息祭司的脾气怪癖，专横独断，一贯独来独往，甚少传授这两位弟子术法。偶尔想起，也只是打发他们去神庙的藏书阁里自己研习，更不用说言传身教。

流光比扶南大三岁，自幼懂事，即使师父不教，自己也会自觉地学习，术法进境迅速。

而扶南那时候很贪玩，根本不知道那些术法典籍象征着怎样庞大的力量，他只希望师父能永远不要注意到自己的存在，好每日得了空到处玩耍。

去的最多的地方，就是神澈教主的白石宫殿。

在那个冷寂的月宫里，大人们相互之间不闻不问，同龄人稀少。而另一位神女缥碧的性格又内向，每日只泡在藏书阁里。于是他们两个年龄相仿的孩子，便成了彼此唯一的朋友。

然而好景不长。在他十岁的时候，月宫里忽然来了一位汉人女孩。师父对那个红衣孩子宠爱非常，竟然毫不犹豫地废黜了神澈，转立那个叫作天籁的孩子为教主。

而教中有一条非常严酷的规定——新教主继任的时候如果前教主还在世，便要将其关入圣湖的红莲幽狱，以防后患。

他苦苦哀求，然而师父毫不理会，拂袖而去。

他眼睁睁地看着阿澈被推入圣湖底下，却无力也不敢公然反抗师父的决定。

水牢轰然关闭，从此后他失去了唯一的玩伴，也失去了对师父的敬爱。

他一反常态地开始发奋学习术法，把自己关在神庙里，没日没夜地学习术法秘籍。然而，不知道为什么，他的进境却很缓慢，反而几次差点儿走火入魔。

“你心底有恶意，怎能得窥天道？”那一日，在他又因为强行领悟溯影术而入魔吐血的时候，流光再一次救回了他，黯然地叹息，“其实……我也是一样。”

他愣了一下，不自禁地想：其实流光心里，大约也在为这样无望的一生而苦恼吧？不管他多么勤奋努力，有生之年也无法超过师父。

他越来越憎恨师父——那个魔鬼般强大而独断的人，就像是噩梦一样横亘在两个少年的心头。更可怕的是，他知道除非遇到更强的术士，不然师父是不会死去的。

那种抑郁和愤怒在心头越积越强，他愤然离开灵鹫山，漫无目的地游荡——只怕在月宫待下去，会无法压抑地对师父贸然动手，这无异于自寻死路。

那种游荡南疆的生活持续了很久，倒也颇有所获。

直到那一日忽然接到了新月令，他被迫紧急返回灵鹫山，被新任的红衣教主召入了神殿——当时，那个深居简出的师父已有将近半年没露面了，传说是又进行着新一轮的闭关。而闭关出来，那个怪物一样的祭司又将变得更强大。

那一夜，他和流光应召来到神殿，见到了那个红衣的女童教主，还有她身侧白发苍苍的十位长老。猝不及防地，他们两人被伏击了。

那是怎样阴冷血腥的一夜啊……至今在他脑海里萦绕不去。

多年以后，在曼珠沙华盛开的夜里，已经二十岁的他静静地凝视着眼前这个地狱里归来的少女，不出声地叹了一口气——这，就是阿澈吗？那个被关到红莲幽狱里的阿澈？

灯火飘摇不定，映照着那个白衣少女的脸，扶南忽然不出声地吸了口气。

变了……完全变了。

灯下的眼神依然澄澈，黑白分明，但已然不是昔年那种无邪的天真。一眼望去，仿佛是晴空下的圣湖波光，开满了死灵化成的红莲，闪耀着清澈的、说不出的邪气。

神澈笑意盈盈地看着他："扶南，我讨厌那个小叶子！你帮我杀了她吧！"

说着这样的话，她的神色却是轻松的，仿佛生死不过是翻覆手掌般轻易。那双大眼睛里闪烁着光，憎恨和轻快居然如此诡异地融合在一起。

扶南没有出声，转身望向黑沉沉的月宫——他可以理解阿澈的仇恨。

将近十年了，神澈被关入水底已经那么久，从一个什么也不懂的孩子变成了如今的美貌少女。她一生里最好的年华，却是在黑暗中度过，不见天日，不死不活——这让她如何能不恨那个夺去她一切的红衣女童？

但是……但是……

一闭上眼睛，那一夜的血腥就漫天漫地铺了开来，让他无法呼吸。

"不。"最终还是将手从剑柄上放下来，他微微摇头，声音冷涩，"我已立誓不再杀人……"

神澈怔了怔，忽然掩口笑了起来："哦？不杀？可真不像昀息的弟子呢……"

“昀息”这两个字一出口，扶南身子猛然一震，不由得脱口：“师父他现在……在哪里？”

“嘻，你很挂念他吗？”神澈笑了起来，却静默地抬起纤纤手指，指向黑夜上空，“他现在，应该到了那里——或者……”她掉转手指，指了指地下，“这里。”

死了？

那一瞬间，扶南的脑海里浮现出这两个字，却半晌说不出话来。

怎么可能……怎么可能？师父这样的人也会死？

“扶南，你到底肯不肯帮我呢？”不等他回过神，神澈再度发问。

她的眼睛，在灯下闪烁如波光，隐隐透着妖异。

他极其缓慢地摇了摇头。

“为什么？”看到他如此，神澈显然是恼了，头蓦地一抬，目光如刀，“我从那个鬼地方一逃出来，首先就来找你！你……你却不愿意帮我？”

扶南凝视着灯下的白衣少女，眼神却慢慢凝重，一字一字开口：“阿澈，告诉我——是不是你，杀了昀息祭司？”

她愣了一下，没想对方忽然间如此发问。许久，嘴角慢慢浮出了一丝笑，点头。

“你哪来的力量？”扶南的眼睛更加严肃，盯着她，“告诉我，你哪来的力量！”

神澈仿佛被火烫了一样，倏地站了起来，尖声：“你不要管！”

“你入魔了……阿澈，你入魔了！”看着佝偻着身子的白衣少女，扶南眼里仿佛也有火在燃烧，厉声，“告诉我，你为了逃出来，到底做了些什么？你哪里来的力量！”

厉叱声中止在闪电般的一剑中。

仿佛被彻底激怒，神澈右手一抬，白光从袖中闪出，劈头便是一剑！

扶南在她眼里杀气闪现的那一刻已然警惕，此刻足尖一点地面，倏地飘退，同时闪电般地拔剑。然而虽然退得快，但迎面而来的气息依然令他窒息——这，这是什么样的一种煞气和怨气?

他一退就退出了窗外，点足在庭外那株高大的桫椤树上。

树上刚刚入睡的牙牙被惊起了，发出惊慌的叫声，扑簌簌绕着主人飞。

“去。”扶南挥手令那只乌鸦到另一棵树上安静待着，回手轻抚咽喉，不断地喘息——那里，苍白的肌肤上已然冒出了一点米粒大小的血珠。

看着指尖上那一滴血，扶南的脸色微微一变：这是什么样的一剑！明明剑芒尚未触及肌肤，可无形中仿佛有厉鬼在噬咬着他的咽喉，硬生生吸出血来!

“好身手。”神澈对着他笑，佝偻着身子轻巧地踩在檐角，眼睛里闪过意外的光，窃窃地笑着，“分明不是拜月教一路的剑术……你又是哪里得来的力量?”

七月半的月光是皎洁而明亮的，她在月下抬头笑，月光照着她手里的“长剑”。

那哪里是剑，分明是一根森然的白骨!

“其实，你不帮我，我照样也能去找那个妖精算账。”神澈嘴角浮出一丝笑，佝偻着身子，望着自己的脚尖，声音里有一丝轻快的恶毒，“我杀了昀息后，从圣湖里沿着水脉出了地底，不料第一眼就看到了你……”

她的声音低了下去，眼神却隐隐有着彻骨的失望：“我……我以为即便是过了十年，即便是，大家都撇下我不管了——你总还会帮我的。”

扶南站在桫椤树枝上，手中长剑缓缓下垂：“不，这不行。”

顿了顿，他嘴角浮起了一丝苦笑：“在五年前被逐出月宫时，我立下了血誓：此生绝不对任何教中之人拔剑，否则……”

这一次的停顿，长久得仿如一生，最后终于他说出来了：“否则，流光就会死。”

流光？神澈愣了一下，许久许久，才在记忆里找到那个模糊的影子。

是的……是的。那时候的月宫里，还有另一个少年。比扶南年长一些，是昀息祭司的大弟子。那个少年沉默温和，醉心于术法，从不来找她玩耍，记得她沉入湖底的时候，他已经十三岁，术法上有了相当的造诣。

“流光落到了那个妖精手里？”她有点明白了，却诧然，“那你怎么好好的？”

这样的一句诘问，让扶南的身子猛然一震，几乎站不稳。

五年前那一夜后，为什么流光再也没回来……而为什么，他还好好地活着？

“我是个懦弱的人……”桫椤树的阴影投射在脸上，扶南的眼睛却在暗影里闪着光，喃喃自语，“我害怕痛苦，畏惧死亡……所以我屈服了。我背叛了师父……我先是失去了流光，然后……然后失去了你……”

那一夜，他刚刚从南疆游荡回来，便和流光一起被红衣教主召入了神殿，接着，毫无预兆地，十位德高望重的长老，竟然联手对两位少年发起了伏击！

原来，剪除昀息的羽翼，便是他们对付祭司的第一步。

那是众寡悬殊的一战，两位甚至尚未真正掌握术法的孩子竭尽全力地反击，然而面对着的，却是教中元老院的十位长老，以及那个诡异的红衣女童。

最后……最后如何呢？他望着天空的明月，忽然断断续续地低声苦笑起来。

那一次被擒后，他和流光遭受了种种酷刑，那个红衣女童拿放出阿澈作为条件引诱他，让他反戈暗算师父——十五岁的他畏惧死亡，最终在那样的条件面前屈服了。

而流光却没有。

那一夜，他按照计划，前去引诱昀息踏入陷阱，将下了龙血之毒的茶水递到他手中，看着师父喝下去。他最后还亲自参与了十长老联手发动的袭击，亲眼看着那个红衣女童扼住了昀息的咽喉，恶狠狠地笑着，将祭司推入水底。

红莲幽狱轰然洞开，又瞬间关闭。

无数恶灵在水下怒吼，兴奋地噬咬着一切坠入水中的东西。

在那一瞬间，他看到了幽暗水底关着的白衣女孩——那个多年未见的女孩正惊喜地抬起头，注视着顶上洞开的牢狱之门，以为自己将获得自由。

他呼喊着她的名字，想去拉她出来，然而在手指接触到圣湖水面时，他却惊怖于那些暴烈的恶灵，迟疑了……只是一瞬，随着昀息祭司的坠落，幽狱密室的门轰然关闭。

“我给了你机会。”那个红衣女童看着发呆的他，讥诮地对着他冷笑，“是你临阵退缩，可别怪我……真没用啊。”

那个黑夜里，所有的血腥和杀戮都过去后，面对着空无一物的湖面和高空的冷月，十五岁的他颓然坐倒，看着染了师父鲜血的双手，忽然发出了困兽般的低吼，泪流满面——为自己的懦弱和无能，为心里的信条被践踏和粉碎，也为那些接二连三一个个离开他的人。

曾经心高气傲的他，在那个夜里，遭遇了人生里最黑暗的一刻，所有的自信和尊严被碾为粉碎。他已然什么都没有，什么都不是。

第二天他被驱逐出了月宫，孑然一身离开了灵鹫山。

教众都诧异一贯手段严酷的天籁教主为何对他网开一面，却不知在那个红衣女童眼里，这个懦弱无能的少年已然是一个毫无威胁的废物。

何况，流光还被扣留在月宫神殿里，他又敢如何。

五年前那一夜后，流光再也没回来……而他，却还好好地活着。

神澈那样的一句问话，引发了心中的剧痛，让他几乎站不住地从树上坠落。

“那时候，我也一直对自己说，我之所以背叛师父，只是为了救你……”扶南顿了顿，冷笑起来，看着自己手中的剑，“后来我才知道那是自欺欺人！不，并不是为了你——只是为了我自己。阿澈，我很怕死……所以我屈服了。”

“就如我十岁那年看着你被关入红莲幽狱，却不敢跳出来反抗师父一样。我一直对自己说那是为了救你……其实，不过是为了让自己心安理得一些罢了。”站在桫椤树上，凝望着七月半的满月，扶南低声叹息，“所以，到最后那一刻，我依然没有勇气，去将你从红莲幽狱中拉出来。”

他低下头，不敢看屋檐上那个佝偻着背站着的畸形女孩：“我……实在是一个懦夫。”

“好了……不说这些。”神澈没有说话，半晌忽然微笑起来，轻轻一跃，从屋檐上落到了桫椤树梢，望着扶南，“我有东西送给你。”

“什么？”扶南被她的乍惊乍喜弄得有点糊涂。然而，他很快就被她再度震惊了。

“这……这是……”望着神澈手里托起的东西，他说不出话来。

那是一个银色的额环，交织着曼珠沙华的花纹，刻着精细繁复的咒语，精美绝伦——在额环的正中，镶嵌着一枚火红色的宝石，在月光下光芒四射。

这，分明是教中三宝之一的“月魄”！

“最后那一霎，我从昀息身上扯下了这个——没有它，谁都当不了祭司！”神澈得意地笑了起来，在扶南失神的刹那踮起了脚，将额环轻轻戴上了他的额头，“你看，我回来当教主了——你就当我的祭司，好不好？”

宝石额环一戴上额头，强烈的灵力汹涌而来，瞬间让他的精神恍惚。

“不……不行。”扶南踉跄了一下，用剑支着身体，另一只手下意识地去推那道额环，反抗着，“不能要……戴了就会……就会……”

他的神志有些涣散，但竭尽全力，终于扯下那道额环，扔到地上。

“为什么不要！”仿佛受到了刺激，神澈眼神陡然尖锐起来，厉声尖叫，推搡着这个反抗自己的少年，“我已经不要你去杀人了，现在只要你当祭司，为什么还不听！你不听话，就是对我不好……对我不好，我就杀了你！”

扶南勉力抬头看着她，片刻前那种澄澈欢喜的目光已然消失，换上的是阴郁疯狂，宛如……他迟疑了一下，在记忆里搜寻着。而眼前浮现的，却是五年前昀息师父坠入地牢那一瞬间，那个红衣女童疯狂的笑靥。

“我不当祭司。”他平静下来，靠在桫椤树上，闭目凝神，淡淡回答。

“为什么！”不用看，他也感觉出那白骨之剑对准了他的咽喉。

“当了祭司，就会变成不死不活的怪物……我不要那种生活。”他嘴角浮出一个悲哀的微笑，摇了摇头，“何况，阿澈，你还在额环上下了傀儡术！你……你居然想通过傀儡虫来操纵我吗？”

他摊开手，手心赫然有一枚透明的东西在微微扭动。

话已然说到这份儿上，决裂，似乎是不可避免的了。

神澈沉默了一下，忽地笑了，细声道：“嘻，你倒是很聪明。我和你周旋了那么久，软硬你都不吃啊……可真是难对付呢。”

那样的语气，让闭目养神的扶南浑身一震，倏地睁开眼来！

——不，不对……完全不对！这不是阿澈的语气！那是谁在说话？

睁开眼，立刻对上了白衣少女的视线。

而那一双眼睛也是完全陌生的，充满了轻蔑和怨毒，竟似沉积了数百年。

“你是谁？你不是阿澈！”他大吃一惊，来不及多想便反手拔剑，却不知该刺向何处。

牙牙在一旁探头探脑已然看了许久，仿佛一直对这个不速之客怀有很深的敌意，一反常态没有上去对着神澈多嘴多舌。在两人剑拔弩张的刹那，忽然，传来嘎的一声尖叫，黑影闪电般飞来。

“该死！”神澈尖叫了一声，出手如电。只听嘎地惨叫，乌鸦从她背后飞了开去。

然而，她背后的衣服，却也被牙牙用尖利的喙子一下啄开！

“啊！”扶南失声惊呼，看着神澈背上的东西。

暗夜里，大片衣衫被撕开后露出了背后雪白的肌肤，然而神澈那一头漆黑的发丝后，居然有一点幽然的碧光缓缓亮起，对着他冷笑——

那里，神澈光洁的背上，赫然骑坐着一个婴儿！

那个婴儿只有一尺多高，蜷曲着枯萎的身体，骑在神澈后背，鸡爪似的小手抓着神澈的颈椎和后脑，牢牢吸附在背上！

那样小的孩子，被盖在长发底下，看上去也不大凸显——难怪方才阿澈看起来就像是一个犯了佝偻病的畸形人。

“嘎——嘎——”牙牙吃痛，绕着树不停旋转，发出长短不一的惨叫。

乌鸦对灾祸向来有着惊人的直觉，此刻已然认定了这个不祥的目标，对着狂叫起来。

那个骑在背上的女婴抬起头，对着他一笑，独眼里发出幽冷的光——那种眼光让扶南心底一阵阵发寒。这……这算是什么东西？翻遍了教中术法典籍，也未曾看过有这样吸附在人身上，通过脊椎和脑部来控制人的术法！

第六章

寄生

七月半的月色是皎洁明亮的，水银般洒下来，笼罩着竹林精舍。

扶南握紧了手中银白色的剑，只觉那把剑在微微跳跃，发出低沉的鸣动——却邪一向冷定，今夜如此不安，是暗示着遇到了极为厉害的邪魔外道吗？

那个婴儿坐在神澈的背上，细长的手指牢牢扣着她的后颈，手指末端已然没入了血肉——它居然只有一只手，半张脸。

暗夜里，婴儿的眼睛熠熠生辉，不瞬眼地看着他。

而在它的控制下，神澈的眼睛却是空洞茫然的。

扶南不出声地倒吸了一口气——那个东西，只有一只眼睛，半边脸也已然毁去。但让他最震惊的，是它左颊残留的肌肤上，赫然有着拜月教主的金色弯月标记！

“你是谁？”扶南动容，斥问那个附身的婴儿，“是教中人氏？”

“嘻……”那个小小的残破躯体骑在神澈背上，抬头对他一笑，手指扣紧。

在一抓之下，仿佛有无形的引线被牵动，神澈的手随即霍然抬起，白骨之剑直指而来！

“不当祭司，那留着你也没用。”神澈开口说了一句话，眼神却是茫然的。她的身手快如鬼魅，甚至都不需要蓄势，瞬间就从屋檐上平平掠到了桫椤树上，一剑刺来！

“叮”，却邪剑跃起，封住白骨之剑，扶南足尖一点树梢，急退。

两剑相击，发出了奇异的响声。

那一瞬间扶南只觉得邪气逼人而来，几乎无法呼吸。他迅速凝定心神，不再去看那个婴儿的独眼，专心应对着神澈手中发出的每一剑。然而，无论如何腾挪，他的足迹始终不出两棵桫椤树的范围，足尖点着枝叶飞掠。

——拜月教传说中，桫椤树是圣树，可辟邪毒。故此他在庭前植了两棵桫椤树，坟墓里的曼珠沙华便望而却步。

在七月半鬼节的夜里，面对着这样邪异的对手，已然是失了“天时”，他更要借助这个地利。白骨之剑片刻不离要害，扶南只觉得慢得一刻，便会被那种邪气吞噬。

看来，今夜，他是不得不出剑了！

他的足尖点过树梢，避让着每一剑，身形渐渐从一味的退守变成游刃有余，在白骨之剑刺来时，手上忽然掠出一道闪电！

那道剑气吞吐数尺，凌厉逼人。

白骨之剑猝不及防，被反弹开来，神澈的虎口都裂了开来，鲜血直流。然而她仿佛压根感觉不到疼痛，依然面无表情地掉转剑尖，步步抢攻，身手快得如同鬼魅。

扶南本拟一下将她手中的剑震脱手，不料神澈居然不畏疼痛，也是微微一惊。

心念电转，立时明白关键在于背上那个女婴身上！然而那个婴儿蜷缩在神澈背后，将头埋在寄主的后颈，全身根本不露出分毫，仿佛有了个天然的屏障。

只是一个换气的时间，扶南已然被逼得换了三次方位。

每次他从一枝桫椤木上退开，白骨之剑便毫不留情地削下，将他可以落脚的地方一步步地削减——今夜是七月半，天地间阴极阳衰，无数鬼气透过土地冒出，充溢于天地。此刻，桫椤树隔绝了大地的阴气，所以暂时他还能控制住局面，若是这个诡异的婴儿落回到地面，迅速汲取地下透出的阴气，就将变得极其可怕！

所以，他竭尽了全力，奋不顾身地抢攻，只为将其牵制在桫椤树上。

然而他身形虽快，可树梢的范围毕竟有限。随着白骨之剑附体般的追杀，转瞬两棵茂盛的桫椤树已经零落，露出残缺的树干，所有的枝条都被凌迟般砍断。

哧的一声轻响，一个精巧的鸟巢从枝上倾覆坠落。

“嘎——”眼看着自己的巢从高处坠落到地上，四分五裂，在一边旋绕的牙牙陡然发出了一声惊怒交集的尖叫，不顾一切地冲了上去，直向那个婴儿莹莹的独眼狠狠啄去。

显然没料到这只扁毛畜生忽然间发了威，那个婴儿脸上有了惊骇的表情，情急中回剑封挡。然而附身在神澈身上不过一日，显然操纵尚未熟练。这般通过别人的双手来施展，毕竟远不能随心所欲，攻势瞬间露出了破绽。

“去！”电光石火的刹那，扶南并指一点，长剑居然脱手飞出，化成一道白虹疾射而出，在半空中转了半圈，避开了神澈，直取背后那个婴儿的后脑！

“咯”的一声轻响，白光飞回，绕指而灭。

扶南点足在桫椤树最后一枝上，在收剑的瞬间身子也是微微一震，似是承受了相当力量的反击。然而神澈的身形终于停滞了，双臂被震得脱了臼，白骨之剑无力地下垂，剑尖上出现了一个缺口。

“驭剑术？”婴儿的身子一震，吐出一句话来，“你是……沉沙谷白帝门下？”

银色的剑在半空回翔，没入指间，扶南硬生生封住了对方的攻击，脸色也是苍白，半晌才吐出一口气来，微微点头，曼声低吟：“海天龙战血玄黄……”

一语未毕，那婴儿脸色大变，再也不敢和他多纠缠，倏地跳落在地离去。

总算是保住了这条命……望着那个白衣少女的身影消失在火红的曼珠沙华丛中，扶南只觉全身发冷，居然连从树上下来的力气都没有了——方才那一击，实在是耗尽了他的全力。

幸亏凭了那一剑，加上那半句口诀，便惊退了这个邪鬼。

不然的话，凭他这种半吊子的驭剑术，根本不是它的对手啊。

——毕竟，他不过是偶尔路过沉沙谷，学得了一招半式的皮毛而已。真正再打下去，大约不出二十招他就会被杀吧？

五年前，因为目睹了阿澈被关入红莲幽狱，他发誓要成为最强者，于是开始不分昼夜地修炼术法。然而长久的练习却得不到丝毫进展，最终，他对拜月教的术法彻底绝望了，一度漫无目的地游荡在南疆各处。

某一日，他循着水流穿过了一片茂盛的竹林，无意发现了竹林深处被藤蔓缠绕覆盖的几座精舍，竹舍中有一具盘膝而坐的白骨，壁上悬挂着一把银色的佩剑，还乌压压地写着大段大段的文字。那时候，他还不知道自己无意中闯入了传说中的沉沙谷。而那具遗骸，便是数百年前隐居南疆，终老于此的白帝。

在三百年前的听雪楼时代里，这位老人曾和血魔、雪谷老人并称天下三大“陆地神仙”级人物。而不同于另外二者的是，白帝集中原武学和南疆幻术于一体，魔武双修，剑术和法术均达到了极高的造诣。

传说中，名震一代的听雪楼靖姑娘，少年时也曾拜在其门下。

然而不知为何，白帝坐化后，身后并未留下一个弟子。在舒靖容猝死后，沉沙谷一脉旋即告终，传说凝结了他毕生心血的“魔武六书”也未曾传世。

沉沙谷便成了一方为世人遗忘的土地，被封印在南疆密林深处的废墟内。

直到三百年后，机缘巧合，落魄的拜月教弃徒浪迹南疆，偶然间拨开了废墟上缠绕的藤蔓，看到了竹舍壁上留下的剑术和法术篇章。

那把剑，便是白帝生前的佩剑却邪——传说千年前，越王勾践以白牛白马祀昆吾之神，以成八剑。其中便有灭魂、转魄和却邪。

据说佩带此剑夜行，魑魅为之辟易。

而满屋密密麻麻的字，却正是凝结他一生心血的“魔武六书”！

六书被写在白帝坐化之地的六面墙上，每个字都仿佛活了一样，灵动飘逸，笔锋逼人。三百年后，扶南一眼望去，依然能感觉满壁的字里透出的剑意和灵气。

于是，他坐在白帝遗骸旁，取下了壁上的佩剑，俯仰静坐。

然而，尚未学成，他就接到了教中的新月令，十万火急地命他立刻返回灵鹫山——等他匆匆赶回，等待着他和流光的，却是一场血腥阴暗的阴谋。

在被擒后无法承受折磨，他背叛了师父；而在红莲幽狱打开的瞬间，他却因为胆怯错失了唯一能将神澈救出地狱的机会。

流光永远地被扣留在了灵鹫山那个诡异的红衣女童身边。

……

这一切猝不及防地压顶而来，将他的心冲击得粉碎，瞬间将他的精神打垮了。

被逐出月宫后，他选择了自我放逐。他再也不修习拜月教术法，甚至也不想返回沉沙谷去学完魔武六书——学了又有何用。流光被扣在了月宫，他又怎能对其拔剑呢？

他在灵鹫山下的坟地旁结庐而居，万念俱灰，心如止水。每日里只逗弄乌鸦牙牙，和看墓的岩生聊聊，这样的生活一过就是五年。这五年中，他从一个意气飞扬的少年变成了一个淡漠宁静的老人。如果不是缥碧还经常来看他，他大约早已被这种厌世情绪压倒了。

一直到，今夜暮色初起时分，骤然响起的叩门声惊破命运的死寂。

那个白衣少女站在门外，赤脚上沾满了血红色的花汁，眼神却澄澈——起身那一瞬间他却心猛然一跳，预感到有什么熟悉的东西回来了。

然而，他没有料到，暮色中归来找他的并不是神澈本人，而是一具被邪魔操纵的傀儡身体。

那个邪魔，又是什么来头？……扶南心里忽然一动，想起了那个婴儿左颊残留的金色弯月记号——那，分明就是拜月教主的标记！

据它所说，它曾经和阿澈一起，从红莲幽狱里逃出，从山顶圣湖底沿着地底泉脉逆流而下，从山下坟地里破土而出——那么，它同样也应该是被关在那个圣湖水牢里的……

扶南回忆着那个婴儿鬼魅般的身手，以及所操纵的白骨之剑，心下一凛：沉婴教主！

百年来，这白骨之剑已然失传。而他清楚地记得，在教中的记载里，最后一个身负这一绝技的，只有百年前的沉婴教主！

三百年前，先代的迦若祭司舍身饲魔，以永闭地底的代价放空了圣湖之水，将所有恶灵鬼降渡往彼岸——从此拜月教中再无役鬼之术。

然而一百五十年后，教中出了一个名为沉婴的术法天才。

一般来说，拜月教自从华莲教主以降，历代祭司的力量都远远超过教主。

但沉婴是个例外——她从襁褓时期开始学习各类术法，尚未学会走路便学会了飞驭之术，刚满八岁便将神庙中所有术法典籍看完。

还是孩童的她，术法能力已然能和当时的苍明祭司相抗衡！

她不但天资惊人，对力量的欲望也是极其疯狂的——在神庙里教中典籍再也不能提供给她更大的上升空间时，她开始研习苗疆民间的一些偏门巫术，从五仙教到百毒教，从占星到下毒，只要是有用的她都竭尽全力去学习。

然而，当她掌握了一切人间流传的术法后，又进入了举步维艰的地步。

按照典籍的记载来看，这是一切修习之人到了本身的极限后，必然会遇到的一种“知见障”，有些人从此后毕生再无法进一寸。她对于力量的追求永无止境。但俗世里，人的力量总有极限，经常难以得窥天道。

在闭门修炼十年尚未能破障后，她竟然按照上古流传的一种神秘血祭做法，用自己的躯体来换取更大的力量——

月食之夜，她沐浴更衣，然后在月神像前举火烧面，举刀断肢，献出了自己的眼、耳、鼻、手、足、美丽的容貌和正在成长中的身体——用如此巨大的代价，终于突破了自身的“障”。

获得了那样惊人的力量后，沉婴的性格也由此改变。

她变得阴枭而独断，不顾苍明祭司和长老们的反对，重新开启圣湖机关，畜养恶灵和鬼降，以求靠着此处的天地之阴气，来掌控更大的力量。

最后，她和祭司苍明之间，终于爆发了一场决战。

明知她的力量是不可战胜的，但一手将她带大的苍明终究还是出来阻止她了。

他的奋不顾身，反而激起了她心中最强烈的悲哀和愤怒。血战持续了一个月，那段时间，灵鹫山上空乌云密布，不见日光，所有月宫子弟争相避走。一个月后，教主沉婴重新打开山顶月宫的门，走下灵鹫山——手上，托着苍明的头颅。

那个一手将她从孩童教导成出色术法家的苍明，那个多年来一直是她唯一同伴的苍明，拜月教的第十九任祭司，最终死在了她的白骨之剑下，尸身被沉入圣湖水底。

那是拜月教历史上，第一个死在教主手中的祭司。

沉婴成为继华莲教主之后，又一位集教主、祭司大权于一身的人，她支配了南疆整整二十年，对这一方土地上的一切生死予夺。然而，这一切，又何以为继呢？

权与力的巅峰上，她的心灵开始迅速地枯竭了。

她无法控制内心黑暗面的蔓延，变得越来越暴躁残忍，到后来，居然只能不停地用杀戮来换取内心的平静。在那二十年里，圣湖里迅速积满了尸骨和怨灵，南疆百姓怨声载道，连教中子民都敢怒不敢言。

然而，在黑暗侵蚀着内心的时候，沉婴却也清醒地明白自己面临的处境。

“我身体里栖息着巨大的魔物。”某一日，在失控的疯狂下，她终于将跟随了自己十多年的贴身侍女杀死。怔怔地张着鲜血淋漓的手指，清醒过来的拜月教教主仿佛终于明白自己做了什么，脸色苍白：“我身体里栖息着魔物！……魇魔在我身体里长大了……就要出来了……怎么办啊？”

左右听到的教众无不失色——

在拜月教的教义中，魇是和月神对立的魔，法力高强。它控制着黑暗的力量，一直在与月神争夺掌握大地上生灵命运的权力。传说在一万年前，月神为了不让大地陷入黑暗，便用天心月轮从日神那里借来了光，洒落大地。魇魔的本体被消灭了，但不曾死去，所以千百年来，只能借着占据别人的躯体来延续自己的存在。

一代又一代，它附在人的身上，传承着自己的力量。魇魔有着诸多追随者，它的力量来自人心的黑暗面，所以从来不曾被消灭。传说中每隔一百年，它的力量就会达到巅峰，开始疯狂地反扑，甚至会吞噬掉明月，让天地陷入完全的黑暗。

那一日，被称为拜月教的“灭天之劫”。

那样的先例虽然寥寥可数，却清晰地存在着。在过去的一百多年前，听雪楼南渡澜沧江时，天象便呈现出了“灭天之劫”的预兆——如果不是最后迦若祭司和听雪楼主两位旷世奇才通力合作，以牺牲自己的方法将恶灵引入地底永久封印，那一次的祸患将会蔓延到整个南疆！

如今，又过去了一百年，由于沉婴对力量的极度渴望，引发了内心黑暗面的扩张——圣湖的水干涸了又充盈；而魔，也在人心内逐渐复生了吧？

然而，在越来越不能控制自己的同时，沉婴仅存的神志却恪守着最后的一丝清醒。

在预言中那个“大劫”到来前夕的夜里，拜月教最强的一任教主白衣燃香，自沉于圣湖——据说，她曾想效仿百年前祭司迦若的做法将湖水放入地底，以身做引度尽死灵，无奈找不到听雪楼主那样的伙伴协助，只能孤身沉于湖底。

跃入湖中之前，她滴血立誓，心中的恶灵不尽，誓不出湖。

她就这样将魔物关闭在自己的心里，又将自己永久地关闭在了圣湖底下。

一百多年来，几乎所有人都已将其遗忘，甚至怀疑起百年前这一事件的真实性——在拜月教中，很多关于教主和祭司的事情都是被有意无意神化的，以便于后世教徒的膜拜，例如三百年前的迦若祭司。

然而，在这样一个鬼节的夜里，那个蛰伏地底百年的沉婴教主却附身于人，惊现于世间！

返回屋内，坐下包扎伤口，扶南从窗侧的暗格里拿出一个匣子，打开，深红色丝绒上赫然躺着三枚晶莹的七叶灵芝，馨香袭人。

这种七叶灵芝只生在极阴的地方，汲取着黄泉之水长大，不见日光，和冥灵为伍。

灵鹫山虽然号称集天地之阴气，但也只有在圣湖底下才能寻到它。然而，圣湖里阴灵密布，恶念充盈，采摘这种灵芝更是危险重重，几乎每一棵都要付出人命的代价。

然而每年七月半，月宫都会派人下山送一枚灵芝，说是流光赠与他的，然而他明白，这，分明是天籁教主借此警告他，流光一直在她手上，令他不得轻举妄动。

扶南依旧怔怔地想着这些往事，手指下意识地叩着却邪剑，听着叮叮的剑声，脸色越来越凝重。牙牙受了伤，拖着一只翅膀满桌子乱转，发出聒噪的叫声。

“闭嘴！”手指猛然一敲桌面，扶南沉声厉叱，吓得牙牙戛然而止，睁着黑豆似的惊惶的眼睛看着主人。扶南自顾自站起身走到了窗前，沉默地望着月色中的灵鹫山，眼神闪烁。

记忆中那双眼睛越来越清晰地浮出来，无邪澄澈，隔了十年的光阴静静地看着他……心里陡然有一种深而细的刺痛，宛如一根针刺入心底，有旧伤渐渐碎裂开来。

十年了……从眼睁睁看着阿澈被打入水底幽狱，已经过去了那么长的时间。他曾经发誓要将那个孩子带出不见天日的牢狱，然而他的力量和胆量远远不及；五年前的夺宫之变里，在唯一的机会到来时，他又因为内心的怯懦，而在一瞬间退缩了。

他眼睁睁地看着红莲幽狱轰然关闭，却不敢伸出手去。

十年前，五年前，两度的抉择中，似乎有一双看不见的魔爪扼住了他的咽喉。

这些年来，他过着隐忍而淡漠的生活，而这样活着，其实和死也没有多大的区别。

再也忍耐不住，他执剑长身而起，推开竹舍之门走出去！

他曾发誓再也不踏入月宫半步，可今日，他已然决意为了那个女孩负剑上山。

流光在山上，阿澈也在山上……那些他在意的人，都在那里！即使月宫依然是个冒犯了必然要付出生命代价的地方，可这又有什么可恐惧的呢？就算阿澈已被邪魔附身，他也不能眼看着她死在月宫里！

屋外冷月无声，一眼望不到头的曼珠沙华在月下怒放，宛如烈焰燃起。

第七章

归来

五更后，天色渐亮，天地一片沉寂。

忽然间，竹舍门发出一声低响，残灯被衣袂带起的风猛地吹了一下，晃了晃，几乎灭掉。

牙牙警醒，蓦地睁开眼睛，嘎地叫了一声，然而在看到来人时，却立刻收敛了敌意，亲热地蹭过去咕哝起来。扶南却顾不上多说，在竹榻上放下了怀里的东西，从匣中拿出一枚灵芝，想也不想地就立刻喂到了那人嘴里。

眼看着灵芝一接触到唇舌就化为甘露渗入，扶南一手抵着对方背心，将真力不急不缓地传入。牙牙却惊醒了，绕着桌子乱走，黑豆似的眼睛盯着扶南带回的那个人看，忽地大叫了一声，飞起来一口啄下去！

不错，这分明就是昨夜从坟里爬出的那个女鬼！

虽然此刻她气息奄奄，没了半夜前那种嚣张劲头，一身白衣也被血浸成了血红，但牙牙还是一眼认出了那张惨白无血色的脸，敌意大起。

“往一边去！”扶南厉喝，将那只扁毛畜生赶开。

一连吃了三枚灵芝，总算挽回了一些生机，血从身上各处大穴里流出的速度也减缓了。她佝偻着背，无法正面躺在榻上，只能侧身弓着，急促而微弱地喘息。背上的衣衫碎裂，露出一个一尺高的“肉瘤”——那个婴儿应该也同样受了严重的内伤，此刻处于昏迷状态，但手指依旧紧紧地扣着她的后颈。

扶南是在山腰的曼珠沙华丛中发现神澈的。

那时候，他尚在上山的途中，而神澈显然是从月宫里冲出来的。

不知在月宫里遇到了怎样的对手，神澈受了重伤，奔逃到半山腰的时候已经脱力，全身的衣服都被血染红，倒在那里几乎和周围的红花融为一体。

扶南站在月下，望着昏迷的神澈和她背上的婴儿，感觉手中的却邪剑在不停跳跃。

杀！杀！杀！

面对着邪魔，百年前白帝的佩剑在鸣动，有着跃跃欲试的杀气。

他别过头去，不想再看那个婴儿丑陋诡异的脸，生怕按捺不住真的拔剑一挥而下。身边神澈的脸是这样的苍白而安宁，依然保持着十年前那种孩童的澄澈，静静地睡着。

如果要救阿澈，就会将那个邪魔一起救回吧？

扶南有些犹豫，微微弯下腰，望着花丛里那个仿佛睡去的女孩。

他一直都是一个有点优柔寡断的人，在取舍的关头无法决断，经常因为模棱两可而错过了最好的时机，留下永久的遗憾。

就在他迟疑的刹那，月宫里的灯开始一盏盏地点燃，似乎里头已经被惊动了。心下一惊，也来不及想什么，他俯身便将那个失去知觉的少女连同她背后的魔物一起抱了起来，点足回身掠走。

无论如何，他不想让阿澈再落到拜月教的手上，被再度关到不见天日的红莲幽狱去。

扶南望着那个蜷缩着身子在榻上沉睡的少女，眼里闪过一丝怜惜。

这一刻的阿澈，才符合记忆里那个小教主的模样——这样的单纯而令人怜惜，宁静稚气的脸上看不到一丝阴暗，宛如初生的婴儿。

一念及此，他的目光又落在那个吸附在神澈后背的丑陋肉瘤上，眼里闪过一丝厌恶和决绝——那个萎缩到婴儿状的沉婴教主，居然已经牢牢地“长”在了神澈身上！它的手指直接插入了神澈的后颈，操控了她全身的举动。

如果要把阿澈和那个怪物分开，只怕必须要将那两根手指剜出来吧？

“咔嚓”，轻微一声响，他拔出了却邪剑。

忽然间，昏迷中的神澈手臂一抬，闪电般地扣住了扶南的手腕！

没有料到沉婴在这样极度衰弱的情况下，还能操纵同样衰弱的神澈做出迅速的一击，扶南猝不及防被扣住了手腕。那个已经萎缩到一尺高的小人儿在经过一夜激战后，显然已经失去了操纵的力量，只有那一只独眼还睁着，恶狠狠地盯着他。

天已经开始亮了，外面的光穿过窗户射到榻上，神澈背后的肌肤冰雪般晶莹。

然而沉婴陡然发出了一声喑哑的嘶喊，身体蜷缩成一团，躲避着那道光。

——它怕光？

电光石火之间扶南领悟过来，立刻返身，一把彻底拉开了卷帘！

“啊……”

随着光线的涌入，发出惨呼的却是榻上昏迷的神澈。那一瞬间沉婴开始颤抖，但手指紧扣着神澈的后颈，却同时扣住了另一条命脉。

独眼里有剧痛而狂怒的光，盯着扶南，手指更深地扣紧了。

短短的对峙，不过数秒。

扶南霍然回身，扯下了窗帘，重新牢牢遮挡住了外面清晨的阳光。

沉婴半边的脸上浮现出残忍而满意的笑，手指一捏一放，昏迷中神澈的身体便不停地抽搐，发出断断续续的惨呼。毕竟只是一个十八岁 的少女，经过昨夜两度恶战，身体已然是受了多处伤，怎能禁得起如此折腾。

“够了！住手！”扶南终于忍不住低呼出来，脸色惨白，“听你的！”

沉婴松开了手指，嘴角浮出一丝笑意，莹莹的独眼抬起，望着他。

“你到底要干吗！你这个怪物……你要怎样才肯放掉阿澈？”扶南咬着牙低声问。

“我要你去月宫杀一个人。”

沉婴的手指缓缓收紧，吐出了一句艰涩的话。每一个字，都恍如刀锋拖过地面。

“谁？”扶南诧然。

“今晚，伤了我的，那个人。”沉婴脸色阴沉，嘴唇翕动，“杀了那人，我好重新获得拜月教。”

扶南凝视着满身鲜血的神澈，沉吟片刻，忽地冷笑起来：“是天籁教主吗？能把你伤成这样的，也只有那个同样变态的红衣小孩子吧？”

“哈。”神澈背上那个婴儿蠕动了一下，发出一声短促的冷笑，“不是。天籁不在。”

“那是谁？”扶南愕然。

“我不认得。你，替我去杀了他！”沉婴冷笑着扣紧了神澈的脊椎。

“我为什么要去杀一个无冤无仇的人？”扶南摇头，手扶上了却邪剑的剑柄，感觉那把剑在不停跳跃，似乎满含着愤怒，想跃出将面前的邪魔一斩而尽。

沉婴却扯动嘴角笑了，用仅剩的一只脚踢了踢神澈的背：“因为，你不杀，我就要杀她——到了白天，我就要睡了。但是，晚上，她是我的。”

扶南的手一颤，实在是压抑不住内心的杀气。

“你不会杀神澈的……连昀息那种人，都不杀她。”望着扶南几乎要喷出火来的眼睛，沉婴的独眼里露出了一丝冷笑，仿佛知道他的全部心思：“别奢望了……除非，我自己离开。否则你，用剑，也割不开——割开了，两个，都死。”

外面的天色已亮，沉婴的语气也衰弱下去，仿佛在不见天日的百年修炼之后，对于白昼有着天生的畏惧。它的独眼也渐渐失去了光彩，但手指依然生根一般插入神澈的后颈，控制着少女的命脉。

“你，杀了朱雀宫里那个人。”沉婴冷笑，“我，就放了她。”

此刻，天已然大亮。它的手指再度微一用力，榻上缩着身子沉睡的少女全身起了一阵颤抖，啊的一声醒了过来。

“啊……这，这是哪里？”醒来的人茫然四顾，睁开眼睛，但被白昼的光线刺到，又立刻闭上了眼睛，许久才再度睁开，小心翼翼地张望，看到身侧提剑而立的白衣少年，诧然，“你是谁？我……我怎么到了这里？”

扶南手里的剑铮然落地。乍醒时那一眼流转的眼波，如此明亮无邪，宛如清泉。

那是阿澈……那才是真的阿澈！

“我是扶南啊……”他叹息了一声，感觉有些哽咽，“阿澈，还记得我吗？”

“啊，扶南哥哥？”没有丝毫迟疑，她迅速认出了他，明亮的眼睛里闪出了喜悦的光，欢喜地伸出手来，“是你吗？真的是你吗？我不是在做梦吧？我从水牢里出来了？”

外面已然是白昼，明亮的光线穿过帘子，射落在少女身上。

神澈的眼睛宛如八岁的幼童，黑白分明。也许在黑暗的水底成长着，她的心，却停留在最初的地方。这十年的光阴似乎完全没有留下任何痕迹，她就像是刚刚睡了长长的觉，醒来后对着幼年最好的玩伴伸出了手。

然而扶南却站在了那里，睫毛微微一颤，随即冷定不动。

她的手！

那只伸过来的手是血红的，狰狞可怖。有一朵曼珠沙华在晶莹雪白的掌心开放，宛如从血肉中开出来，覆满了少女的整个手掌。

然而她浑然不觉，只是张开手，欢喜地叫着他的名字。

那是融雪术……是教中最深奥的术法之一。和中原武学里的吸星大法类似，施法者凭着这种符咒可以将接触到的另一位术士的全部修为吸入体内，收为己用。这是极为阴毒的术法，在收走对方的修为时也冒着极大的风险，有时候会因反噬而入魔。

扶南想起天亮前的挣扎中沉婴曾费了最后一丝力气，想来扣住自己的手腕，不由得微微打了个寒战——直至现在，他才明白那时候它想要做什么。

幸亏自己早已不再修习术法，只闲来练剑养身，所以才没有被其所趁。

他望着那双伸过来的血红色双手，眼里神光流转了一霎，却是微微一笑，默默俯下身，抱了抱榻上那个重伤的白衣少女。

神澈揽住了他的颈子，眼里满是惊喜，不知说什么好，竟哭了起来。

“不哭，不哭了。”扶南轻轻拍着她的后背，安慰。然而他的手却触到了一团冰冷的肉，那个沉睡中的东西蠕动了一下，那种诡异的触感让他的身体猛然一震，有一种想要呕吐的感觉。他极力克制着，才没有在碰到沉婴的瞬间将阿澈推开。

这十年来，他一直期待着阿澈的归来，然而他没有想到，在拥抱归来的她的同时，却要附带着接受另一个魔物。

然而，神澈似乎完全没有感觉到自己后背上多了一个东西，只是懵懂而欢喜地笑着，望着室内淡淡的阳光，和眼前已然成长为英俊少年的童年朋友。

她似乎尚未明白自己为什么忽然间就来到了这里，只是一味地觉得欢喜。

“好了，不哭。”扶南轻轻拍着她，语气温和，“你受了伤，让我来帮你敷药。”

“咦，我受了伤？”神澈这时才从狂喜中发觉了四肢的剧痛，低头望着自己肩上臂上的血痕，诧然脱口，“我怎么会受伤的？对了！……我又是怎么忽然到了你家里？”

扶南一时间不知如何解释。她，怎么会失去记忆？

然而神澈一低头，已然看见了自己血红的手心，发出了一声惊叫：“这，这是什么！哪里来的这朵花？这是什么！”

她惊叫着，拼命地在衣襟上揉搓自己的手，想把那朵诡异的红花擦去。然而那朵花仿佛渗入血肉一样无法消除，她在衣襟上擦破了自己的肌肤，血流了出来，只染得那朵花更加地妖异。

“好了，好了，别动。”扶南上来按住她的手，不让她继续躁动，“没事的。”

神澈喘着气，拼命摇着头，仿佛想把脑海里缺失的那一段记忆摇晃出来。

“我……我怎么会到了这里？扶南哥哥，是你救我出来的吗？”

扶南默然，许久，缓缓摇了摇头。

“那么到底是谁救我出来的……啊，我记得，我记得有个人……他说……”她努力地回想，然而记忆里只有暗无天日的幽蓝，她的手下意识地按上了左颊，喃喃，“他说……从此以后……”

头痛欲裂。她慌乱地摇着头，清澈的眼神浑浊起来。

扶南轻轻叹了口气，按住了她的肩膀：“阿澈，别想了……都过去了。”

应该是被消除了记忆吧……归来的她，颊上已然没有了那个金色弯月的记号，能做到这样的人，必然有着极其强大的力量。看来，是那个替她消除了拜月教烙印的人，一并消除了她在水底幽狱里的记忆。

那一段记忆，想必并不是快乐的。

神澈终于安静下来了，不声不响地坐在那里，任凭他小心地包扎着她手臂和肩上的伤口，眼神闪烁。扶南截断了一条白纱，将肩上的伤口包好，迟疑了一下，指了指面前的药碗：“呃……药放在这里，等下你自己敷一下左胸上的伤。”

“嗯？”神澈这才回过神来，有些诧异地望着他。

“你已经是十八岁的大姑娘啦，不是八岁的娃娃了。”扶南笑了笑，背过身去走出房间，掩上了门，“阿澈，你长大了，真漂亮啊。”

“啊……是吗？”那样的赞许让她忘记了去继续想刚才的事情，低着头扯着自己的衣襟，高兴地笑了起来。

她解开衣襟，把药涂在胸口上。左胸上被什么东西划了一道，伤口不深，却流了很多血。她仔细地涂着药，白昼的光透过竹帘，投射在她的肌肤上。那肌肤因为多年不见天日，有着雪一样晶莹的光泽。

十年后，她才第一次看见了自己的身体，发现自己真的不再是那个八岁的孩子。

身体有了这么大的变化，那么，容貌呢？

是不是也已经不一样了？会如八岁时希望的那样，变成一个无可挑剔的美人吗？

顾不得去继续包扎胸口上的伤，神澈从榻上跳了起来，直奔房间角落那一面铜镜。

镜中出现了一个苗条美丽的少女，带着诧然和欢喜的眼神审视着她——雪一样的肌肤，墨一样的长发，眼睛又大又明亮，嘴唇是曼珠沙华一样的嫣红，还有着花苞一样饱满的胸脯和杨柳一样纤细的腰肢。

神澈看得呆了，不相信那竟然是自己。

十年了，在黑暗中悄无声息地成长，她已然出落成镜子里这般模样了吗？

她又是诧异又是欢喜地凝视着那个美丽的少女，转动着身体，带着几分骄傲和几分羞涩。忽然，她感觉到了有什么不对——背上！背上似乎有什么东西？

她转过身子，及腰的长发披散下来，覆盖了高高隆起的背部——

怎么回事？她，她变成了一个驼背吗？

神澈骇然地探出一只手去，一寸寸去触摸背上那个“肉瘤”，越摸越是奇怪；同时另一只手拨开了自己背部披散的长发，侧过身子，想看得更加清楚一些——乌黑如水藻的长发掠开，露出了一张极其丑陋的小脸！

不，只有半张脸。那个怪胎蜷缩在她背上，仿佛一只肉瘤。

天哪……她张了张嘴，却因为惊骇说不出一个字。

神澈对着镜子伸出手去，仿佛想更确切地触摸到吸附在背部的那个东西。恍惚中，她看到镜子里的少女也对着她伸出手来，身体无瑕如玉，而手心里却是血一样可怖的殷红。

“啊……啊啊！”那一瞬间，她抱着双肩跪了下去，终于因为惊骇而叫出了声。

扶南安顿好了神澈，转身出门，去旁边的竹舍里寻找一些吃的给她果腹。

一边走，他一边在心底盘算着如何向阿澈说明目下她身上发生的事情。然而一路想着，刚走到竹舍的门口，他就想起了一件被忽略的事情，神色猛然大变。

糟糕！卧房里还留着一面铜镜！

他来不及多想，立刻回身掠去。

然而，在没有踏入房门之前，他听到了室内发出了尖叫声和碎裂声。

“阿澈！阿澈！”他一掌震断了门闩，抢身入内，一把夺去了她手里那一片染血的铜镜碎片，失声怒斥，“你要做什么！”

“不……不要！”神澈却在激烈地挣扎，手推在他身上，留下一个个殷红的血印。

左手的整片皮肤，居然被她自己用锋利的碎片活生生切了下来！

“我不要……我不要！”她挣开扶南，发疯一样地用碎片割向背后那个附身的婴儿，眼神狂乱，“那是什么东西……那是什么东西！鬼……鬼！我不要！”

然而，婴儿在锋利的碎片刺割下居然纹丝不动，仿佛有着金刚不坏之身。神澈眼里充满了厌恶和疯狂，看到无法割下那个怪物，居然转手便往自己的背上割了下去！无论如何，就算剜掉了自己的肉，也不愿让这样的东西附在她背上！

“住手！”眼看她发狂一样割向自己的颈部，扶南惊呼，扑过去一掌将她打倒在地，“别乱来！”

那一掌他用了真力，瞬间将神澈击倒，终于让她安静了下来。

神澈怔了怔，丢掉了手里染血的碎片，茫然望着愤怒掴了自己一掌的人，忽然间抱着肩膀缩在地上，崩溃一样地哭了起来。

“我变成怪物了……扶南哥哥，我变成怪物了！”

第八章

昼夜

岩生倒在竹榻上吞云吐雾，冷不丁门口响起了敲门声，吓得他一哆嗦。

“谁？”他憋出了一个字，身子往墙上靠了靠，死死盯着门口——山脚下这片坟场向来偏僻，除了几个守墓人罕见人迹，如今天刚放亮，哪里来的敲门声？

“岩生大叔，怎么啦？”被他嘶哑的声音吓了一跳，门外传来了女子脆生生地回答，“是我，缥碧啊！”一边说，一边绕到了窗旁探头看进来，诧异，“怎么啦？”

“缥碧啊？”看到窗间乌溜溜的眼睛，岩生松了一口气，挣扎着下榻来开门，“大清早的就来了？”

“嗯，昨夜是七月半，我守着北片。不知怎的，感觉这一片好像有点不对劲，所以天一亮就过来看看。”满头银饰晃着，缥碧一步跨了进来，手里的一枝青竹上尚自滴着露水，显然是刚折下来的。

“岩生大叔，没什么事吧？”缥碧在房内看了看，问。

“我没事。”岩生松了口气，想了想昨夜反常的事，不知如何说起，只问，“你觉得哪里不对？”

“说不出来。”缥碧手里的竹枝轻轻晃着，摇落一滴露水，她的眼神有些凝重，望着棚外坟地上妖艳的红花，“昨夜日落的时候，我在那边望过来，似乎觉得你这一片地上的曼珠沙华开得分外……奇怪。”

“奇怪？”岩生喃喃反问了一句。

“嗯。特别地红，一眼望去——就像地底下有什么要出来一样。”缥碧低声道，手指握紧了那枝青竹，眼色有点异样，“我一夜都不放心，所以大清早过来。”

岩生松了口气。有缥碧在，他就不怕什么了——要知道，这位十八岁的少女可不是普通教民，而是前任侍月神女！

缥碧姑娘在年幼时便和神澈一起，被昀息祭司收入月宫封为神女。后来祭司在两人中选了神澈当新任教主，于是，缥碧依然当着有名无实的神女。幸亏她天性开朗，也未因此伤心多久，只是寄情于术法修习，干脆不再过问教中事务。

十年前，天籁教主登上玉座，数年后昀息祭司失踪，新教主大权独揽。

神澈被废黜，打入水底幽狱。而一直被闲置的缥碧也被殃及，被褫夺了神女的头衔逐出月宫，贬斥到灵鹫山脚下做了看墓人。虽然历经波折，但那时候还是个孩子的她照样随遇而安，在墓地旁结庐而居，和同样被放逐的扶南做了邻居——在一群白发老朽的看墓人里，十几岁的缥碧是如此地年轻鲜活，充满了朝气，令所有人都喜爱。

在她的影响下，连本来孤僻桀骜的扶南公子都渐渐变得平易，不再自暴自弃。

虽然两人居住在坟场的两端，但每日清早，缥碧都跑过来，和他一起在桫椤树下练习剑法和术法，久而久之，在外人看来倒是成了一对神仙眷侣。

缥碧沿着足迹前行。

那足印，是从地底一座墓里冒出来的，一直向着扶南的竹林精舍过去——然后，又从精舍里折返，直奔月宫。

扶南居住的精舍附近的竹林里，笼罩着淡淡的邪气！再细细一看，便知不对：凌乱的足印从坟场直奔而来，绕树一匝入门而去。那两棵枝繁叶茂的神木桫椤，原本是她和扶南对练剑术的所在，一夜之间居然只留下光秃秃的树干！

清晨的竹枝上凝聚着晶莹的露水，然而她沾了一颗放入口中一尝，瞬间便变了脸色。

这降自昨夜的露水上，赫然染了浓烈的邪气！

缥碧看着精舍，里头寂无人声。试探地唤了两声牙牙，只听“嘎”的一声，一道黑影从房内飞出，踉跄落到她肩上，亲热地蹭着她的腮，显然已和她熟稔非常。

“牙牙，你的翅膀怎么了？”看到乌鸦拖着的左翅，缥碧惊问。

牙牙闻声扑扇了一下翅膀，黑豆似的眼睛一转，滴溜溜望向竹舍内，爪子一收，露出了警戒的意味——那邪魔在屋里？那么扶南岂不是……

那一瞬间缥碧脸色苍白，心腾地一跳，来不及多想，点足一掠，直扑精舍而去。青影晃动，竹枝如利剑般地将竹门洞穿，轰然响声中她已然站在了室内。一进门，她就看到门边的铜镜碎了一地，血色横溢，映照出支离破碎的影子。

碎镜之上，赫然飘着一片人皮！

那是被整张割下的人的手掌肌肤，雪白纤细的手心里绘着一朵血红的曼珠沙华，在满地碎裂的镜片中狰狞怒放。

“啊！”在她破门而入的瞬间，一个细细的声音尖叫起来。

满地的铜镜碎片中，她瞥见了一张陌生的惨白的脸，躲在墙角对着她尖叫。

好浓的邪气！

“谁？”想也不想，全身都处于极度戒备状态的她霍然回身，手指一弹，青竹唰的一声刺向声音来处——那是拜月教残月半像手法。虽然被逐出教派，但这么多年来，她每日和扶南一起修习，融合了教中术法和沉沙谷的剑法，早已练出了另一种绝技。

竹枝瞬间弹出，带着刺破一切魔障的凌厉杀意。

“住手！”忽然有人厉喝一声，白影闪动，于千钧一发之际赶到。那竹枝被剑气一逼，失了准头，擦着那个少女颊边掠过，钉在壁上，末梢犹自颤抖不已。

“缥碧，住手。”白衣人一剑逼开了她，低喝，“没事的，别乱来。”

“扶南！你没事？”看到赶来的正是扶南，她长长松了口气，提着的心放回了腔子里，脸上血色恢复，“那就好，那就好……吓了我一跳。”

“我没事。”扶南一边说，一边将手上的少女放回竹榻上，“你吓坏阿澈了。”

缥碧一怔，脱口：“阿澈？”

那个名字过了片刻才在她脑海里浮起，——她弯下腰，盯着墙角那个白衣长发的少女，细细端详着，脸色倏地一变，露出震惊的表情，连说话都有点断断续续：“你说……她是阿澈？哪个阿澈？”

“十多年前和你是姊妹的那个阿澈。”扶南收起了剑，缓缓道，“被昀息祭司关到红莲幽狱里的那个阿澈，缥碧。”

缥碧身子一震，脱口道：“天哪……”

扶南走过来，轻轻拍了拍她的肩膀：“缥碧，她回来了。你不认得她了吧？”

缥碧点点头，没有说话，只是望着那个和自己同龄的少女，又是高兴又是忐忑。高兴的是看到多年前的伙伴终于逃出生天，重见天日；而忐忑的却是微妙而莫名的，她说不出来为什么，只是下意识地觉得不对劲。

“咦，你左颊上的金色弯月标记呢？”缥碧弯下腰仔细看着，有些诧异，“谁替你抹去了？”

神澈犹自睁大眼睛，满脸惊恐地看着她，眼神澄澈而无辜，带着神经质的紧张，却没有回答一句话。她的手紧紧拉着宽大的外袍，将瘦小的身子缩在墙角，望着这个幼年时的同伴，不知为何却微微发抖，充满了敌意。

“阿澈，你怎么出来的？”缥碧又惊又喜，继续追问，“昀息祭司和你关在一起，他是不是也出来了？”

然而，一听到“昀息祭司”四个字，神澈眼里空明的表情碎裂了，身子剧烈发抖，忽然间声嘶力竭地哭了起来。她用手抱住头，缩在墙角，不停尖声哭泣。

“怎么了？怎么了？”缥碧吃了一惊，看见她手掌一片血红，竟是割去了皮肉。

“啊啊啊啊……滚开！怪物！怪物！”神澈用手掩着头，慌乱地摇头，仿佛要把身体里的什么东西彻底驱除出去，“别缠着我，滚开！”

随着她的激烈摇动，背上披散的长发拂开了，一张诡异惨白的脸露了出来。

“啊！”缥碧吓了一大跳，感觉浓烈的邪气迫人而来，忍不住便要动手。

“别。”扶南及时拉住了她，微微摇头，“别动。”

他走过去轻轻抚摩着神澈的头，平息她激烈的情绪。神澈渐渐不再发抖和哭泣，但依然死死抱着自己的肩膀，慌乱地摇头，仿佛身体里有什么东西在争夺着。

“这是怎么回事？”缥碧望着神澈背后那个婴儿的头颅，喃喃。

“寄生魔。”扶南抚摩着神澈的长发，叹了口气，“缥碧，阿澈被附身了。”

缥碧怔住，望着那个苍白清丽的少女，不知说什么好，怔了片刻，低声道：“我先去做饭，你们也饿了吧。”

她转过了身，顺手拿起门后的一把扫帚，将一地的镜子碎片扫拢——显然她对这里的一切都熟门熟路，俨然是半个女主人。扶南想跟过去帮忙，然而看看颤抖着的阿澈，只好停下来拍着少女的肩膀，柔声安慰，一边帮她把手掌上散开的绑带重新扎好。

“扶南哥哥……”在他帮她扎好绑带的时候，听到她哑着嗓子低声喊了一句。

“嗯？”他应了一声。

“我……我变成怪物了……你还会要我吗？”神澈的身子还在微微颤抖，双手抱着肩膀，细声问，“你会不要我吗？”

“别乱想。”扶南拍拍她的脑袋，微笑，“你好不容易回来了，怎么会不要你呢？”

然而一眼望去，还是觉得心惊，他下意识地拨过长发掩住了那张诡异的婴儿脸，眼神沉重：“你先把身体养好，我和缥碧一起想办法，把你身上的这个东西去掉，嗯？”

神澈抱膝坐在墙角里，却没有说话，沉默了许久。

“怎么了？”扶南诧异，一边帮她包扎手上的伤口。

“没什么……”神澈低了头，将脸贴在膝盖上，眼神却有点闪烁，“扶南哥哥，你……你在这里住了很多年了吗？”

“嗯。”生怕再度刺激阿澈的记忆，他不想多提过去，只是含糊点头。

“缥碧是和你一起来这里的吗？”她又问。

“嗯。我们差不多是同一个时候，被赶出月宫的吧。”扶南回答，“快五年了。”

“然后一直都住在这里？”她低着头，闷闷地问。

“嗯。住得近，我们经常一起练剑。”扶南拍拍神澈的头，站起身来，“好啦，我得去灶下看看，她一定还是笨手笨脚连火都生不好。你饿了吧。”

然而，在他走到门口的时候，背后忽然传来一句细细的问话：“那么，扶南哥哥，你……喜欢缥碧吗？”他愕然回首，看见了神澈抬起的眼睛，不由得笑了：“小孩子家，问这个干吗？饿了吧？我替你去拿吃的。”

然后，便走了开去。

却没看到，背后那双澄澈的眼睛里瞬间就发生了变化，有阴暗慢慢蔓延。

而披散的长发覆盖下，那个白昼里一直昏睡的婴儿动了一下，嘴角露出一丝笑意，独眼睁开了一线，碧光莹莹。

扶南进到后头厨房里时，水还是干的，米也尚未下锅。

缥碧怔怔地坐在灶前，看着塘里跳动的火苗，手里的竹枝顿在那里，不知道在想些什么，竟连水烧干了都没有续上。

扶南看得奇怪，轻轻问了一声："怎么了？"

"我在想，那个沉婴如今只怕是成了魇魔的化身了……"许久许久，缥碧回过神，喃喃，"那可怎么办……只怕昀息祭司回来都未必对付得了啊！"

"昀息师父已经死了。"扶南没有将这个无望的话题接下去，只是摇了摇头，拍拍她的肩膀，"慢慢来吧，先别想那么多——来，我们赶快做饭，阿澈定然饿坏了。"

缥碧听话地坐回到了火塘前，拨弄着柴火。扶南挽起袖子在灶前忙碌，将白米和水放到锅里，然后又从园子里拔回了一把碧绿的菜。

两个人默不作声地忙碌着，配合默契。在这荒芜的坟地里相处了五年，虽然彼此之间不是恋人般的亲密，但也已然培养起了知交之间的心照不宣。

"扶南。"生着火，缥碧仿佛想起什么，忽然间问，"你发现了吗？阿澈原来手掌上那个印记，其实是一个极厉害的符咒！——那是融雪术。"

扶南半晌才会意过来，讷讷："你的意思是说……阿澈汲取了沉婴的修为，所以魇魔才趁机附到了她身上？"

"没有别的解释。"缥碧叹了口气，"不然百年后，沉婴好端端地为何忽然失控出关？"

扶南想了想，却只觉得不可思议：“怎么会？阿澈心地纯良，从不害人，怎会无端地使出这等恶毒手法来汲取沉婴修为？”

缥碧眉梢一挑，淡淡：“或许，只为了逃出水牢来？”

“胡说。”扶南忽地怒了，将铲子扔到灶上，低喝，“阿澈不会为了自己逃生去害人！”

“谁知道呢？”缥碧云淡风轻地分析着，冷冷道，“不过你也知道，魇魔是不会无缘无故附身于人的！只要心里邪念一动，魇魔就随心而入，根植于此——如果阿澈真的如一张白纸，心里没有仇恨没有阴暗，魇魔又如何寄生？”

扶南被问住，定定望着缥碧，忽地冷笑：“缥碧，怎么光顾着揣测她的过去如何如何，就不想想怎样替她驱除邪魔？”

“我……”缥碧张了张口，想分辩。

要怎么说呢？这并不是纯粹猜疑，而是一种……完完全全的不祥预感和寒意！在第一眼看到那个畸形少女的刹那，她心里就浮起了一片阴云，仿佛从阿澈背上那个扭曲的婴儿脸上，看到了某种逼来的灾难。

她在灵鹫山下五年来刀耕火种论剑品茶的平静日子，就要完完全全地碎裂了。

那个刹那，她想的只是如何远离这个祸患，而不是如何拯救。

“你的心里才有心魔！”扶南扔下了一句话，愤然转身而出。

她怔怔地坐回了灶前，捧住了自己苍白的脸，望着塘里跳跃的火苗，出神。

是否，她的心里真有了魔？

第九章

魇魔

“啊！呀！”每天清晨醒来的时候，神澈都会难以控制地尖叫，躲到墙角里拼命晃着自己的脖子，想把背后那个东西甩下来。然而，她越是动，背后那个婴儿就越紧地吸附着她。

她不顾一切地尖叫着，抓着自己的后背，直至筋疲力尽。

每当这个时候，扶南只能用悲哀的眼神看着这个苍白的少女，却说不出一句安慰的话。

阿澈还是一个孩子啊……黑暗里她的身体长大了，但性格和神智一直停留在十年前被关入水底幽狱的时候，出落成少女的她依然有着一颗孩子的心。

她像过去一样依赖着他，把他当成世上最亲近的人，像一个孩子独占玩具一样霸占着他所有的时间。很多时候缥碧过来看他，她就毫不掩饰地流露出敌意和愤怒，小兽一样露出锋利的爪牙，以至于他们两人无法说一句话。

然而如果缥碧不在，神澈便会变得很聪明乖巧，缠着他不停地问这问那，像多年前一样撒娇和发嗔——其实，神澈完全没有意识到自己在做什么，只是理所当然地以为时光还停留在十年前。

——那段她可以独霸扶南的时间。

然而对扶南来说，这却不是一段轻松的日子。多年前月宫里动荡黑暗的生活一夜之间重新降临，噩梦重新笼罩，令他在每个黑夜来临的时候，都如临大敌，无法入睡。

为了镇住神澈身上夜晚复苏的邪魔，他翻出久已不看的术法篇章，在卧室内布置了强大的结界，一到晚上就牢牢将神澈反锁在房内。他还在每天晚饭中，暗自下了足够分量的迷迭香——这样，那个复苏的怪物也不能再凭借她的身体移动。

于是，每夜每夜，他都守在布满了符咒结界的房间内，膝上横着却邪剑，枕戈待旦。

那个畸形的邪魔时常睁开眼睛看他，露出诡异的笑，却没有过多挣扎。

阿澈什么都感觉不到，只是每晚早早地香甜入睡，第二日茫茫然地醒来。然而，她的神气却在一天天衰竭下去，有时候白天和他说着话，就会忽然晕倒过去。

扶南知道，那是附身其上的邪魔在一分分汲取着她体内的精气。

那只魔物从水底下逃出后，在竹舍中和月宫内两度被打伤，已然是元气大伤。此刻它蛰伏不动并不是示弱，而只是在借机恢复。等到它将阿澈的所有精神气都吸干，便会重新出来。

然而即便他心焦，却没有任何方法可以将那个邪魔从神澈身体上分开。

夜里的时候，他偶尔也会和那个邪魔说话，比如问它的来历和意图。

“放出我的，是她。”那个逐渐恢复元气的魔物面对着他的询问，单手插入了神澈的颈椎，摇了摇她的脑袋，露出诡异的笑，发音也慢慢连贯，“我在沉婴那个女人体内，困了上百年……她在水下，与世隔绝，断了一切恶念……我找不到机会复苏。困了一百多年。”魔物盘踞在神澈背上，睁开一线眼睛，扯着嘴角冷笑，“幸亏这个家伙被关到了水牢里……才给了我逃脱的机会。”

扶南霍然抬头，望着那只诡异的眼睛。

这，就是阿澈记忆里消失的那一段吗？

“沉婴寂寞了太久，一看到她就喜欢，把什么都教给她，毫不提防。因为相信她是‘善’的。”含含糊糊地，魔物笑起来了，独手拨弄着神澈沉睡的躯体，“却不料，到了最后她只用了一个符咒，就把沉婴上百年的修为全数汲取！

“哈哈哈……那时候，沉婴的表情真有趣啊！我甚至能听得到她心里咔啦的碎裂声呢。”邪魔狂笑起来，表情可怖，“那一瞬间她就垮了！枉她百年来辛辛苦苦压制心里一切邪念，持守心里的准则，可到最后，还不是不堪一击？”

看着那个邪魔在神澈背上狂笑，扶南下意识地握紧了剑，感觉佩剑几乎是要跃出剑鞘来。然而内心里却是一阵猛烈颤动：果然是阿澈汲取沉婴的修为，放出了魇魔！

那么……她的心里，是否也有着阴影？

慢慢说着，那个婴儿的眼睛逐渐闭合，在射进来的天光中沉沉睡去。

“咦……”天已然亮了，神澈醒来的时候，正看到扶南凝视的眼睛，不由得脱口叫了一声，苍白的脸颊上浮出淡淡的红晕，“你……看我做什么？”

随即察觉，她脸色重新雪白，慌乱地重新蹭到墙角，将背后那个畸形的怪物掩盖。

然而力气已然不够，只是这样一个小小的动作，就让她不停地喘息，脸色惨白。

“阿澈……”扶南轻轻叹息了一声，抚摩着她漆黑的长发，想说什么又终于沉默。这样的衰竭速度……很快，她就会枯萎，死去吧？可怜她在不见天日的水底度过了十年，此刻好不容易逃脱，却旋即面对着死亡。

想着想着，他的手再度握紧了却邪剑，感觉内心有什么在跃跃欲动。

但神澈感觉不到他的焦虑，只是一味地欢喜，叽叽喳喳：“扶南哥哥，今天你不出去了吧？陪着我在这里玩跳房子，好不好？”

“跳房子？”扶南不知道在想一些什么，只是随口反问。

“嗯！”神澈兴奋地点头。她完全不记得是谁教给她这个，却依然牢牢地记住了跳跃的每一个细节。

“别乱动了，阿澈，你好好休息，养足精神。”扶南将她按回到榻上，摇摇头，仿佛下了什么决心，眼神一瞬间亮得可怕，“我出去一下，日落前就回来。”

他按剑而起，眼神雪亮。

不行……实在是不行！他要去杀人……就算对方素不相识无冤无仇，他也要杀！就算无法保证魇魔会如约放了阿澈，他也要试一试！从来他都是个优柔懦弱的人，很难恪守自己道德的底线。那么，今日就让自己再违反一次原则，又如何呢？

“不行！”看到他起身，神澈却有些生气，“陪我啊，不许出去！”

“别闹，我要去做一件要紧的事。”扶南眉间有些烦乱，粗暴地将她按回到榻上，“给我乖乖地待着，别乱动，我很快就回来了。”

“你弄痛我了！”手腕上起了一圈乌青，从未被这样对待过的神澈委屈得有点愤怒起来，瞪着他，扯住了衣角不肯放，“去干吗？去找缥碧吗？……不许去！不许扔下我不管！”

“别闹了！”杀气在心中浮动，扶南一声断喝将衣角割断，转身而出，“有要紧事要做，我很快就会回来！”

衣角一断，失了重心的少女跌倒在榻上，许久没有动一动。

“要紧事？哈，要紧事……”低低的话从榻上传出，不能分辨是神澈嘴里说出，还是背后那个婴儿，神澈从榻上霍然抬头，眼神凌厉。

她没有发现，自己不知何时已然变得分外地敏感猜疑和不可理喻。

不过是过了几日，外面的曼珠沙华已经开始枯萎了。

一座座坟茔之间，仿佛是红潮退去，留下狼藉的满地残红。

扶南穿过那些正在凋零的红花，往灵鹫山上走去，衣襟拂着一朵朵小小的火焰。在走到坟场边缘的时候，他回头望了一下北方——那里，坟场的尽头有一座孤零零的小屋，是缥碧的居所。

这几日因了神澈的忽然出现，他们之间的关系骤然紧张，她已然连着三天没出现了，不知是在赌气还是什么。他站在墓地边缘，望了那边许久，微微叹了口气，转过身去——如果说神澈是一块未经雕琢的水晶，晶莹璀璨，那么缥碧就是一粒黑色珍珠，坚忍而沉默。

很早以前他就认识她，但是两人并不熟悉。

如果不是内乱，如果不是一同被驱逐，他们可能终其一生也只是淡漠。但在出了月宫那个地方之后，生活回到了起点。他们重新认识了彼此，在一起五年，从生疏渐渐变成熟稔，最后建立起了这样默而不言的患难知交之情。

然而，这样的平静，被那个从地底归来的少女彻底地打破了。

如果……如果他能撇了阿澈不管，彻底地置身事外，那么这样的生活大约也可以继续吧？如果不是在看到昔日那个水晶娃娃痛哭时，内心乍然绽出一丝极深极切的刺痛，他，大约也可以这样漠然地过下去吧。

但是，在看到阿澈坐在一地镜子碎片中，摊开流血的手掌哭泣时，他的内心里仿佛有什么东西复苏过来了，那个声音在低低地喊着，仿佛有热血一点一点地从平静了多时的心底涌出。是的，是那个声音——那是十年前那个少年，在无力阻拦师父决定时的绝望；是五年前水底洞开的时候，刹那间的退缩和犹豫在心底留下的不可磨灭的伤。

第三度，她出现在他面前，寻求帮助和庇护，他又怎能弃之不顾？

明知危险重重，但这一次，他也不可再退一步。

他决定上月宫去。然而，这样的事，无论如何不能告诉缥碧——如果她知道了，即便不能极力阻拦下他，只怕也会不顾一切地跟着他一起闯去月宫吧？

秋日的午后，斜阳淡淡照着如血的曼珠沙华，他站在坟地的尽头望着远处的小屋，心里却在刹那间转过了不知多少念头。

“扶南公子，你站在这里干吗？”忽然间，耳畔听到了一句问话。还没转头，就闻到了烟草的气味，扶南恍然回过神来，看到岩生在一旁提着锄头擦汗。

“你看北边乌云密布，今晚看来要下大雨啦。”岩生的鞋上还沾着黄土，站着抽几口烟解乏，“得趁着下雨前，把那几座破了的坟补一补——不然那些地下睡着的今晚也怕是要不安稳咯！”

扶南心思恍惚，没有听清岩生到底再说什么，只是对他笑了笑，转身握剑上路。

“啊？公子也要去月宫？”看到他踏上了东侧通往月宫的辇道，岩生吃了一惊，“去不得呀——教里不是说了，不许公子再踏入月宫一步吗？”

扶南摇摇头，却没有留意到岩生用的是“也”这个字，只是漠然：“不管那些了……”

顿了顿，他望着坟地那一头，忽地叹了口气，对岩生低声道：“如果……如果我天亮前还回不来，那么，麻烦你去北边和缥碧说一句，请她替我照顾阿澈。”

岩生愣了一愣，忽地扔了水烟筒，叫起来了：“什么？扶南公子你不知道吗？缥碧她，她昨天一早就上灵鹫山去了啊！”

“什么？！”如遇雷击，扶南霍然回身。

“公子你真的不知道？前两天我就看到缥碧姑娘沿着路上去了！”岩生吃惊地望着脸色煞白的扶南，喃喃，“我以为你知道的……公子这次上去，难道不是去找缥碧回来吗？”

扶南张了张嘴，却没有说出一个字。

这几天，他全副心思都放在安抚神澈的情绪上，从没想过在第一次和他争执闹僵后，以缥碧那样的性格，又会如何。她去月宫干什么？难道是……难道是要去告密，把阿澈逃离的消息告诉天籁教主？

那一瞬间冷汗从脊背上贯穿而下，扶南来不及多想，立刻夺路急奔而去！

第十章

流光

“要下雨了……”卷起帘子，望了一眼离宫窗外乌云涌起的天空，朱雀宫里的白衣男子淡淡道，“缥碧，你也该回去了。”

午后的斜阳照在他身上，那一袭白衣仿佛焕发出光华来。

他站在窗前凝望北方，衣带当风，沉静而高华，宛然已是一代祭司的风范——只差了额头那红宝石的额环来证明他的身份。

“不，我不回去。”缥碧固执地望着窗前那个人，摇了摇头，“流光，如果你不告诉我解决的办法，我就不回去。”

“没有办法。”流光缓缓摇头，揉着自己的太阳穴，“除非魇魔自行离开寄主，没有任何其他办法——我也无能为力。”

“连你也想不出办法？”缥碧望着他，有点不信，“你现在的力量比昀息祭司也差不了多少——如果你……你也说无法，那么这天下也没有谁能做到了！”

“这本来就是没有办法的事情。”流光叹息，手指叩着窗棂，“要知道，阿澈的心最是单纯，但越是单纯的心，一旦有了裂缝，也更容易被侵蚀和扭曲——魇魔舍弃了沉婴的躯体而选择了阿澈，一旦附身，便没有别的方法可以割离。”

他放下了帘子，将光隔绝在外面，朱雀宫里又恢复了长年的阴郁暗淡。

夕阳要落下了，又到了该静坐修习的时候了。

而他每日里进行的那种修习，又是万万见不得人的，得将她送走才行。

“缥碧，你该回去了，这次你实在太大意了——”他的手指掠过一册册古书的脊，那些都是尚未研读完的卷轴，淡淡说着，“幸亏天籁半个月前就下山去了罗浮试剑山庄，不然你这样冒冒失失跑上来找我，被她知道就完了。”

“我顾不得了，这事太危险。”缥碧咬了咬牙，双手绞紧了，“得赶紧想法子将魇魔从阿澈身上驱逐才行！不然……不然……”

“不然，扶南会离开你，对吗？”流光淡然反问。

“也难怪……他以前就喜欢神澈多一些。”缥碧还没开口反驳，流光又淡淡地说着，手指停顿在一卷书上，唇角忽地有笑意，“不如，我把这蛊术之卷给你吧——要留住扶南，只要这个就足够了。而对付魇魔，实在太难。”

他把用桫椤叶书写剪裁而成的薄薄册子扔到她怀里，书页簌簌地散发出清香。

“我才不管扶南跟谁跑了……我只是怕他会出事！”缥碧下意识地握住了这卷书，反驳着，眼睛望着四周——流光搬到了朱雀宫后，居然把整座藏书阁的书籍都一起搬过来了啊。

从小，流光就和她一样喜欢看书。那时候，整个月宫里都在争夺权势钩心斗角，扶南则在带着神澈到处玩，偌大的神庙藏书阁里，往往只有她和流光两个痴迷于术法的人隔着高大的书架在静静地翻阅典籍。

也许正是由于当年这份无言的默契，在天籁教主即位后，已然被分隔于月宫内外，但他俩还是时不时地通过各种方法联系，他容许她偷偷跑上山来阅读宫里的藏书，并指点她的迷惑。此刻她遇到无法解决的难题，也只能冒险上山来找他。

她摩挲着书页，坚决地摇了摇头：“可是，我也不要‘下蛊’这样的解决方法。”

“你就是翻遍这里所有的书，也找不到对付魇魔的方法——”流光笑了笑，指着身后满架的典籍，摇头，“除非趁着魇魔没有来得及转移一举将寄主格杀，才能将其暂时封印。但要让神澈活下来，却是不可能的。”

缥碧下意识地沉默，那种沉默中有着某种坚忍得近乎固执的表情。

“好吧，随你。”流光最终叹了口气，换了个话题，“你今天跑上来，扶南不知道吧？”

“嗯。”缥碧闷闷地应了一声，“我答应过你的。”

“那你顺路带这个下去，偷偷放到他窗台上。”流光从长袖里探出手，手上握着一枚晶莹的灵芝，“前几天七月半的夜里出了一点事，我没来得及让人送下去给他。”

缥碧接过那枚七叶灵芝——这种灵芝只生长在月宫圣湖水底，是无数术法修习之人梦寐以求的灵丹妙药。不知道流光用了什么方法，居然潜入了布满恶灵的水底采到了。

握着灵芝，她不由得讷讷，说出了内心多年来的疑问：“我不明白……流光，你为什么不想让扶南知道你的情况呢？以你如今的力量，早已不用惧怕那个天籁教主，为何还一直不敢去见扶南？”

那样的问题一问出来，流光的手不易觉察地微微一震。

“那时候，我们选了不同的路。”他笑了笑，那眼神却是黯然的，嘴里只淡淡道，“如今尘归尘，土归土，不必再相见了。”

“可你还每年送他这样珍贵的东西，还通过我不时打听他的消息——你也很记挂他吧？”缥碧尽力分解，“你分明过得很好，可他却一直在担心——你们当年那么要好，如今也不能这么折磨他啊。”

“他太善良……和我正好相反呢。”流光望着窗外，眼神忽地变得很奇怪，喃喃，“我真的是很害怕再面对他。”

顿了顿，透过帘子的缝隙望着天空，他的神色转瞬淡漠：“太阳落山了——就要下大雨，你也该赶紧回去了。不然扶南可要担心了。”

感觉到对方已经是再三地下逐客令，缥碧站起身，却迟疑着转过头来，眼睛停在流光的脸上，问了最后一句话：“流光……刚才我告诉你阿澈从水牢逃脱，你似乎一点也不吃惊？难道……你早就知道？可你又怎么会知道圣湖水底幽狱内的情况！”

流光的手停顿在帘子上，脸色微微一变，却沉默不答。

缥碧凝视着他，想从这个自幼相伴的书友脸上找出一丝端倪，但流光的眼眸深不见底，她只是凝视了几秒，便有一种沉溺的感觉，连忙移开了眼睛，微微叹息：“你不愿意说，那么我就不问了。告辞。”

流光没有送缥碧，只是站在窗前目送她沿着游廊走远，最后轻盈地一个转弯，在一盏风灯下消失了踪迹。

他合上了眼帘，手指微微有些发抖，极力压抑着内心涌出的种种记忆。

又要看不见了……每次她离去的时候，他都只能强迫自己不去看她。

“我可不想当教主，那太麻烦了……如果能让我来管神庙藏书阁，那才是最好的事呢！”

记忆中，那个少女抱着书卷，隔着书架对他说话，满脸都是对术法的迷醉。

那时候，他原本想安慰刚刚和教主玉座失之交臂的她，却不料这个十岁的孩子却说出这样的话来。他隔着一册《元婴吐纳》看了看她，忽然发现书卷间露出的眼睛是这样地清亮，甚至比神澈那双令昀息师父迷醉的眼睛更加动人。

空荡荡的藏书阁内，经常只有他们两个人在发奋研读这些积满了灰尘的经卷。

他所图者大，自懂事起就以超越师父为目标，因此选的也大多是《傀儡术》《追魂骨》《分血大法》等高深凌厉的术法搏击之书，偶尔修成一术便欣喜不已。而缥碧喜欢研读的完全和他相反，她只爱《星野变》《堪舆考》《白云仙人灵草歌》之类的书，俯仰于天地之间，探究洪荒奥义，对别的全无兴趣。

月神像前烛光如海，隔着竖到屋顶的巨大书架，他们无声无息地成长。但相互间的交谈却不多，最多只是在走道上遇见了，各自抱着书卷点头一笑。

随着知见的广博，缥碧越来越安静从容，眼眸里有知性的光辉，心也更加平和明朗。

但是他却越来越烦躁，即便是十五岁时便已修得了惊人的法术，但随着力量的增长，他也越来越清晰地知道，自己有生之年是再也不可能超越师父——那个强悍凌厉得超越了善恶的祭司。

心念一动，便再也难以如平日那样专注于书卷，干脆，他就绝足于藏书阁，开始处心积虑地谋划，想通过别的途径来打倒那个不可战胜的师父。

直到那一夜……那个血污横溢的背叛之夜，他看着那个红衣女童狂笑着将昀息祭司打落水底幽狱，才松了一口气。

从此后，那个挡在他前进路上的、绝壁般的身影，终于去除了。

他独居于朱雀宫内，将藏书阁内的典籍全数搬来砌于四壁，每日里只是埋头修习，执迷疯狂般地追逐最强的力量，渐渐变得沉默内敛，性情孤僻——五年来，他与世隔绝，除了天籁教主之外，唯一保持着联系的，便只有缥碧这个昔日的书友了。

他也不知道为什么他愿意见她。

虽然几经波折，命运对她毫不容情，从云端直落到尘土，但她依然从尘土里开出花来。

每一次见到缥碧，都觉得她更加美丽。这是一个内敛明净的女子，不张扬，不活跃，随遇而安，默默地成长着，犹如忍冬花一样坚强而秀丽。扶南那家伙……虽然是个没心没肺的傻瓜，也经历了很多挫折，但目下能和缥碧朝夕相处，总算是幸福的。

但每一次见了她，他都要极力克制自己，不在她离去的时候追上去挽留。

后来，他慢慢明白了，自己之所以愿意见到她，大约只是觉得她眼中的某种东西，可以安抚他的日渐枯竭孤寂的灵魂吧。

多年以前，在那个空旷寂静的神殿藏书阁里，他们或许是在一个起点上的——但是，自从他们的手指握住了迥然相反的典籍开始，他们开始追求不同的东西，背道而驰，已然走得越来越远了……

既然，在五年前那个夜里已经做出了选择，于今回头望又有什么用呢？

他们两个已然是云泥般遥不可及。

流光在帘子前站了许久，任凭雨前的风迎面吹上他的脸，带来湿润的气息。

缥碧的影子已然完全看不见了，乌云沉沉地压着灵鹫山，不时有闪电穿云而出，隐隐下击，显示出一种不祥的气息——天籁教主半个月前刚刚修成了幻蛊之术，下山直奔罗浮试剑山庄而去，此刻整个月宫有点空荡荡的感觉。

他没有阻拦，甚至没有问一句。

因为天籁教主的眼神说明了此行势在必行。

他不知道在她被昀息带回月宫之前，在试剑山庄遭遇了什么，但他能感觉到这个永远长不大的女童身体里隐藏着多么可怕的愤怒。不然，她不会比他当年更疯狂地修习种种可怕的术法，咬牙忍受着昀息喜怒无常的折磨。

那样的复仇之火如果不爆发出来，终究会把五脏六腑燃烧一空的吧。

流光抬头望着帘外的阴沉天空，嘴角浮出一丝笑意——

其实，在天籁走之前，他进行过严密的推算。

她是不会再回来了……所有的占卜预测都显示着同一个结果：彼岸花开，月沉星坠，大凶。那个永远不能长大的红衣女童，在胸中多年的复仇之火燃尽后，将会长眠于故园吧。拜月教五年前失去了祭司，现在又失去了教主。

——从此后，这个月宫，便是落入他一人的掌控了。

流光迎着风微微笑了起来，手指慢慢握紧，仿佛握住了某种看不见的东西。拜月教陷入了无主的状况，秩序一旦崩溃，那么就是能者为王——如今又能有谁比他更强？

从此后，天上地下，唯他独尊。

有什么比多年夙愿的实现更好呢？何况他已然为此处心积虑奋斗了多年——但是，为什么在看到了终点的时候，他的内心反而没有多少的喜悦？

流光摇了摇头，仿佛想把这些纷乱的思绪从脑中驱逐出去。

他重新放下了帘子，整个房内便重新陷入了昏暗。

该开始今日的修习了……今天是最后一天了，只要这一次的修习完毕，功德圆满，师父的所有力量就将完全为他所有了。

流光在阴暗的室内燃起了香，一点点幽暗的红光划出诡异的线，袅袅白烟中，他盘膝而坐，翻开一卷典籍，开始依照上面的方法修习。

那卷磨得发亮的羊皮卷上，赫然写着三个字：

噬魂术！

乌云笼罩着灵鹫山，月宫清冷而寂寞。

缥碧从朱雀宫出来，沿着游廊低头疾走，避开了月宫内星罗棋布的结界阵势，想在雨前回到山下。

走到朱雀宫荒僻侧门的时候，忽然听到远处起了一阵骚动。她吃惊地回头，看到曼陀罗花园有寒光闪烁，伴随着兵器碰撞的尖锐声响和喃喃的咒术声——有人闯月宫？

下意识地将流光给她的令符往门上一按，青铜的门无声无息地开了，她往门外便是侧身一掠，随即将门悄悄合上。趁着混乱，正好脱身——这一次冒险上来，可不能被任何月宫里的人知道。

已经好几天没有见到扶南了，也不知道这几天他怎么样了，阿澈又怎么样了。缥碧点足往山下掠去，一袭绿衫在风中飘飘摇摇，转瞬消失在红色的曼珠沙华丛中。

然而，在她从侧门离开月宫的时候，却没有料到她要找的人正从东门直闯朱雀宫而来！

乌云沉沉压着天际，整个天地已经昏暗下来了，雨前的风斜斜地吹着，散播着某种不祥的味道——仿佛是从山脚墓地里逆流而上的、死亡的味道。

第十一章

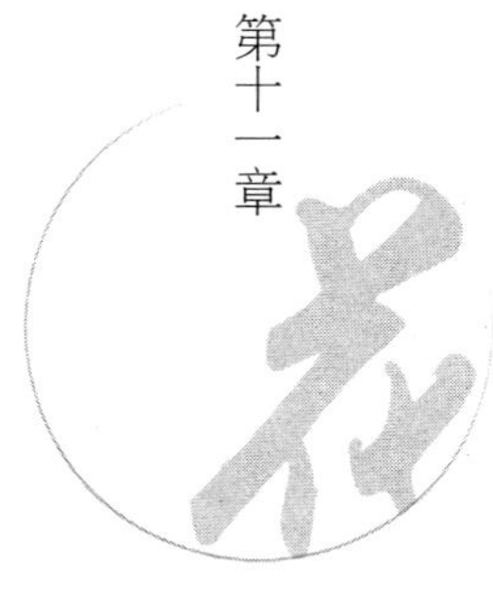

魇来

昏暗的朱雀宫内，只有那一点檀香的红光在慢慢燃烧，犹如一滴血。

白烟在寂静的室内萦绕，幻化出千奇百怪的形状。

而在那一炷檀香前盘膝而坐的，是白衣垂地的流光。面对着那一卷摊开的《噬魂术》，微合着眼睛，按照卷轴上所示，手指扣了一个奇特的手印，静静地放在衣襟上。

整个室内安静得仿佛时间都停滞了，连外面的风也不能进入，只隐隐听得到平静而悠长的呼吸。一呼一吸，对着檀香吞吐出肺腑内的生气，流光放在衣襟上的手不停地动着，随着呼吸的频率而调整，做出各种手势来。

他在集中全部心神，进行着今晚最后一次噬魂。

那是一门极其阴毒而危险的术法，一有差池便会出现反噬，所以他不得不小心翼翼，以免在接近大成的时候功亏一篑，失去了梦寐以求的、“完整”的力量。

随着他平静而绵长的呼吸，檀香的白烟渐渐聚在他鼻下，凝成氤氲的一团。

他吸入那些白烟，然后吐出，慢慢地白烟越来越凝聚，越来越浓厚，到得后来，竟然凝聚出一个奇特的形状来！

那是一个白色幻影，如一个团身婴儿，在昏暗的室内浮凸着，若隐若现。

而婴儿的脐带，却连在流光的鼻下，随着呼吸微微颤动——就仿佛是，流光吐出了体内的全部元气才凝出了这个婴儿，脱离了他的身体而成长。流光的呼吸有些微弱下来，不停变幻的手势也停止了，做出五指并拢一簇向上的姿势，长久地停滞着不动。

婴儿手足慢慢舒展开来，渐渐变得修长，一团的烟雾渐渐变成了一条。

然后，有了面目，有了黑洞洞的眼窟和口鼻——狰狞可怖，居然是厉鬼的形状！

“咄！”流光发出了一声低喝，并拢的五指瞬间打开成五星状，手心里一个符咒熠熠生辉，抬手对着那个厉鬼一挥，一指窗外远处的圣湖，“去！”

那条白雾仿佛得了指令，迅疾地飘飞，化为细细一条钻出了帘子，消失在雨气里。

然而，无论飘得多远，那条脐带似的白雾依然连在流光口鼻之间。

流光的手势随即变动，结狮子印，安放在胸口，守护着元气尽出后的躯体。燃香幽幽地映着他的脸，苍白得近乎透明，透出说不出的诡秘气息。

寂静，还是寂静。

虽然外面已经因为那个闯入者而斗得不可开交，可设置了结界的室内依旧安静得出奇，维持着一种不生不灭的气息。流光收敛心神，一分分地控制着那个潜入圣湖最深处的幽灵，通过它将那一份力量一口口吞噬。

“缥碧呢？你们把缥碧关到哪里去了？”

隐隐地，外头的刀兵声停歇了，传来一句厉喝。

“……”底下那个月宫子弟怎么回答却是完全听不清的。

然而那句焦急的喝问不知为何，却穿透了他设下的结界到达了耳边，让流光的手指陡然一震——扶南？是扶南的声音！

扶南怎么会来到月宫？而且直闯朱雀宫而来！

手指微微一震，便震乱了那一缕白烟，呼吸乱了节奏，流光的脸瞬间苍白。远处圣湖的水面开始翻涌，仿佛水底的什么东西受到了惊扰，搅得恶灵纷纷嘶叫，湖面红莲倾斜歪倒。

不行，得赶快完成最后一轮的噬魂术，不然便要陷入极为不利的境地。

流光再也不去顾及窗外那些声音，运气将自己的七窍六识全部封闭，开始凝神呼吸，吞吐元气。山顶圣湖的波动慢慢平息，水面微微荡漾，那一缕白雾如虹一样倒吸入水面，直接伸向水底。

然而，就在那一瞬间，密闭的窗棂发出了咔啦的脆响，裂开了一条缝。

有人破了这周围的结界，闯了进来！

窗上贴着的符被震得片片碎裂，木质的窗棂向内扭曲，“唰”的一声，凌厉的风从缝隙中吹了进来，将整扇木窗粉碎。帘幕纷飞。

“缥碧！缥碧！”那人跃入了最后一个密闭的房间，四顾大呼，手里提着滴血的利剑。

没有人回答他，这个昏暗的室内只充盈着浓郁的檀香味道。

扶南握剑的手渐渐发抖——缥碧不在这里？这已经是朱雀宫的最后一间，一路搜索下来，居然四处都不见缥碧的踪迹！难道……难道她是被那个居于朱雀宫的神秘人给……

一念及此，心底的杀意挟着恐惧直涌上来，扶南开始失去了平素的从容，疯狂地削砍着满室垂落的帘幕，大声呼唤着缥碧的名字。

雪亮的剑光在室内纵横，宛如外面乌云中的闪电落入房内。

无数的帘幕在剑下粉碎，化为柔软的飘飞的洁白雪花，落了一地。扶南一边大喊着，一边往室内闯去——忽然，却邪剑猛地一震！

有邪魔！他顿住了手，凝神。

最后一道帘幕在他剑下碎裂，帘幕落下处，露出了一点猩红的光。

那光是一炷檀香，已然快要燃尽，室内浓重的馥郁气息就是由此而来。然而让扶南手中长剑停滞的，却是那个坐在檀香前的白衣人。

“流……流光？”他几乎是不可思议地望着眼前人，喃喃。

那是流光……那的确是流光！虽然隔了五年未见，他依然能一眼认出这个童年、少年时最好的朋友——自从那血腥的一夜过去后，他一度以为流光死了，或者遭到了极其残酷的对待，因为他没像自己那样屈服于种种苦痛威胁，参与那场谋杀师父的残酷计划。

这五年来他一直于心耿耿，无法原谅自己一时的屈膝变节，然而却终究不敢鼓起勇气闯入月宫去寻找流光，只能自欺欺人地安慰自己说，或许流光并未被如何对待，在月宫里好好地活着。

如今，他终于验证了自己的揣测——流光还好好活着。

那一瞬间他忘记了其他一切，直冲到流光面前去，急促地唤着他的名字，狂喜。

然而流光微闭着眼睛，结了手印静坐在最深处的黑暗里，并未回答一个字。他脸色凝重苍白，鼻下和唇角垂落出一条玉箸般的白烟，蜿蜒伸向窗外。扶南顺着那条诡异的白烟望出去，只见它通向山顶圣湖方向，最终消失在水面。

这……这是什么术法？扶南惊在了原地，半晌不能动。

手中却邪剑剧烈地跃动，发出嗡嗡的低吟——那是遇到了邪魔之时的不安。

这种不安的强烈，几乎逼近了初见阿澈之时！

“当啷”一声，扶南微微一失神，手松了一松，那把通灵的却邪剑居然从他手中自行跃了出来，直刺向流光的眉心！

“不！”扶南失声，抢身去截，却已然来不及。

却邪剑直刺向白雾，截断了那一缕白色！然后去势不减，直刺流光眉心。

“嚓”的一声轻响，在剑尖刺破肌肤的一瞬，长剑凝滞了。

流光的身子在白雾被截断的刹那震了一震，仿佛忽然苏醒过来，结狮子印的手快如鬼魅地抬起，并指夹住了刺向印堂的却邪剑。那样苍白纤细的手指，居然蕴含着诡异的力量，将闪电般的一剑及时拦截。

“扶南吗？”流光缓缓睁开眼睛来，望着闯入朱雀宫的人——那一瞬间，他眼里闪过了无数复杂的情绪：喜悦、震惊、愤怒、绝望……但只是短短一瞬，最终归于平静。

他忽然叹了口气，微笑：“果然，是你来了……真是天理昭昭，天理昭昭啊。”

扶南来不及询问这是什么意思，却看到对方的嘴角缓缓沁出一丝血迹。

那血迹极为诡异，仿佛活了一样地在苍白的面容上蜿蜒爬行，然而，到了下颌却不曾滴落，反而沿着那一缕白雾蔓延过去！血无穷无尽地流出，那一缕白色的烟雾就这样一寸一寸逐步被染红，朝着圣湖方向浸染过去。

“流光，你怎么了？”扶南心下猛然有不祥的预感，急问。

“没什么。”流光的声音却是平静的，疲倦而衰弱。他望着多年未见的师弟，眼神却是宁静安详，丝毫没有扶南那样的惊喜，仿佛早已等待多时。

他弹指点出，指尖聚力，哧的一声隔空点燃了室内的烛台。阴暗的室内登时有了光，影影绰绰地映照着。而地上的那炷檀香，不知何时已悄然化为了灰烬。

“我的报应到了。”流光低下头去望着地上燃尽的檀香，微微苦笑，“你看，我终究还是未能吞噬完师父——我付出了那么大的代价，到头来，终究是一场空。”

一边说着话，嘴角的血就不停地涌出，奇怪的是没有一滴落在地上，只是沿着白雾蔓延过去——这般诡异的情状，除了在月宫只怕天下也无处可见。

“这……这是什么？”扶南吃惊地望着那条从他口鼻间垂落的白

雾，喃喃。

“噬魂术——你也听说过的吧。”流光微微摇了摇头，抬手拿起地上摊开的羊皮卷给他看，“不过你当年应该也没兴趣研读吧。”

“噬魂术？”扶南一眼看到卷轴上那三个字，脱口惊呼出来。

那是教内最高深的术法之一，当初他也只是听昀息师父说过而已，却还远未到可以修习的地步——那是一门极其恶毒霸道，但收效也极其强大的术法，修习此术后，就能够通过吞噬对方的身体来获得对方的一切力量。因为太过阴毒，甚至在拜月教中，都被列为三大禁忌术法之首。

“你居然修习噬魂术？”扶南惊骇地失声，“你……你想吞噬谁？”

流光微微笑了笑，挑起眉，望着远方的圣湖：“自然是师父——这个世上，能令我觉得永远无法超越的，也只有昀息师父了。”

“你……你在吃红莲幽狱里头的师父？”望着那条消失于圣湖的白烟，扶南霍然明白过来，脸上唰地褪尽了血色。

流光不以为意地点头：“是啊，五年来，我每日都用元神化出厉鬼，潜入水底去吞噬他的血肉。不然，你以为我怎么能采到水底的七叶灵芝？”

“不可能……”扶南喃喃反驳，“师父是不死之身，当年我们也只能封印他而已！”

“不错。虽然他都能依靠自己的灵力每日复活，可每吞噬一次，我获得的力量就多一分。”流光抚着胸口，喃喃，“九九八十一个劫啊，原本我就快要吞噬完他的全部力量了……可惜，他忽然死了。我只能加紧在七日内吞噬完他的躯体，以免生魂散去。算起来今天是最后一天了，却不料被你……”

说到这里，流光抬起头望了望扶南，眉目间有苦笑：“天理昭昭啊。”

那样的一番话是惊世骇俗的，扶南一时间还不能全部会意，只是握着却邪剑怔怔望着他，半晌才道：“你……你在吞噬师父的身体，以获得他的力量？”

“这是噬魂术。”流光依旧是平静，“你也知道的。”

“你……”扶南忽然间说不出话来——记忆中，流光是安宁平和的少年，虽然比自己年长不了一两岁，举止性格却沉稳许多，对师父恭谨，对教民温和，一袭白衣片尘不染，小小年纪便宛然有祭司的风范。

然而，五年后的重逢里，却看到他正在用邪术吞噬师父的身体！

那样剧烈的对比，让扶南一瞬间有空白一片的眩晕。

“师父……师父他，死了？”又过了片刻，扶南才问了第二句话出来。

“是啊。神澈杀了昀息师父和沉婴，从红莲幽狱逃离。”流光眼眸一转，冷笑，“如果我没说错，此刻她正待在你家吧？”

扶南脸色又是一变——阿澈……阿澈杀了师父和沉婴？

可是，记忆中，阿澈是那样单纯善良的孩子，从未对下人说过半句重话，更遑论动手。而且她自幼便景慕昀息师父，甚至以他为神——阿澈怎么可能杀了师父？

扶南脑子一下子乱了，半晌才贸然问：“前几日，在朱雀宫里打伤阿澈的，是你？”

“不错。确切地说，我击退的是魇魔。”流光微微一笑，点头回忆，“那日若不是她冲上来的时候身上就有伤，又刚刚附身到新躯体上，我恐怕也不是对手——真可怕啊。”

在这样的对话里，流光嘴角的血不停地沁出，渐渐地，那条白烟都变成了血雾！

远处的风里，忽然有了一阵骚动。

一眼望去，只见阴云密布的山顶，圣湖湖水沸腾一般地涌起，无数恶灵翻腾着，纷纷跃上了那一条已被血染成红色白雾，嘶叫着追过来。

“你快走！”流光眼神一变，伸手推开扶南，“我施用噬魂术失败，如今恶灵们要出来了！你留在这里会一起被吃掉的！”

扶南还在怔怔出神，那一推将他推了个踉跄，却回过神来：“那你呢？”

“失败者应该接受失败者的命运。”流光微笑着摇了摇头，将羊皮卷凑到了烛上，慢慢点燃，语气疲惫，“其实这几年来，我过得不比昀息师父好——当年恶念一动后，便天天陷在噩梦里无法自拔。而噬魂术又是一旦开始便不能停止，如今能做个彻底了断，也好。”

硝过的羊皮极其难燃，半晌才焦了一个角，发出难闻的味道。流光有些不耐，手指一别，指尖擦出一朵蓝色的火来，将卷轴一燃而尽：“这种恶毒的术法，也莫要再留在世间诱惑害人了……”

扶南望着流光，眼里依然有混乱有不知所措。

魇魔要他拿来交换阿澈生命的朱雀宫内的神秘人，居然是流光？

而流光居然是靠着吞噬师父的血肉，获得了如今这样骇人的力量。

更重要的是……缥碧这几年来，居然一直瞒着他偷偷和流光来往！他们两个，共同瞒着自己多少事情！

短短瞬间，这些念头从他脑中翻涌而起，将所有思绪搅乱。他望着那一条染血的白雾，望着圣湖上翻涌的波浪和山顶的阴云，心乱如麻，不知如何是好。

“快走！”眼看着那些恶灵步步逼近，已然接近朱雀宫，流光低叱一声，再度催促。

然而他却犹豫着，不说走，也不说留下。

——他不知怎样下决断。一直以来，一到关键时刻他就是如此优柔寡断啊。

“你没必要留下来送死。”看着他怔怔站在原地不肯走，流光眼里的焦急终究转成了一种狠意，一咬牙，说出了一句话，“当初和天籁合计骗你回来，逼你去毒杀师父的时候，我也没有把你当成兄弟！”

“什么？”这样的一句话是霹雳般的，将犹豫的人彻底打醒，“你说什么？”

“我说，五年前夺宫之变，是我暗地里和天籁一起策划的。”流光直直望着扶南的眼睛，嘴角露出一丝冷酷的笑意，“那个红衣娃娃知道什么？只有我知道师父的弱点……我研读了那么多年的神庙典籍，知道怎样才能置一个祭司于死地。”

扶南紧握着剑，眼神转瞬雪亮。流光的叙述却是极快的，明晰简洁：

“在十五岁的时候，我就知道无法超越昀息师父了……我不愿意一辈子被压着。于是我寻到了万年龙血珠——那是唯一能对师父这种人起作用的毒药。”

“但我一直知道师父对我深怀戒心，他曾说过，我太像少年时的他。我不想自己出面做那么危险的事情，就想到了远游在外的你，和天籁合计骗你回来——等你一回来，就让十长老伏击，生擒了你，严刑折磨。你性格优柔，并不是宁折不弯的脾气，果然很快就屈服了。”

说到这里的时候，流光看着脸色苍白的扶南，微微苦笑：“其事情完成后我就该杀了你。天籁当时也是那么建议的。可惜，不知为什么，我不想你死……于是，我放了你和缥碧下山。”

流光扔下了手里焦了的卷轴，叹息：“扶南，你根本不合适当祭司。你对力量没有太大的渴望。太善良，太单纯，和我正好相反呢。可叹天日昭昭，最终我还是功亏一篑，毁于你手下。”

扶南的眼神渐渐雪亮，握着剑的手不停发抖——不知是因为内心的激动，还是却邪剑感受到了无数邪灵的逼近。

“走吧！”流光一指窗外，催促，“再不走就很难全身而退了！”

就在这一刹那，窗户发出了彻底破碎的响——流光做事周密，施行噬魂术之前也考虑到了万一出现的反噬现象，故而在密室周围布下了重重防护结界。然而这扇窗子却因方才扶南的闯入而遭到了破坏，此刻，那一群圣湖里逃逸的恶灵已然追逐着染血的白烟，蜂拥而入！

“唰！”白光回转，一只恶灵被削为两段。

却邪剑一击而回，在指尖绕出一圈白光。扶南站在窗前，只微微退了半步，便站定了。因为紧张，手在微微颤抖，但他依然牢牢地站定了，就挡在窗台和流光之间，不再退半步。

“扶南！”流光在身后唤他，声音已然有了方才直面生死时也不曾出现的颤抖。

他没有回头，只是握紧了自己手里的剑，直到剑刃无法在指间灵活回转，直到那白光割破了自己的手。那些循着血迹汹涌而来的恶灵被那一剑震慑，在窗外顿了顿，然而等看清楚不过只有一个人挡路，便重新嘶叫着扑了过来。

阴风袭面，令人窒息。

“唰！”白雾之中，却邪剑如同惊鸿一样掠起，切割着一切。

扶南在挥剑，与那些密雨一样扑来的恶灵搏杀，不时感觉到那些无形的利齿噬咬到了自己的肩膀和手臂，那些无形的血犹如蒸气一样冒出，沾染在他的颊上。

然而他没有退半步……他甚至也不知道自己为什么要坚持。

他没有为身后这个人坚持下去的理由。但他依然不顾一切地搏杀着，用尽了全力不让任何一只恶灵通过这扇破损的窗子。

白气已然将他半身笼罩，只依稀有却邪剑的光亮如闪电般掠出，却已然看不见人的模样。流光坐在蒲团上望着扶南，身子前倾，右手支在地上，尽了一切力量想站起来和他并肩作战，却发现自己连些微的力量都没有了。

方才施用噬魂术的失败，已然让他在短时间内无法自由地使用灵力。

他坐在黑暗的密室内，无数垂下的帘幕迎着窗外吹进来的疾风飘飘转转，宛如那些白色的幽灵已然冲破了屏障扑了过来。然而，那个人还是站在唯一破开的窗口前，不顾一切地为他挡着那些汹涌的潮流。

那样的剑法，让流光止不住地惊诧：这不是出自拜月教，也不像是苗疆民间流传的——扶南在这几年里，居然有了如此的长进，领会了这样精妙的剑法！

窗外还是黑沉沉的夜幕，但那些恶灵焕发着微弱的白光，聚集在一起就如白昼。

扶南的身子已然湮没在那一片白光里，只依稀看得到一个剪影，那样地固执而坚持。但流光从越来越缓的剑光中，已然预感到扶南的力量即将衰竭——长夜尚未过去，恶灵继续汹涌而至，以个人的力量，又如何能阻挡整个圣湖的邪异气息？

白光越来越盛，终于将扶南的整个身体都吞没！“叮”的一声，却邪剑从白光内飞了出来，跌落在密室另一头的地上，震了一震，最终未能重新跃起。

恶灵的嘶叫如同风一般激烈。

流光低下了头，一滴泪水溅落到檀香的灰烬里。

扶南，你生平以来唯一的一次不退半步，却换来了这般结局……眼里蓦然掠过决绝的光，流光将右手的中指送入口中，咬破，用血在密室的地上一笔一画地画起一个繁复的符咒——

那是分血大法，教中的另一禁忌，可以用来召唤魇魔。

他分出了自己的血，以生命的一部分来和那个隐藏于月之暗面的邪魔交换契约。他唤醒魇魔，献上了自己的生命和灵力，而复苏的魇魔必然会借给他力量，去实现他的愿望。

当初，天籁教主为了制住昀息祭司，便是动用了这个术法。

那样强大的师父也被困住了，坠入不见天日的红莲幽狱。只要她的血流动一天，那个被困在水底的人就永远无法解脱。然而，作为代价，那个红衣女童的心也变得越来越阴暗恶毒，渴求着杀戮和血腥，逐渐被魇魔的力量侵蚀，却无力控制自己的行为。

大约天籁心底也是知道这一点的吧，所以她才会这样疯狂地冲下山去寻找自己的哥哥，其实，那个孩子的内心里，并不仅仅是想质问最爱的人当年为何遗弃自己，而是……单纯地，想寻求一个终结吧？

她是不会回来了。

而这么快，就要轮到自己了吗?

各种念头电光石火般闪过脑海，但流光的手却是毫不停歇地画下一个血红的符咒。无论如何，就算不择手段不顾后果，他此刻都不能让扶南死去!

“不！流光，住手！”仿佛知道他心里在想什么，扶南挣扎着发出声音，断断续续地传来。流光顿了一下，抬起头看了扶南一眼，却看不到师弟的脸——无数的恶灵已然把他吞噬了。流光手指继续缓缓移动，画出了最后一笔血印，将那个符咒封闭。

“不！流光，住手！住手！”扶南厉声叱喝，不顾一切地阻拦。

不知哪来的力量，墙角里的却邪剑一跃而起，斩向流光的手指!

然而，就在这一瞬间，流光翻过手掌，印在了那个完成的符咒中心，轻轻地低下头，吐出两个字：“魇来。”

话音未落，地上那个血红的符咒忽然化成烈火，熊熊燃起!

却邪剑已然刺到，却在火旁顿住，挣扎良久，终于还是铮然落地。

“魇来！”流光霍然抬头，低叱，手指一抬，指向窗口的那群恶灵——那是地狱里的红莲烈焰。无数的火光从他指尖和地上的结界里飞出，呼啸着刺入那团白烟。

恶灵发出炙烤中的剧痛呼喊，猛然涣散，先是没有章法地胡乱翻飞，最后终于寻到了那扇窗，沿着来路退缩回去。那些烈火追在后面燃烧，一路将无数恶灵烧得魂飞魄散。

暗夜里，就如一朵巨大的白色莲花乍然收拢，缩回了湖心水下。

天地间忽然就安静了，只有密雨急急打下。

“流光！”密室里，扶南失声惊呼，望着对方已然变成赤红色的眼睛。

那只操纵着红莲烈焰的手颓然落下，勉力想支撑，却还是无力地倒下。外面的火光熄灭了，流光跌倒在密室冰冷的黑曜石地面上，白衣上沾满了血和灰。

“杀我，扶南……快些。”他断断续续地对师弟说话，眼睛却已然红得要滴出血来，“因为我的召唤，魇魔已经彻底醒来了……我也会慢慢变得完全不像一个人。你快过来杀——”

那句话是到中途断掉的。因为那一刻，他看到了扶南的脸！

那是怎样可怕的一张脸啊……在无数的恶灵噬咬下，扶南肌肤已然没有一处完好。特别是那张曾经清秀的脸上更是伤口密布，血流覆眼，露出了森然的白骨。

流光中止了话语，脸上浮现出苦痛的表情，望着那个替自己挡了这万鬼噬身之罪的师弟，忽然喃喃：“没事，我还你一张脸。”

重新抬起了手，按住自己的脸，低声：“魇——”

“不！”不等他将第二个字吐出，扶南厉声叫了起来，地上的却邪剑蓦地重新跃起！然而，却不是刺向流光，而是倏地折回，刺向了自己的咽喉！

“停！”顾不得重新召唤魇魔，流光中止了咒术，闪电般地腾出手定住了那把剑。

却邪剑已然到了扶南咽喉前三寸，定定地停在那里。

“我不恨你。我也不是为你至此——我只是为自己。”扶南望着他，低声，眼里却有罕见的决绝，“我也不会替你了断。”一边说着，他握着剑缓缓站起身来，“你若有愧，应和我一起设法，将魇魔再度封印。”

流光望着这个忽然变得有决断力的师弟，有些不敢相信——这是扶南吗？这是以前那个吞吞吐吐、遇事优柔寡断的扶南？越过了方才那个极限，只是刹那间，他仿佛就变了一个人。

是否，人的内心都有两张脸，只要打破了外层的面具，便能转出新的一面？

“流光，你知道吗？”扶南忽然笑了起来，低下了头，“我刚才才发现，只要豁出去，好像很多事根本……根本是不难做到的啊！哈……

为什么以前，我不敢去做呢？”

幽暗的室内，两人静静对望了片刻，外面风雨如啸。

“扶南！……流光！快，快来……救救……啊！”

忽然间，一声嘶哑的厉呼划破了雨夜，将两个人同时惊得站了起来。

第十二章

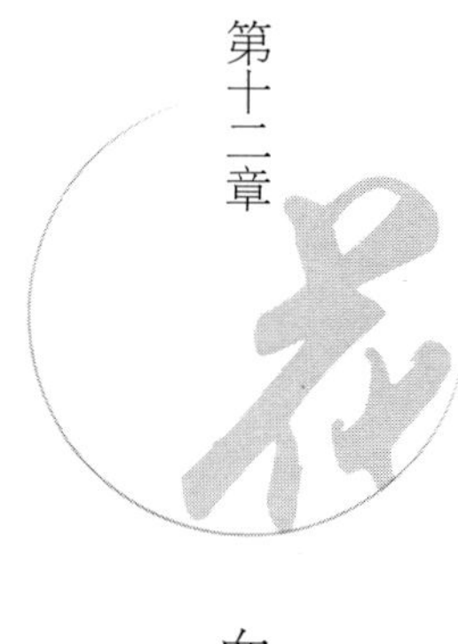

血婴

缥碧偷偷从朱雀宫侧门出来，下到灵鹫山脚下的时候天还没有彻底黑。

她没有回自己住的竹楼，反而直奔扶南的竹林精舍而去。

雨已经开始细细密密地下了，缥碧穿过那一些曼珠沙华，小心地不让坟地的黄泥弄脏自己的裙角。那些半枯萎的花触着她的裙裾，她陡然间有一种恍惚的错觉——仿佛一只只冰冷的小手在拉扯着自己的衣襟，不让她前行。

不知为何，不祥的感觉越来越浓厚。

半路上经过岩生住的棚子，她照例往里看了看，却发现里头空无一人，塘里的火还在烧着，水烟筒搁在一旁，烟丝撒落了一地，似乎岩生是匆忙外出的，一串凌乱的足迹从屋外直通向竹林深处。

缥碧准备走开，忽然间察觉了什么，回身摸了一下窗台——手指被一滴血染红。

她望着竹林精舍方向，眼神霍然雪亮。

暮色四合，乌云笼罩，密雨仿佛在灵鹫山上织起了一张无形的网。而在这样黯淡的背景里，那片竹林里却是有灯火闪烁的，然而不知为何，那灯光，却闪着黯淡的红。

缥碧想了想，沿着棚子外凌乱的脚印走出去。那脚印直通竹林精舍。黯淡的暮色里，她孤身一人走向那座她曾经去过千百次的房子，一路上开满了血红的曼珠沙华。唯有闪电不时穿云而下，在短短的刹那照亮天地。

然而，在走近那片竹林的时候，缥碧停住了脚步，手缓慢地搭上了一枝青竹，啪的一声响，折断。

“扶南？”她站在院子外，叫了一声——声音听起来不大，却是用了真气送出，穿透了雨帘直送进去。里面灯还亮着，想来扶南和阿澈都在吧。

然而，半晌不见里头人回答。她心下更是忐忑，便又叫了一声。

“呜呜……”忽然间，房内黑影一动，传出一声低低的哭，赫然是神澈的声音。

“阿澈？你怎么了？”缥碧再也忍不住，脱口问着，踏上了竹舍门槛，一边推门往里看，“不舒服吗？为什么哭？”

“呜……”那个哭声是从角落里传出的，细微而委屈，带着某种崩溃般的无助，“我杀人了……我杀人了！我把他杀了！”

“什么？你说什么！”缥碧心里猛然一跳，“你杀了谁？”

难道是扶南……扶南被她……

她失了方寸，不顾一切地推门冲进去，但刚侧身进去，额头就撞上了一件东西——下意识地抬头，眼前晃动的，却是一双沾满了黄土的惨白的脚踝。

“天……”缥碧一抬头，便踉跄地往后退，捂着自己的嘴巴。

那是岩生……被吊在门内横梁上的，赫然是看墓人岩生的尸体！

没了眼睛，黑洞洞的眼窝里留下干硬的血，凝固在皱纹层叠的脸上。然而奇怪的是那张脸上居然没有恐惧的表情，嘴角以诡异的弧度弯上去，做出一个僵硬的笑，仿佛临死之前还在某种诱惑里不可自拔。

房间里点着灯，然而灯火不知为何却笼着一层淡淡的红，一明一灭，映着缩在墙角的一个小小白衣身子。

“我杀了他……我杀了他……”眼神呆滞地张开手，望着被剥下皮肤之后血红色的手掌，神澈在不停地喃喃，眼神恍惚，“啊……婴，你为什么要逼我杀人……”

在她的手心里，赫然掉落一只羽毛零落的被扭断脖子的乌鸦。

“牙牙！”缥碧失声惊呼出来，好半日才把视线落到那个缩成一团的少女身上，想上前，却惊于她身上的邪气。

方自犹豫，忽然听到一个生涩阴冷的声音响起：“反正，你，也早杀过人了。”

那是陌生人的声音！

是谁？是谁也在这个竹舍里？

缥碧惊诧四顾，默默识别，忽然手中竹枝点出，直指神澈背后，厉叱：“出来！”

一张惨白扭曲的孩童的脸，从神澈瀑布般的长发里冒了出来，对着她咧嘴一笑。刚才出声的，果然是这个寄生的魔物。缥碧乍然吃了一惊，不过是几日不见，那个婴儿却萎缩了不少，仿佛整个人都贴在了神澈背上，慢慢融入。

“啊！胡说，胡说！你给我闭嘴！”听得那一句，张皇的神澈陡然尖叫起来，用手捂着耳朵，将脊背猛烈地往墙壁上撞，“你这个妖怪，给我闭嘴！”

背后的婴儿被撞得声音断续，却笑如夜枭：“不是吗？昀息和我，不都是你亲手杀的？——你想故意忘记？可没那么容易……我总得提醒你一声，别以为自己是什么好孩子。”

“啊——”神澈终于失去控制地大叫起来，用手拼命捂着耳朵，身子却缩成一团。

她用力将背部撞向墙壁，似乎这样就可以把那个可怕的东西压碎在自己背上，然而她这样努力的结果，只不过是让那个怪物变得更加深入她的体内。

她知道那个东西正在慢慢地钻进她的心里，一分一分，一寸一寸。

这几日来，她时时刻刻在心里听到这个东西的声音，尖锐、恶毒而又疯狂。先是一句一句地帮她回忆起在红莲幽狱发生的一切，摧毁她仅剩的一点自信，然后再一句一句地勾起她内心的种种阴暗念头。

说到底，在水底的一瞬间，她对昀息产生了恨，所以动了杀心；而现在，她心里也对缥碧有着嫉妒和敌意，希望这个人永远从她和扶南之间消失——

正因为心里有了裂缝，所以那个怪物才能不停地引诱她吧？

有我在，你任何愿望都可以满足。只要你说两个字。你也看到了，那个啰唆的看墓人不是被你用一根手指就杀死了？——如果你要扶南永远属于你一个人，也很容易啊，只要再动动手指，面前这个女人就会永远消失了。

只要你说一句“魇来”……

那个声音不停地在她身体里说话，用尽种种手段，直到她无法坚持。然而残存的清醒让她死死恪守着最后的理智，绝不让自己说出那个召唤魔物的咒语。

神澈只能一迭声地尖叫，用这样撕心裂肺的叫声来掩盖内心越来越强烈的诱惑声。

熟人的尸体在面前晃动，神澈的尖叫声响彻竹林，缥碧望着这匪夷所思的混乱一幕，声音止不住地颤抖，扬声疾呼：“扶南！扶南！”

然而，竹舍的主人完全失去了踪迹。

“扶南呢？他哪里去了？”缥碧有些吃惊，已然从厢房厨下转了一圈回来，担忧地追问，“那么晚了他去了哪里？你变成这样，他怎么不阻止？”

“扶南……”那个名字仿佛有某种奇异的效果，让持续尖叫着的少女平静下来了。神澈抬起头来，茫然地望着缥碧：“我不知道……我求他不要走，但他不理我……扔下我走了……”

喃喃说着，她眼神渐渐转变，从清澈到迷惘，然后转变成了愤恨和狂怒。

“他不理我了！他本来是我的！从小就是我的！”她脱口叫了起来，眼神凶狠地望着面前这个童年伙伴，“我被关了那么多年，变成了这样的怪物，所以他不理我了！都是你！都是你！你为什么要和我抢！”

她的思维极其简单直接，依然停留在八岁的时候，就如一个被乍然抢走心爱玩具的孩子一样，爆发出惊天动地的怒火。

“阿澈！”缥碧低叱，身子却退开了一步，望着她的背部，“静一静！我没和你抢什么！”

在神澈的背后，那个散落在长发下的凸起正在缓缓变平，那个婴儿状的怪物的身体完全融化掉了，只留下一只小脑袋还露在外面，似乎趁着神澈心神大乱满怀怨恨的刹那，彻底地进入了她的身体！

“我被关了那么多年……”神澈呜咽着低下头去，望着自己露出血红色肌肉的掌心，眼神绝望而又疯狂，“昀息祭司死了，婴死了……你抢去了扶南哥哥！”

缥碧望着童年时的女伴，恍惚觉得神澈多年来居然从未长大分毫。

依稀中，她感到某种彻骨的怜惜，不由得叹了口气，垂下了手中的竹枝。

“阿澈，不要这样，扶南永远是你的。我没和你抢。”她轻轻对着那个女孩子说，一手将那具吊在门楣上的尸体解下来，“他一直很记挂你的。我们一定会想法子给你驱魔，只要你好了，照样可以快快乐乐地生活下去。”

神澈用力咬着牙，仿佛极力克制着体内的某种苦痛，不说出一个字。

“魇来！”“魇来！”……身体里仿佛有无数的声音在汹涌，远远近近地呼喊，仿佛诱惑着她说出这可以换来一切的两个字。

她咬牙，再咬牙，直到嘴唇间沁出鲜红的血，也不肯吐一个字。

缥碧为她忽然间的吐血而惊诧，小心翼翼地递过一方手巾，却也在提防着她背上魔物的攻击——因为就在这个刹那，那个背上的婴儿眼睛里忽然发出了诡异的红光！那个只余下一个脑袋露出神澈背部的怪物，此刻变得说不出的狰狞可怖。

不行，不行……已经越来越不受控制了。

走！快走啊！神澈在心底一遍遍地嘶喊，却无法开口说出来。因为生怕自己一开口，便会吐出那该诅咒的两个字，让自己被魔物操纵。

她狂乱地挥着手，驱赶那个靠近的人。

她挥出去的手碰到了缥碧拿着手巾的手腕，人肌肤的温热让她陡然间全身一凛，一种灭顶的不祥之感汹涌而来。非常清晰地，一个声音在灵鹫山顶遥遥响起，一字一句地替她吐出了那句禁忌之咒——

“魇来！”

神澈骇然回首，望向窗外黑沉沉的灵鹫山，一瞬间的恐惧让她心胆欲裂。是谁？是谁念出了这个咒语，从遥远的地方召唤出了她身体里的这个魔物？

然而这种恐惧只是一瞬，因为她神志的清明也只剩下了一瞬。

最后的恍惚中，神澈看到了自己可怕的转变：被剥去皮的手掌重新生出了雪白的肌肤，上面那朵曼珠沙华娇艳欲滴；头发变得灰白，迅速地蜿蜒生长，如同蛇类般爬行——那不是她！那马上就要变得不是她了！

“逃啊，缥碧！快逃啊！”在身体完全被魔物侵蚀的那一瞬，她抬起已然变成赤红色的眼睛，撕心裂肺地对面前的女伴大喊。

朱雀宫长年难得打开的侧门轰然洞开，在无数拜月教子弟的惊讶目光中，流光和扶南直冲了出去——这，还是他五年来第一次走出这座阴暗的宫殿。

密雨在黑夜里飘飞，而缥碧的声音却是穿过雨传来的，带着苦痛和挣扎，急急拍着门。

流光急急地拉开侧门，就在宫门打开的瞬间，他看到有殷红的血从铜环上流下，与此同时，一个原本靠在门上的身影重重地跌了进来。

“缥碧！”他下意识地回过臂，揽住，看着栽倒在怀里的人，脱口惊呼。

被打湿的秀发贴住了她的脸颊。仿佛经过了极惨烈的搏杀才逃到此处，缥碧的一身青衣已然染作了血红，脸上纵横着五道血印，血印贯穿面颊，穿过眼角，几乎失明。

“流光……流光……是你吗？”眼睛虽然被血糊住，但听出了他的声音，奄奄一息的女子吃力地转过脸来，攀着他的肩，急切地喃喃，“小心…要小心！魇魔……魇魔复苏了……它被召唤出来了！阿澈……阿澈她……”

魇魔复苏！那是多么惊人的消息，可流光毫不动容，仿佛早已料到。

“别说话了。”他掩上了宫门，将一身是血的女子抱进来，用眼神示意一旁的扶南去拿绑带，“先替你裹伤。”

然而扶南却站在那里，仿佛失了魂，脸色苍白。

魇魔复苏了？那么阿澈……阿澈她不就是……

那一瞬间心里有极深极切的焦虑和恐惧，仿佛闪电一样击中了心脏。来不及多想别的，他推开侧门就冲入了外面的雨帘中。

“扶南！”流光蓦然一震，厉声大喝，“回来！别去！”

但是，只是一瞬，那袭白衣便去得远了。

流光抱着垂危的缥碧站在侧门的门廊下，望着那一袭直奔下山的白衣，有略微的失神。廊下的那盏灯飘飘转转，灯下的雨丝仿佛一阵阵的烟雾，散开了又聚拢。

“扶南……扶南他在你这里？”被他方才脱口的厉叱惊动，神志开始涣散的缥碧惊喜地挣扎，想睁开被血糊住的眼睛，“他没事吧？”

流光却没有回答，片刻，才冷冷道：“他走了。”

缥碧没有说话。她一贯聪敏，自然不会不知道扶南为什么忽然离去——五年朝夕相处的知交，说到底，还是比不上自幼深爱的人啊……

流光感觉到怀中的人沉默下去，刹那间他的内心被愧疚吞没——为了应对危机，他召唤出了魇魔，却不料，第一个祸害的便是缥碧！

“魇魔复苏……阿澈已经……已经不存在了。”缥碧攀着他的肩膀，被血模糊的眼睛里滑落一滴泪水，侧过头，用尽了最后的力气低声恳求，“扶南这一去……多半会中了魇魔的诡计——流光，流光，你去帮帮他，好吗？”

流光蓦然一震，侧过头去，喃喃：“即便自己已弄成这样……你还是只记着他？”

缥碧吃力地笑了笑，雨水打在她苍白的脸上，渐渐汇成细密的一滴水，从颊上长滑而下，她只有担忧和恳求：“流光，求求你——除了你，没有人可以制得住那个魇魔了……扶南心软，一定不是……不是它的对手……”

流光默不作声地往回走，将那个流着血的垂危伤者抱回了长年居住的朱雀宫。

幽暗的室内，他燃起了烛火，火光明明灭灭映着他的脸。

流光撕下那些翻飞的帘幕，小心而快速地包扎她的伤口，念动了咒语，催合她身上的伤口，翻出了从圣湖水底采摘来的七叶灵芝，毫不吝惜地大把大把给她服下。在做这一切的时候，他的脸苍白而沉默，但眼底里却间或闪过雪亮的光，仿佛此刻有什么激烈的情绪在他心底游移。

“你……你不肯吗？”然而缥碧却是一直支撑着听他的答复，神志再度恍惚起来，用力攀着他的肩膀，仰起头，问，“他……他是你兄弟啊……你若不救扶南……魇魔就会……”

想起扶南夺门而去的背影，流光心底陡然掠过一种烦躁，一挥手，齐齐割裂一个垂落的帘幕，他的声音里有再也压抑不住的一丝愤怒：“扶南，又是扶南！你怎么从来就不考虑一下我？”

缥碧一惊，松开了攀着他肩膀的手，望着他瞬间燃烧的眼睛。

“前几日魇魔第一次冲入月宫，那时候它刚逃出水底，尚且衰微，但为了拦截它，我就受了重伤——”流光侧过头去望着远处黑黝黝的神庙，冷笑，“这一次的魇魔已然完全苏醒，你有没有想过，如果我答应了你去救扶南，我就会死？你要我去对付魇魔？——你不想他死，难道就宁可我去死吗？哈！”

说到最后，长久压抑的愤怒终于让他忍不住地大笑起来。

“流……光？”缥碧终于睁开了眼睛，眼里有某种不可思议的神色，“你……怎么那么说？你不会死的……你那么强。怎么会死？”

从小以来，记忆中的流光都是宁静而强悍的，拥有她所不能企及的力量。每一次她遇到无法解决的问题，都会下意识地想到去寻求他的帮助。而且，一定都会如愿以偿。

“我会去救扶南。立刻就去。”仿佛是意识到自己的失控，短短片刻内笑声便歇止了，流光紧闭嘴唇，眼色冷酷，“我不会不救他——就像刚才他不会不救我一样。你可满意？”

他把她留在了黑暗的室内，返身离去，任凭她在背后微弱地唤着他的名字。

帘幕层层翻飞，拂过他的脸，将无声交织的血泪一并抹去。

为什么……为什么还是说出来了呢？原本，这一切可以永远埋藏在他心底的。

他有着和昀息师父类似的性格，高傲、有决断、不示弱、不容情，一旦定下了目标就会不惜一切地追求。五年前，当他选择了踏上成为祭司这条路的时候，就知道自己必将舍弃掉一切凡俗的欢乐和拥有——他将会成为一个神。

而相反地，他那个懦弱的朋友却留在了凡世里，经历了重重忧患喜怒，却也拥有了某些他得不到的东西。从帮助扶南逃脱天籁教主的惩罚开始，在私心里，他已然是将缥碧托付给了扶南，希望扶南能在灵鹫山下照顾她一生平安。

他原本应该让这一切永远沉淀在心底的……

然而，他却怎么也忘记不了那个抱着书卷在神庙长廊里低头走过去的青衣少女——多年来，独居朱雀宫，每次在他伸手取出书架上典籍的时候，都会恍惚觉得那个秀丽沉静的少女还在架子的另一边，透过书卷的空隙对他微笑，如多年前那样无声的招呼。

为什么要记得……为什么要记得这些呢？为什么还会计较，为什么还会妒忌？

他一直都想问那个被关在幽狱里的师父——祭司的生命里，是否会有这样扯不断的尘缘？而师父的漫长一生里，是否也经历过这样的事情，又该如何对待。

可惜，那个孤傲怪僻的师父，已经被他和天籁合力永远禁闭在了圣湖的深深水底。

他没有了引导者，没有了可以解答这个疑问的人，他无从应对，只能任凭心头那一点不肯熄灭的残念顽固地挣扎，最终燎原。

这些年来，他一直用纸鹤传书与她联络，暗地里允许爱书如命的她出入朱雀宫，一次次地往返借阅典籍，解答她的疑惑——这一切，其实只是为了让这颗珠子，不过早地从他生命的丝线上断去吧？

说到底，在某一处，他的优柔懦弱，远胜于扶南啊。

流光走在曲折的游廊上，从袍袖里摸出了一枚赤色的药丸，凝视了片刻，终于平静地将其纳入口中——这一切，终究该由他来做一个了断。

子夜，稀疏的雨再度转密，打在坟墓间已经开始渐渐凋零的红花上。

然而，一滴滴落下的血，却将那些残花浇灌得重新鲜艳起来！

血迹从坟地北侧一直延伸到中心，然后就进入了胶着状况，无法继续往月宫方向延伸一步，只是反复地在原地来去洒落，直到将那些曼珠沙华都染成血红！

“嚓”，只是稍一迟缓，一根尖利的白骨从肩头冒了出来，白森森的尖端滴着血。

扶南一个踉跄，手中的却邪剑几乎落地。看来，是逃不过了……而这样的一击，已经摧毁了他最后的一丝体力。他死死望着神澈，不相信只是离开了短短半日，她竟然会变成了这个样子！

“咯咯……很不错嘛，居然能撑那么久。”那个白衣少女缓步从曼珠沙华中走来，望着他笑，“是白帝一路的剑法啊……真是想不到，骖龙四式还留在人间。”

她的手里，握着一支森然白骨，尖端滴下血来。

“阿澈！”他用剑撑着身子，再度嘶声唤，“你到底是怎么了？”

“阿澈？咯咯……她死啦！”白衣少女诡异地笑了起来，眼睛是淡淡的红色，抬起手按在自己的心口上，“已经在这里死了！你再叫也没有用了，她听不见了。”

“你！你这个魔物杀了阿澈？！”扶南咬着牙，不知哪里来的力气，霍地反手拔出了贯穿他身体的白骨，重新抬起了却邪剑，厉喝。

“螳臂当车……你又能怎么样？这是神澈的躯体，你敢下手吗？”魇魔轻蔑地笑，白骨之剑挥起，唰的一声刺向扶南心口，“别挡路了！杀了你，再杀了朱雀宫里那人，我就可以去神庙里了……哈哈哈！”

那一剑刺破了空气，带着决绝的杀意洞穿他的心脏。

剑尖刺破了心口。然而，那快若雷霆的一剑，却生生顿住了，不停颤抖着。

白衣少女脸上原本的大笑表情凝滞了，迅速转过几种不同的表情，眼里的红光涨了又退，手臂僵直地发着抖，仿佛有无形的力量在争夺那柄握在手中的白骨之剑。清丽的脸扭曲得可怕，嘴巴几次张了张，却说不出一个字。

最终，在眼里红光退去的瞬间，挣扎着，张嘴吐出了几个字：“扶南，快逃啊！”

在她眼光变幻的瞬间，扶南霍然明白了，脱口：“阿澈！”

——那，是被魇魔吞噬了的神澈，在躯体内拼命地争夺着控制权！

他来不及多想，足尖一点，退后三丈，从那柄白骨之剑下逃离，只觉心口依然刺痛。他转头就往月宫方向奔去——必须要找到流光，如今只有他，才有制住这个魔物的把握！

然而，刚走出这片墓地，踏上石阶，他耳边忽然听到了一声冷笑："想逃？"

那声冷笑起的时候，尚在几十丈开外，然而短短一声的末尾已然近在耳畔。他来不及回头，背后一阵剧痛，重重一个踉跄跌倒在地。

一根白骨闪电般地掠到，穿透了他的肩膀，将他钉在了墓地边缘。

剧痛让他几乎昏死过去，眼角却看到了那双白色的绣花鞋轻盈地踏步而来，上面绣着两朵怒放的红花，一边走一边低骂："该死的贱人，还想放他逃吗？自不量力！我就用你的手杀他，让你看着他怎么死的！"

血红的手掌挥出，白骨之剑从他身体上反跳而出，带起一串血珠，跃入魇魔手中，然后在长笑中划出一道弧线，斩向他的颈部。

"咔"，忽然间，轻轻一声响，白骨在半空中被拦击，裂缝如菊花般延展。奇怪的是，没有任何东西拦在剑上，周围也没有一个人影——白骨之剑，就这样被无形的力量截住。

"谁？"魇魔抬头，厉叱。

话音未落，它的心口忽然溅出了一朵血花！

"化影术！"魇魔急退，惊骇地低呼——那是拜月教中最高深的术法，和"指间风雨""枯荣手"并称"三大正术"。记忆中，只有祭司才能修习到这样的境界！

昀息已死，它因此肆无忌惮。然而，拜月教中，竟尚有祭司？

魇魔蓦地一惊，忽然明白过来：难道，竟是朱雀宫中那人又来了？

"走！"与此同时，扶南听到了一个字传入耳中，身体一轻，已经被人拉起，往台阶上一推，"缥碧在朱雀宫！你带着她去神殿，那里安全！"

流光？终于听出了那个声音，他乍然一喜。

血不停地从全身上下的大小伤口中涌出，他知道自己的体力已然不能再支撑，来不及多想，便依照流光的吩咐往月宫神庙方向奔去。刚走了几步，忽然停下了脚步，回顾雨丝深处——他走了，可流光呢？

“走！”只是一迟疑，虚空中又传来一声低喝，不容分说，“是兄弟的，马上走！”

扶南感觉到有人在虚空中猛推自己一把，毫不容情。他心知自己留下也只有拖累的份，便趁着还有一丝力气，咬牙奔向朱雀宫门。

“嘻……你还是别再出声了。”白衣少女却没有追击，从猝然被袭中定住了神，嘻嘻冷笑起来，“所谓的‘化影’，也不过是靠着极快的身法来保持。你多说一个字，凝聚的‘气’就散一分——不过，也好，就让我看看朱雀宫里的究竟是何方高人。”

夜雨中，仿佛一阵风忽然歇止了，火红的花间果然浮起了一个绰约可见的人形，长袍垂发，襟袖飘摇。侧头冷然看过来，带着凛冽孤傲的气质。

第一眼看到那个人，魇魔忽然怔了一下：奇怪……这个人，似乎在哪里见过？

并不是指面目熟悉，而是他身上的那种“气”里，有熟稔的感觉。

然而这个念头一冒出来，它又摇了摇头，将其否定——怎么会呢？被关入水底后，自己已有上百年不曾见过人世一切。而眼前这个男子，分明只有二十许的年纪。

“能用化影术截击我，令我受伤，已非凡人能为。”魇魔望着这个显出身形的白衣男子，有些不可思议，“你是拜月教的新祭司？”

来人微微摇首，指指额头——光洁的前额上，并没有象征着祭司身份的额环。

“前祭司昀息之大弟子流光，奉月神之命，守护月宫。”他淡淡说着，内心却是不敢放松分毫，将所有灵力凝聚在手指之间。

“昀息的大弟子？”魇魔喃喃，忽地问了一个风马牛不相及的问题，“你可会噬魂术？”

流光一时未曾会意，脱口回答：“会。”

“我明白了……原来是你！”魇魔忽然大笑起来，恍然大悟，击掌，“原来，那个每日化为恶灵下到水底吞噬昀息的，就是你！难怪如此面熟，难怪有如此力量……好毒的弟子，真是好毒的弟子！真是合我胃口啊！你身上，有一种和昀息相似的‘恶’的气息呢！”它兴致勃勃地望着对方，大笑击节，忽然提议，“我们来做个交易吧，如何？”

流光被它那番大笑刺痛，脸色瞬变，在它说话间已然抬手，手指间闪烁着灵力凝聚的蓝色火焰，正要做雷霆一击，忽然间却顿住了——

魇魔的手里，居然握着一件他梦寐以求的东西！

“怎么样？这是月魄，能全面提升你的力量，让你成为真正的祭司，拥有和昀息一样的力量！”额环在手中闪耀，魇魔嘴角浮出笑意，对着流光殷勤提议，“我入主月宫，你来当我的祭司，我们一起来支配这个南疆！这个交易不错吧？”

顿了顿，它补充：“当然，我可以不杀扶南。”

密雨中，流光没有说话，但是眼睛却没有离开它手中的那件宝物，眼神变了数变——是的，那是历代祭司的神器，号称拜月教三宝之一。没有月魄，就算他像如今这样再苦修十年，也无法成为真正的祭司。

“先给我……”喉头耸动了一下，他涩声吐出一句话，伸出手去。

“哈哈哈……你果然比扶南那小子识时务！”魇魔大笑起来，得意扬扬地抬起手，给他加冕——那个流动着宝石辉光的额环下，藏着可以控制人神志的傀儡虫。

被权力引诱的人，在戴上这个额环后终将成为权力的傀儡。

流光低下头去，让这象征着祭司地位的额环落到他发上。

“咔”，忽然间，魇魔得意的笑声中断了。

它不可思议地低下头，望着那只穿透了心脏的手——毫无预兆地，流光在低首时猝不及防地出手，在一瞬间就洞穿了它的身体，一把将它的心脏捏为齑粉！

“我渴望权力，为此不择手段。”流光抬起头，冷然，傲然，雨水在他苍白的脸上化为雾气，“但，还没想过要和魇交换条件！你若得到了月宫，首先就会毁去神庙的天心月轮，放出圣湖恶灵吧？从此邪气充塞于南疆，就变成你的天下了！”他扯动嘴角，做出一个厌恶的表情，“可惜，我不喜欢那样！”

捻动手指，将邪魔的心粉碎，霍然抽出：“去死吧！”

然而，在抽出手的瞬间，一股可怖的力量霍然迎面击来，将他击飞三丈。

魇魔心口上的那个大洞，在手臂抽离的刹那，居然立刻消弭无形！

“呵呵……真是笨啊，以为这样就可以消灭我吗？只要我在，这个躯体是不会死的，不见沉婴还活了上百年吗？”望着对方的惊骇表情，魇魔大笑起来，咬牙切齿地怒骂，“不识抬举的家伙——正好！我就吸了你的灵力，再去毁掉神庙！”

它鬼魅般一飘，往前轻轻一跃。那种跳跃的姿态很奇怪，就像是一个小孩子屈起了一只脚，在玩着跳房子的游戏。跳了三跳，它倒转手中的白骨，叩击墓地。

“咔啦啦”一声裂响，从地底最深处传来，忽然间所有黄土堆都裂开了！

无数白骨从坟墓中反跳而出，一端着地，森森然地立了起来。一眼望去，无边无尽的墓地上尽是白骨，仿似地狱之门开了，无数死灵跃出地面。

“白骨之舞！”流光不可思议地低呼，顿住了手，“骷髅花！”

“咔嚓，咔嚓”，那些白骨支离地竖了起来，列成一圈，宛如绽放的白色菊花。

那是死亡之花。

“受死吧！”魇魔扬首冷笑，手指点处，那些森然白骨倏忽飞起，在空中交织出了无可抵挡的死亡之网，将流光重重包围。

雨丝已然无法落下，夜幕里只见无数白骨交错纵横，裹着里面的一袭白衣。

白色的网中，渐渐有淡淡的血飞溅出来。

那些白骨的网越来越小，忽然万千支飞来，凝聚成一点！光网消失后，流光的身体最终被三支长短参差的白骨钉住，无法再动。他已然尽了力，却依然无法对抗这被他自己召唤出的魇魔！

“不识好歹……”魇魔冷笑着，长剑一点，四支尖利的白骨飞了出去，钉住流光的手脚。在确认这一回对方无法再玩什么把戏后，魇魔才走了过去，扬起了手心，印在流光的额头上——掌心那一朵曼珠沙华的符咒，红得几乎滴出血来。

“不乖乖地听我的，就下地狱去吧！”魇魔一边用融雪术将对方体内的所有修为汲取出来，一边看着夜里的月宫，忽然得意地笑，“杀了你，就没有谁可以再阻拦我去神殿了！”

流光没有挣扎，居然笑了笑，然而迅速的衰竭让他已然说不出话来。

片刻间，魇魔感觉到流光体内可以汲取的力量已然衰竭，便抬起了手掌准备离去。然而，在这一瞬，它的脸色忽然间惨白，喷出一口血来！

那……那是什么……体内仿佛有无数烈火在烧！

那种火是极阳刚的，和它本身的阴毒正好相克。刚刚返身走了一步，它就无法操纵这具躯体，跌倒在地，只觉得一瞬间几乎完全涣散开来。

真气一散，所有的白骨委顿在地。

“你……你……”魇魔挣扎着，望着那个被钉死在墓地上的人，“做了……什么？”

“你说呢？我怎么会让你真的去打开天心月轮。”流光嘴角浮出一丝笑，有讥诮的表情，悠然望着冷雨的夜空，“你中的，是一种足以杀神魔的毒……很多很多年前，我师父用它毒杀了太师父；而五年前，我又用它毒杀了师父。”

魇魔大惊，失声：“万年龙血赤寒珠？”

“呵呵……没想到吧？”流光笑着，眼神开始涣散，“我一开始就知道……绝对不会是你的对手……但是……我……我一定要拦住你。”

“你在自己的血里下了这种毒？”终于明白剧毒是如何侵入体内的，魇魔骇然望着这个垂死的人，“你在下山之前，就服下了毒？你故意引我汲取你力量！好狠，好狠！”

“哈哈哈哈……”流光大笑起来。雨不停地落在他脸上，冰冷如雪。

“你也说过……我……对谁都……狠毒。”

他喃喃说着，将头扭向朱雀宫的方向，努力望着——那里，灯火依稀，却看不见那两个人的影子。那两个人，一个是自己的挚友，一个是自己深爱的人。无论如今尚自亏欠了他们多少，从此后，却是再也看不到了。

天空里下着雨，并不大，蒙蒙地，像一阵阵的烟，散去了又聚拢。

他却只是看着暗色的夜空，开始失去神采的眼睛里有遥远的笑意。他终于做到了答应缥碧的话，让扶南平安归去，将这个邪魔阻拦在了月宫之外。

虽然，如所料的，付出了生命的代价。

缥碧，你说要我去救他，于是，我就来了……我不该问你是否想过我会代替他死在这里。你如果没有去想，说不定会一直都理所当然地平静下去。

思绪逐渐开始纷乱，无数片断雪一样地飘摇在脑海里。

童年，扶南，师父，背叛，结盟……一幕一幕，从脑中流走。他知道他是再也不用继续生活在这些往事的重压下了。最后，他看到了少年时压在记忆最深处的那张脸——

“早上好。”

清晨的日光透过神庙的高窗投射下来，有金色的暖意，他走在高大如墙的书架之间，专心寻找。忽然，身边厚厚的一册《堪舆考》消失了，那个空当里露出一张素净的容颜，抱着书，隔着书架对着他微笑致意。

“好。”他拿走了最顶上的那卷《噬魂术》，却不敢看那样的目光，匆匆而过。

缥碧，其实，从那个时候拿走不同的书开始，我们已然是云泥般遥不可及。

有什么不停地从四肢和胸口上流出来……那是血吧？然而，不知道为什么，看着血流出来，他却并不感到疼痛，甚至，他已经渐渐不知道自己的行为——这就是死亡吗？

他忽然想起其实师父还有太多太多的东西不曾教给他，除了爱，还有的就是，死亡。

雨渐渐地小了，漆黑的天透出薄薄的蓝——那是黎明即将到来的象征。

无数白骨支离在墓地上，天地间却寂静如死。

许久许久，忽然间，那个死去般的白衣少女动了一下，背后悄然鼓起一个肿瘤。

“啪”的一声裂响，黑发下，一个湿淋淋的婴儿探出了头，脸色青紫，大口地呼吸，满眼怨毒地垂下了头，奄奄一息——龙血之毒居然剧烈到如此！逼得它不得不暂时从这个寄主身上部分退出，来缓解毒性的侵蚀速度。

魇魔的魔性稍一退散，神澈便动了起来。

七窍中全流着血，狰狞可怖，然而她的眼神却是慌乱无辜的，张着手，望着自己满身的血迹和身侧没有了呼吸的流光，呆了片刻，忽然间哇地哭了起来。

前些日子，魇魔还只能在她本神睡去的时候操纵她的身体，故此她醒来时根本不知道自己到底做了什么；但此刻，她明白自己的这双手到底做了什么！

将那个可怜的看墓人毫无道理地杀死，袭击前来探望的缥碧，半途又装成茫然无辜的样子对赶来确认她安危的扶南下杀手——一直到最后，和流光一场殊死搏斗，亲手取走了这个童年时期就认识的人的性命。

她被压制在身体里，无法控制这一切的发生，只能眼睁睁望着自己的手伸向一个又一个人，攫取他们的生命。

神澈张着双手，手中的白骨之剑骤然落下。她望着满手的血，颤抖着无法说话。

她知道体内那个怪物因为龙血之毒，已然暂时地昏迷过去了，然而那种力量并没有彻底消失，只是在她体内蛰伏起来，不知到了什么时候就会乍然复苏。

“流光……流光！”她张了张嘴，轻轻推了推那个倒在曼珠沙华丛中的人——她还认得他的……虽然自从八岁那年被关入水底后，她就再也没见过这个扶南的师兄了。

不料多年后，第一次重逢，便是她自己出手取走了他的性命！

她颤声唤着他的名字，然而这个人是再也不能回答她了——记忆中，这个沉迷于藏书阁的大师兄是宁静而沉着的，不能想象他能以那般惨烈而决绝的方式，阻拦了她体内那个狂魔的复苏！

她怔怔望着那张苍白的脸，泪水一滴滴地落下来。

“我害死你了……”她喃喃低语，垂下手，将银色的红宝石额环轻轻放到他的发上，“对不起……对不起。再也不会这样了……”

一句话未完，她抓起了那把白骨之剑，倒过剑柄，蓦然刺入了自己的胸膛。

长剑从她胸口没入，贯穿了背后那个婴儿的头颅后冒出，然而，没有一滴血。

她甚至感觉不到疼痛，仿佛这个身体是土石构成。

神澈几乎疯狂了，颤抖着手，毫不容情地削砍向自己，然而那一轮狂风暴雨般的自残没有丝毫作用，所有伤口在她拔出剑的瞬间立刻自行弥合，宛如从未出现。

“啊啊啊啊……”她疯狂地尖叫着，最终因为力气耗尽而跌倒在地。

背后那个婴儿的头毫无生气地垂着，然而嘴角却露出讥讽的表情。

神澈的手痉挛地抓着锋利的白骨之剑，剧烈喘息。要怎样……要怎样才能死去呢？到底要怎样才能把她自己连着那个该死的魇魔一起杀死！

难道，就只能这样等待着那个怪物复苏，再一次占据她的躯体为非作歹吗？

该怎么办……有谁能告诉我该怎么办？昀息大人……扶南哥哥？

神澈的头霍然抬起，望向了黎明前的月宫最高处。

那里，神庙的灯火依旧辉煌，百年不曾熄灭。

洁白的经幔上，溅着点点的血。

扶南和缥碧相互搀扶着，踉跄冲入了神殿，一边强忍着咽喉里翻涌的血气，一边合力将四门紧闭——青龙、白虎、朱雀、玄武，四个方向的门关闭后，整个神庙内室墙上便出现了一个完整金环。

三百年前听雪楼入侵，一度造成圣湖枯竭神庙坍塌，然而大难过去后，孤光祭司和明河教主联手恢复了月宫。他们重新召集子民在废墟上重建神殿，用自己的血混着八宝金粉书写成符咒，环绕着神庙一周。

从此后，每一任教主和祭司都会用全部的力量在神庙内书写下一道符咒，用自己的力量加强这一道结界，镇压着圣湖下的所有邪气。

四门闭上后，结界便已然启动，将所有邪魔阻拦在外。

两人筋疲力尽地跌倒在神像前，伤口中的血染红了那些洁白的坐垫。月神像前烛光如海，千百盏长明灯闪烁不定，映照出高高在上的玉雕月神的绝美面容。

“流光说，到了这里便安全了。”扶南微微喘息，此刻才说得出话来，脸色惨白，“魇魔完全苏醒了……阿澈完了。缥碧，阿澈完了！”

缥碧却是沉默，手指微微颤抖：扶南果然是平安从那个魇魔手里逃出来了……可流光……流光呢？她不敢问。

她忽然低下头，将头埋在了双掌中，发出了一声啜泣。

扶南望向她，却不知她到底是为什么而哭泣——这个平静温和的女子，一向是如忍冬花一般内敛的，没有太大的喜怒起伏。此刻如此失态，定然是内心有惊涛骇浪翻涌。

月神高高在上，用悲悯的眼神俯视着这一对劫后余生、满身是血的年轻人。

扶南感慨万分地望着四周——距离上一次来这里，已经过去五年了吧？那一夜，他被迫参与了那场对师父的伏击，将龙血之毒下到茶里后，又将他引到了此处。然后，天籁教主猝不及防地发动了机关。

他挣扎着站起身，来到月神像前，俯下身去，够到了神龛底下的机簧。

那是打开红莲幽狱的机关——十年前，阿澈便是在这里被关入那个不见天日的水底；而五年前，那个天籁教主也是这样疯狂地冷笑着，恶狠狠地将旳息师父推落到那个黑洞洞的牢狱中。

五年了，在穷途末路下，他居然又回到了这里。

“流光呢？扶南？”在恍惚中，他忽然听到了缥碧的问话。悚然一惊。

仿佛是再也忍不住，她从掌心中抬起了脸，平静地望着他，咬着嘴角出声询问，眼角的泪痕宛然，霍然站起了身：“他……是不是死了？”

“你要干什么？”扶南一惊，脱口。

“我去找他……”缥碧咬着牙，不顾身上多处的伤口里还在沁出血，低声自言自语。

多年来，她始终不知道他的心意。他们相互微笑，点头问好，徜徉在典籍的海洋里，相互答疑解惑，汲取着知识和智慧。他们一直保持着知交表面，彬彬有礼——其实有谁知道，在少女时的某一日，在清晨的日光里看到书架另一边那张丰神俊秀的脸时，她的心也曾无声地疾跳。

刚开始，她是真的因为喜爱阅读那些典籍才来到藏书阁的；然而到了后来，每一次去，却都是为了偷偷地看他。

都是为了他啊……每一次她徜徉在巨大的书架后，茫无目的地望着那些典籍，眼角的余光却时刻在留意着门口是否有他的身影。那些堪天舆地，那些操纵风雨，那些长生不死，对她来说又有什么意义呢？然而每一次见到他时，她却紧张得连笑容都僵硬，连那一句简单的问好，都需无限的勇气来艰难道出。

山有木兮木有枝，心悦君兮君不知……他一直宁静淡漠，每次来只是沉迷于翻阅术法典籍，从不和她多言一句。她从小是一个安静内向的女子，也只能这样远远地望着他罢了。她以为这个人的灵魂，和自己是永无交集的。

——直到，他留下了一句话，决然赴死境而去。

“你难道就从未替我考虑过吗？你没想过我若答应了你，便会死吗？”

那句厉叱在她脑中回响，而流光说这句话时候的表情更是镌刻般地印入她记忆——那样地激奋、不平和绝望，将多年掩饰的面具粉碎。说完后，他拂袖而去，径自赴死，再也不看她一眼。她来不及和他说一句分辩的话。

其实，要怎样和他说明自己的想法啊……在她心里，一直都觉得他是如此强悍，拥有了惊人的力量，似乎从不需要任何人的同情和怜悯。就如那个孤傲如同天上月的昀息师父一样。

正因为如此，在每次遇到选择的时候，她才会下意识地想，既然如此，就不妨让他多承受一些吧。她在心底里是如此地倚赖和信任着他，同时，也是爱着他的。

然而，这一次，他可能是再也不会回来了。

既然他去了死境，那么，她又怎能苟且偷生！心里有某种从未有过的绝望和悲哀排山倒海而来，缥碧走到了神庙的东门，伸手摘掉了门闩，推开写满了符咒的宫门。知道外面便是死亡，但她依然头也不回。

“别出去！”扶南厉叱，一个箭步冲过去，“魇魔就在外头！”

然而，已经迟了。缥碧的手推开了厚重的宫门，一只脚跨出了门槛。

但她的脚步凝滞在门口，眼神震惊而雪亮。

扶南的视线穿过了她的肩膀，望到了台阶下的人，一瞬间也是一惊，来不及多想，立刻侧身上前，将缥碧拉到了身边。

“阿……阿澈？”他直视着门外台阶上那个雪白的影子，喃喃。

想退回去关上神庙的门已然是来不及了，一开门，那个白衣的鬼魅般的影子就站在那里，手里还握着沾满鲜血的白骨之剑，睁着明亮的双眸怔怔望着他们。那眼神，清澈而无辜，宛如初生的婴儿。

——片刻之前，他就是被这样的眼神迷惑，在伸手去拉她的时候，被她一剑刺中！

“小心！”扶南想将缥碧拉走，然而她却一动不动，脸色苍白如死。

血从神澈的剑尖一滴滴落下，那一身白衣也染遍了血。

那上面，除了自己和扶南的，是否也有流光的血？阿澈既然能平安地冲到这里，那么流光必然是……

“流光呢？”那一刹那，她竟然忘了害怕，脱口问那个魔物附身的女孩。

“他死了……”神澈站在神庙台阶的尽端，拖着长剑，喃喃回答。她眼神空洞而悲哀，垂头望着地面，忽然哭起来，“他在自己血里下了龙血之毒，引魇魔来汲取他的灵力——他是以身做饵故意送死的……他把魇魔暂时关回去了！”

“死了？”缥碧一个踉跄，攀着神庙的门缓缓滑倒，喃喃，“他……他死了？”

那一瞬间，她的心荒凉如死，枯竭的身体再也不能支撑，眼前一切仿佛都黑下来了。

“扶南哥哥，我把流光杀了！”带着哭腔，神澈在黎明的夜色里张开了满是血迹的手，似乎在寻求他的帮助，“怎么办啊……我该怎么办啊！”

“缥碧，小心！”看到她伸手，扶南大惊，立刻俯下身用尽全力拉起了昏倒在门槛上的缥碧，急退，手中的却邪剑划出一个弧，护住前方：“妖孽！别过来！”

“扶南哥哥！”神澈一怔，忽地说不出话来。

是的……是的。他也已经不再相信她了。在白骨之剑洞穿他身体的时候，魇魔在狂笑，用她的手毫不留情地斩杀着。那一瞬间，他便以为她彻底地死去了。

她不顾一切地跑到这里来，想寻求最后的安慰和帮助。然而，这个世上唯一还爱着她的人，也以为她已然死去。

她已被所有人遗弃。她还真的活着吗？

神澈讷讷地站在那里，保持着张开手的姿势，仰头望着里面巨大的玉雕神像和如海的烛光——那是多么光明美丽的境界……她幼年时成长的地方。

而如今，站在这里的她，双手沾满了所爱之人的血，已然不能踏进半步。

扶南将缥碧扶到神像下，抬起头，眼里有决绝的亮光——事已至此，也只能尽力一搏了！

然而，抬起头，就看到了门外黑暗中那个站着的白衣少女。

穹门宛如一个精美的画框，漆黑的底色上是少女白色的剪影，美丽如一口气就能吹散的幽灵。神澈的眼神宛如婴儿，怔怔地张开双手，抬头望着神庙里的月神像，眼角流出晶莹的泪水——扶南心里一凛，随即强自压下了那种动摇。

再也不能被这个魔物骗了!

这样装出来的无辜和纯洁底下，却是握着滴血的白骨利剑，随时准备洞穿别人的咽喉。

“扶南哥哥……我是阿澈啊！我不是魇魔……不是魇魔……你相信我！”她的视线从月神悲悯的眼神上移开，喃喃地反复说着，望着神庙里浑身浴血的两个人，却知道自己再也无法取信于他们中的任何一个人。

某种绝望在心中火一样燃烧，她忽然扔掉了剑，不管不顾地朝着他奔过去，哭着张开手：“扶南哥哥！我是阿澈啊……你不相信我了吗？”

“别过来！”她一动，扶南随即厉叱，挥剑想将她格开。

神澈没有丝毫闪避，任凭却邪剑切开她的身体。

“阿澈！”在感觉剑切入的瞬间，扶南下意识地脱口惊呼，抬起眼，看到那双悲痛欲绝的眼睛。忽然间，他心里有什么东西醒过来了，不顾一切地呼啸出声来。

那是阿澈！那一定是阿澈!

那一瞬间，痛悔吞噬了他的心——是他亲手将阿澈杀了吗?

“因为龙血之毒，魇魔暂时没办法操纵我了……”却邪剑贯穿了她的身体，但在那一刻，她终于近到了他身侧不到两尺的地方，孩子似的茫然道，“我不知道怎么办好……它还会再醒来的！到那个时候……怎么办啊……”

扶南怔怔望着那双明亮却空洞的眼睛，仿佛终于确定了什么，颤声问：“阿澈……阿澈！真的是你吗？真的是你醒了？”

然而尽管如此，他的手却依然没有松开却邪剑，身子也有意无意地挡在她和缥碧之间。

“扶南哥哥……我知道你再也不肯相信我了。”神澈退了一步，让那把剑离开了胸膛，丝毫不觉疼痛地对他伸出手来，喃喃：“那么，你杀掉我吧……我杀不了我自己……我是来找你杀我的……”

在她退开的一瞬间，扶南诧异地看到她胸口那个致命的伤口，竟然奇迹般地痊愈了！

——这是魇魔！

这个念头如同电光石火般闪过心头，来不及多想，趁着她退开一步，正好踩在那个位置，扶南闪电般地俯下身去，掰开了神龛下的那个机簧！

“咔嚓”一声响，神庙的地面瞬间移开了，仿佛有黑洞洞的巨口猛然张开。

神澈一惊，脚尖下意识地在地面上点了一点，仿佛身体里有什么苏醒了，在催促她本能地跃出这个陷阱。然而，她只跃起了一半，旋即控制住了身体。不，她不能逃！只有把自己永远、永远地关起来，才能不伤害到更多人。

半空中，她强迫自己没有再去挣扎，任凭背后那个婴儿的脸扭曲如恶魔，只让自己如纸片一样轻飘飘地落入打开的水底。

“扶南哥哥——扶南哥哥！”她仰面跌下，却尖厉地呼喊，对着他伸出手来，眼里有某种孤独和恐惧——那一瞬间，她是知道结果的。

她知道这一坠落后，又将面临怎样漫长而孤寂的岁月。

扶南望着她跌落，那一瞬间心里有巨大的洪流奔涌而过，悲喜莫辨。在那一袭白衣掠过身侧时，忽然间有一只冰冷的小手伸过来，牢牢抓住了他的手腕。神澈望向他，电光石火中，那眼神是如此地绝望而依赖。

“扶南哥哥……”那一瞬间，他听到她用细细的声音轻声说，“我害怕。”

坠落的刹那，她下意识地伸出手抓住了他的手腕，只为心里难以抑止的恐惧。那一瞬间，天性里的软弱再度铺天盖地而来，他用同样绝望的眼神望着那个坠落的女孩，却没有推开那只冰冷的小手。这一霎，他忘记了别的，只记得自己终究不能扔下她一个人——她自小是那样怕黑，怕寂寞，又怎能让她一个人孤零零地去面对那永无止境的黑夜？

“不要怕。”他情不自禁地低声说，握紧了她冰冷的手。

这一次，他握得那样紧那样坚定，仿佛要弥补多年来几次三番的优柔懦弱造成的种种遗憾——神澈不再挣扎，唇边浮起一丝满足的微笑，就这样紧紧拉着他，一起向那个深不见底的黑洞里坠落。

红莲幽狱转瞬关闭，仿佛一切都不曾发生过。

沿着石壁，从这边走到那边，一共是三十七步。

如果不贴边走，从这个角落到对面的斜角，则是四十五步。

她无声地笑了起来，侧头望了望，那个白衣的男子坐在角落里，同时对着她温和地笑。于是她的心又安定下来，百无聊赖地开始在黑暗中进行着丈量——因为在这个密闭的空间里，实在是没有别的消遣。

每日里，她只能仰头望着上方幽蓝色的水面，看着那些恶灵如同巨大的鱼类游弋着，张牙咧嘴呼啸而过。到了夜晚，她就像当年的沉婴一样穿越牢壁，去水底采摘那些长在极阴处的灵芝。

如今，她知道了：在密室的外面，是一座水下的墓地。

无数白石铺陈在水底，白石基座上，是一具具桫椤木的灵柩。

每一具加持了符咒的灵柩里静静地长眠着的，都是一位拜月教祭司。恶灵不敢接近这块圣地，那里的水安静得如同凝固，无数洁白的七叶灵芝在棺木间偷偷地伸展着枝叶，光线轻柔地投射下来，穿过棺木上镶嵌的水晶，映照在灵柩里长眠的脸上。

那些脸，都保持着生前天神般的俊美，那种俯仰天地的气质长久地凝固在轻合的眉眼间。每个人的表情无一例外都是安宁而静默的，仿佛在光阴的深处安眠。那么多接近于“神”的人啊，如今都这样静默地长眠在幽蓝色的水底了……

她留恋于这座水下圣墓，每日里出来采摘灵芝之余，徜徉在墓地中，俯视着一具具灵柩里的脸，对每一位祭司的生平都有着无限的遐想。

日子，就无声无息地这样一日日滑过。

身体时时烦躁不安——是那个受了重创的邪魔，还在不甘心地蠢蠢欲动。

魇魔是永生而强大的，人心里的阴暗面也是永存的。魔生于人的心内，无可阻挡。

但是，魇魔却低估了人类的牺牲和自制精神——即使无法阻拦它的寄生和存在，但是，一代又一代的人却前赴后继地用生命和鲜血阻拦着它的肆虐，宁可死亡，宁可自闭于地底，也要用一生的孤寂和隔绝，来换取对它的暂时封印！如流光和扶南，又如沉婴和她。

一天，又一天；一年，又一年。

昀息大人以前曾经说过：这个世上，每个人都是一座孤岛。而如今，在这荒芜的彼岸，她如一朵花般在黑暗里默默成长，默默开放，又默默老去——虽然这一切只有身畔的扶南可以看见，但即便只是这样，她也不会觉得孤独了。

她将以身体作为牢笼，囚禁着魔物，直到死亡来临。

【完】

2005-09-10 ~ 2005-10-10

图书在版编目（CIP）数据

曼珠沙华·彼岸花 / 沧月著. — 杭州：浙江文艺出版社，2017.1（2018.4重印）
ISBN 978-7-5339-4503-9

Ⅰ. ①曼… Ⅱ. ①沧… Ⅲ. ①长篇小说—中国—当代 Ⅳ. ①I247.5

中国版本图书馆CIP数据核字（2016）第069958号

责任编辑 闻 艺
特约监制 刘杰辉 王那厮
封面设计 80零·小贾

曼珠沙华·彼岸花
沧月 著

出版发行 浙江文艺出版社
地 址 杭州市体育场路347号 邮编 310006
网 址 www.zjwycbs.cn
经 销 浙江省新华书店集团有限公司
印 刷 北京嘉业印刷厂
开 本 880毫米×1230毫米 1/32
字 数 194千字
印 张 8
版 次 2017年1月第1版 2018年4月第4次印刷
书 号 ISBN 978-7-5339-4503-9
定 价 36.00元